顏擇雅
3-27-2017

理性與感性

Sense *and Sensibility*

珍.奧斯汀 Jane Austen ———— 著
顏擇雅 ———— 譯

目次

新版譯序

顏擇雅

珍．奧斯汀有寫完的六部小說，結局都是女主角尋得美滿歸宿，乍看是喜感十足的羅曼史，骨子裡卻都是義理小說（didactic novel），意即創作意圖是想傳遞某種人生智慧。正因為有義理要闡釋，六部小說才有半數以抽象概念為名：《理性與感性》、《傲慢與偏見》、《勸服》。

不過，《理性與感性》在奧斯汀作品中，還是有幾點奇特。首先，這是她唯一雙女主角的作品，小說中最重要關係並非情愛，而是姊妹。這點有自傳成分，因為奧斯汀一生最親近的人正是姊姊。大她兩歲的卡珊卓既是她知己，也是她所有創作的第一位讀者。奧斯汀終身未嫁，並不是一開始就決定單身。在姊姊論及婚嫁那陣子，她也曾積極找老公。是姊姊後來立志終身不嫁，妹妹才決定陪姊姊，也不要嫁的。可說，《理性與感性》大寫特寫姊妹情，因為這本來就是奧斯汀最熟悉的感情。

卡珊卓立志終身不嫁，是因為青梅竹馬的未婚夫突然過世。這就要談到《理性與感性》另一特點：它是奧斯汀唯一探討失戀的作品。姊姊那種劇痛她並沒親身經歷，只在旁扮演一位體貼、忠誠的陪伴者。她是把親眼目睹並渴望幫忙分擔的那種痛徹心肺，投射到筆下兩位女主角身上，並以整本小說來回答姊妹倆（想必）一起討論過的問題：「人有沒可能愛第一次？」

從這個問題，還可以衍生其他問題：人應該以什麼樣的態度來承受痛苦？悲痛之餘，要怎麼重新出發？狠跌在地之際，要怎麼維持尊嚴？悲痛至極還在意別人眼光，是否自討苦吃？

這些都是《理性與感性》要回答的大哉問。問題很沉重，但別忘了，珍小妹本就是全家的開心果。少年習作三大冊，裡面都是搞笑詩文。《理性與感性》初稿雖是在十九歲完成（這點是姪女回憶，此時作者已過世五十年），但正式改寫卻是在一七九七年動筆，也就是得知準姊夫死訊後沒多久。珍小妹既想撫平姊姊正承受的創痛，也想逗姊姊開懷。這就造成《理性與感性》不同於其他奧斯汀作品的另一特色：特別多的喜感配角。

有雙女主角，代表必須有兩條故事線穿插交疊，再加上一群喜感配角，《理性與感性》就變成奧斯汀運用最多烘托、襯映筆法的作品。不只雙女主角彼此烘托、襯映，還有其他兩對姊妹與雙女主角烘托、襯映。三對姊妹都是一冷一熱，艾琳諾與瑪麗安是一種對照，露西與安妮是第二種，米道敦夫人與帕爾默太太是第三種。

彼此烘托、襯映的，還有各種成功的壞婚姻。這些婚姻之所以壞，是它把夫妻都變成更壞的人。這些婚姻會成功，則因為雙方都從婚姻各取所需，如魚得水。約翰已經夠自私又一錢如命，芬妮卻比他更自私、更一錢如命。勞勃浮誇又自負，娶善拍馬屁的露西為妻正好水乳交融。魏樂比入不敷出，當然必須娶富小姐，男方付出代價是妻管嚴，女方付出代價是丈夫暗望她早死，雙方扯平。米道敦夫婦一人愛熱鬧，一人裝優雅，乍看很不配，但爵士若沒常找人來熱鬧，夫人也不會有機會裝優雅，所以也絕配。再來是帕爾默夫婦，丈夫脾氣壞，妻子則覺得他這樣好可愛，要白頭偕老也相當容易。

與這些壞婚姻對照的，就是奧斯汀心目中的好婚姻：夫妻必須有共享價值，而且必須是好的價值。

初看《理性與感性》一定奇怪，艾琳諾與布蘭登上校都老成持重，個性好像，怎不是他倆配成一對？答案，是艾琳諾若與上校配對，雙方根本沒一起成長的可能。而且，她老成持重是天性，上校卻不是。上校本是浪漫主義者，曾為狂戀付出最慘烈代價，真正價值共享的就成了瑪麗安。

瑪麗安誤以為她跟魏樂比都是浪漫主義者，事實上魏樂比自始至終都是現實主義者。他與瑪麗安若有價值共享，只有無視禮法這一點。結成夫妻只會強化彼此缺點，就跟書中其他壞婚姻一樣。

第十章有一段姊妹對話，正是在闡釋理想婚姻的對話基礎。瑪麗安認為跟魏樂比好投緣，兩人都熱愛同樣作品，都為同樣段落感動，艾琳諾卻不以為然，認為一下子就把想講的話都講完了，將來要聊什麼？奧斯汀在此提出一種尖銳觀察：許多夫妻婚後沒話講，正因為熱戀時的百分百心靈相契，其實是場誤會。這種對話是建立在雙方徹底意見一致上面，根本沒互相探索，也沒嘗試理解，因此是無法繼續的對話。

另一場對話，在第四章，瑪麗安嫌愛德華對繪畫沒有品味，艾琳諾卻主張，愛德華自己不畫畫，卻欣賞她畫畫，這就是品味了。這裡，奧斯汀點出了婚姻（還有愛情）的教育功能：因為愛一個人，願意去欣賞對方所愛所感所思，是最能豐富人生的。這樣的夫妻一方不必好為人師，另一方也不必因為自慚形穢而強迫學習，只憑著彼此的強烈同理，就能在婚姻中共同成長。

奧斯汀所有作品，以《理性與感性》花最多筆墨寫小孩。小說開頭，女主角橫遭厄運，正是受小孩所累：她們受到不公平對待，沒得到該得的遺產，因為伯公看哥哥的小孩太可愛，遺產全給哥哥。這裡，奧斯汀寫出她的觀察：大人對小孩的愛經常喪失理智。伯公如果還有判斷力，就知那幾個小孩並不是特別可愛。他們只是在最可愛的年紀讓正準備遺囑的伯公看到而已。

書中最極致的愛小孩卻是虛情假意。露西與安妮在小孩最煩死人的時候（二十一章）也表現得很愛小孩，全是為了討好貴太太。貴太太輕易上當，只能說她們都認定自己小孩放的屁全世界都應該覺得香。書中兩位最溺愛的媽媽，一位只是對人冷淡，另一位則是刻薄。這是奧斯汀另一個尖銳觀察：有些人的母愛其實是自戀的延伸；對他人感受有多忽視，對自家小孩就有多溺愛。

因為喜感配角眾多，讀者可在《理性與感性》看到禮貌與友善的差別。珍寧斯太太、米道敦爵士、帕爾默太太是友善卻不禮貌，約翰、芬妮與米道敦夫人則是禮貌而不友善。禮貌不同於友善，必須拿捏人我分際，友善則不需要。珍寧斯太太、米道敦爵士之不禮貌，正體現於無法尊重他人隱私。在另一方面，友善必須發自內心，禮貌則只要熟悉社會規範。因此露西明明對艾琳諾只有惡意，每次講話卻極有禮貌。

無論公私領域，都可見艾琳諾與瑪麗安兩人的個性差異。在公領域，艾琳諾都在意別人感受，也在意別人眼光，必要時願意說謊，這點瑪麗安卻絕對不屑。私底下，瑪麗安總在宣洩情緒，艾琳諾則忙於安頓情緒。

這就要討論書名「理性與感性」的真正意義。乍看艾琳諾代表理性，瑪麗安代表感性。其實，艾琳諾比瑪麗安愛思索分析是真的，在書中卻不是頭號理性。書中頭號理性是芬妮，她在第二章勸先生別照顧妹妹那番說辭，正是經濟學家假想的「完全理性」（perfect rationality），無一絲感情，全憑邏輯與算計，追求自利極大化。

啟蒙運動標榜的理性（reason）倒是跟「經濟人」無關，而是迷信與教條的對照。但這種理性亦非本書所關注。艾琳諾一大性格就是願意為了他人感受，而克制自己情緒。因此書中的理性並不是與感性區隔，而是克制感性的力量。嚴格說，就是自制力。如此，我們可把書名「理性與感性」翻譯成「有節制與沒節制的感性」。小說的重點，根本就只是感性。

以感性為小說重點，其實是十八世紀下半葉橫掃全歐的文學風潮，今稱「感性小說」（novel of sensibility 又稱 sentimental novel）。這種小說在英國有理察德森《克萊麗莎》（一七四八），在法國有盧騷《新哀綠綺絲》（一七六一），在德國則有歌德《少年維特的煩惱》（一七七四）。「感性小說」主角都有顆善感的心，悲傷起來都不可收拾，悲傷之餘都憐貧憫弱，都好善良。這種角色塑造背後，其實有當時流行的一種哲學見解。

這種見解可見於休謨《人性論》（一七三九）第三卷，就是認定人性之善並非來自理性，而是來自情感。「人在做錯事的當時，總是心裡有數的。如果知道不恰當，我當時就不會有樂趣了。」在十三章，奧斯汀把這話放進瑪麗安嘴裡，當作合理化自己離譜行為的說法，可見奧斯汀並不同意休謨的「道德情感主義」（moral sentimentalism）。

從這層面來看，奧斯汀《理性與感性》就是寫來取笑自己青春期最重要精神食糧的。她認為感性就跟理性一樣，可以傷害別人，也可以替人著想。二者皆是人的天賦，全看人想不想運用，怎麼運用。該怎麼運用，是奧斯汀所有女主角都必須學習的。讀者讀完小說，亦不難想像她們的學習將在婚後持續下去。奧斯汀所有作品都是成長小說（Bildungsroman）。女主角都無法倚靠父母，重要關卡都必須自己摸索，過程中犯錯或承受打擊，並經歷「覺今是而昨非」的一刻。她們的成長方式，是透過一次次的對話與沉澱。

在女主角一次次的對話與沉澱之中，讀者可讀到民主風範，也讀到自由的真諦。民主並不是一人一票，而是公民應該學會彼此對話，不管大家見解、偏好差異多大。奧斯汀作品最多這種對話。所謂自由，則是在意識自我侷限之餘，做出選擇。奧斯汀女主角每次沉殿，都是在自我選擇，並承擔後果。

《理性與感性》又有一點不同於其他奧斯汀作品，就是祕密、隱情特別多。女主角既需要頻頻判讀不完整資訊，也必須控制自身隱私的揭露程度。因此書中呈現的成長，已不僅僅是學習承受痛苦，還要管理人生的各種不確定性。在充滿不確定性的時代，這是《理性與感性》別具一格的意義。

1

達士伍家在薩西克斯郡定居，已有相當年歲。他家莊產甚大，府第坐落在諾蘭園，正是莊產中央，延居數代，生活一向體面，廣受鄰里好評。整片莊產本來屬某單身男子所有，他活滿久的，大半輩子只有一位姊姊陪著住，並兼管家之職。不想她卻比他早死了十年，府內突遭劇變，老先生為了補姊姊的缺，於是將姪兒並其家小邀來府中住下。這位亨利．達士伍先生原是諾蘭園的法定繼承人，老先生亦有心將來託付莊產給他。老先生遂由姪兒一家大小陪著安享餘年。他對他們全家的感情是有增無減。亨利．達士伍夫妻倆時時體貼他的心意，不僅是看在利害分上，也是本著好心腸，給他享盡他這把年紀還能享用的一切實實在在的安福。孩子的歡笑也為他的日子平添不少生趣。

亨利．達士伍與前妻生有一子，與現任則育有三女。兒子為人穩重體面，有母親頗為豐厚的遺產充分供養，其中半數到他成年即自動歸他名下。他很快成婚，婚姻又增加他的財富。因此對他來說，繼不繼承諾蘭園並不是真的有像對妹妹那般重要。她們如果不靠父親繼承那筆遺產的所得，財產實在很少。母親身無長物，父親可以做主的又只有區區七千鎊（註）；原來前妻遺產的另外半數，將來也是歸兒子所有，他只能在有生之年領用租金息金而已。

老紳士死了，遺囑也宣讀了。就像所有的遺囑一樣，造成的失望和快樂是等量齊觀。他倒不是不講道理，也不是忘恩負義得沒把莊產留給姪兒；只是他給的附加條件，毀了遺產的一半價值。達士伍想要這筆遺產，八九為的是妻女的緣故，而不是為了自己或兒子。但是遺囑卻指明，只有兒子和現在年方四歲的孫子，將來才能繼承，他本人反而無權分派莊產的租息和上等林木的販售所得給他最親，也最需要他供養的人兒。全數家財將來都得歸小男孩一人。男孩其實同父母來諾蘭園沒幾趟，只憑著兩三歲小孩普遍常有的那股魅力，諸如咬字不清、一味霸道、頑皮搗蛋、吵吵嚷嚷等等，竟賺得伯公的滿腔厚愛，直蓋過姪媳母女多年來給他的照顧。不過，他也不想虧待她們，所以就留給三名女孩每人各一千鎊，以表情意。

達士伍本來是失望透頂。可是他生性開朗樂天，一心以為自己來日方長，莊產本來就大，還可以馬上改良，只要省吃儉用，就可以從租息省下一大筆錢留給身後。不想他卻沒比伯伯多活很久。身後僅得一萬鎊，包含新繼承的財產在內，可留給孀妻孤女。

達士伍得知性命垂危，馬上召來兒子，強打起極盡病體所能的精神和迫切之情，叮嚀他要照顧繼母和妹妹。

約翰．達士伍沒有父母和妹妹那麼重感情。可是這種時候的這種交代還是讓他感慨良多，也就答應下來，要盡力照顧母親和妹妹的生活。為父的取得保證，也寬了心，約翰才得暇思考，自己到底有多少能力可以為她們效勞。

他心地不壞，除非很冷漠很自私也算是心地壞。可是一般人對他口碑還算不錯，因為他把尋常的職業都處理得中規中矩。如果他娶的是敦厚一點的女人，也許口碑還會更好。原來他年少成婚，又很愛太太。妻子卻是他本人的變本加厲版，比他還小心眼，還自私。

他允諾父親時曾經思量，要贈與三個妹妹每人各一千鎊，增添她們的財產。當時的他真心以為自己辦得到。現有的收入加上新繼承的四千鎊年所得，以及生母的另一半財產，都溫暖了他的心腸，覺得尚有慷慨之餘力。「好，就給妹妹三千鎊。真是大方又體面！夠她們不愁吃穿了。三千鎊哩！我不必怎麼委屈，也給得起這筆錢。」他想著想著，一整天又好多天，都沒有後悔。

父親出完殯，約翰．達士伍太太也沒通知婆婆一聲，就帶著小孩僕人一起到了。她要來的權利沒有誰能夠置喙；從公公過世那一刻起，房子本來就是她丈夫的。可是她的做法委實無禮，做婆婆的在那樣的處境中，就算只有平常人的感受，心底也必相當不悅。婆婆這人偏偏本就心高氣傲，待人接物又極率的真，這類的侮辱，不管是誰侮辱到誰，她都要厭之入骨。約翰．達士伍太太在婆家本來就不是最受歡迎的人物。可是她直到今天才有機會讓她們瞧瞧，在應該體貼人的時候，她可以不理人好不好過到什麼地步。

老太太受不了這種無禮之舉的氣，實在看不慣媳婦這麼做，如果不是大女兒求她多想想禮數，不然媳婦一來，她就想搬走不再回來的，後來卻本著愛女之情，決定還是留下，為了三個女兒，她不要和她們的兄長決裂。

忠告發生效果的大女兒艾琳諾，深明事理，決斷冷靜，雖然年方十九，已有資格擔任母親的顧問，常常為了全家人的利害，反制母親的一時衝動，不然，衝動就往往會演成魯莽。她心地善良，性情溫婉，感情強烈。不過，她卻知所克制。這門學問，她母親是尚待學習，有位妹妹卻決心永不受教。

二女兒瑪麗安在許多方面才情都和艾琳諾不相上下。她慧黠聰敏，只是什麼事都興匆匆，大悲大喜不知節制。為人是大方和氣又有趣，獨獨少了謹慎一項。她像母親像到極點。

看見大妹濫感過度，艾琳諾是擔憂，母親卻賞識珍惜。母女倆互相加油，悲哀得越來越凶。那種曾經擊垮過她們的哀悼之痛，被她們反覆找出來、創造出來，甘願從頭再痛一遍。她們一頭栽進悲傷，在一切有淒苦可取的思緒中尋求更多淒苦，並決心不要在將來得到一絲安慰。艾琳諾心裡也很苦，卻可以掙扎一番振作起來。可以和哥哥商量，可以迎接嫂嫂到來，給她適當的照應，還可以勸告母親，也請照樣振作一下，也照樣忍耐。

小妹瑪嘉麗是個好脾氣、好性格的女孩。只是她已經大量吸收瑪麗安的那股浪漫勁兒，年方十三的她還不太懂事，自是不及超前她一段人生的兩位姊姊。

譯註：英格蘭銀行有個「通膨計算機」（Inflation Calculator）網頁，可算出一八〇〇年的一英鎊等於二〇一六年的七十七英鎊。但古今幣值換算有個問題，今日很便宜的紙張、照明、交通當年相當昂貴，今日很昂貴的家事服務當年卻極便宜。

2

現在，約翰．達士伍太太以女主人之尊在諾蘭園安頓下來。婆婆和小姑反而降格成客居身分。不過，她待她們卻斯文有禮。達士伍先生撇開自己和妻兒，待她們也算最善待了，他帶著幾分誠意，力勸她們在諾蘭園安居當家。做母親的既然想不出更可行的辦法，附近還沒有可供她搬去住的房子，就接受了他的邀請。

逗留在一景一物都勾起美好回憶的所在，正合她的心意。人生得意的時候，誰也不能比她歡樂得更盡情，比她更憧憬著幸福，而憧憬正是一種幸福。可是在失意時，她也會神傷得一塌糊塗，不容寬慰的餘地，就好像她的歡樂，也是不容分心的。

約翰．達士伍太太絲毫不能同意先生對妹妹的打算，從寶貝兒子的財產中扣掉三千鎊，會害他窮到最可怕的地步。她請先生三思。他搶走兒子，而且還是獨子的一大筆錢，要怎麼向自己交代呢？跟他只是同父異母，在她看來等於是無親無故的那些妹妹，憑什麼要受他這麼一大筆錢的慷慨呢？眾所周知，男人不同的婚姻生出來的子女之間，本來就沒有什麼感情可言，他又何必捐出所有錢財給同父異母的妹妹，毀了自己也毀了可憐的小哈利呢？

先生答道：「父親的臨終請託，就是要我援助妻女啊。」

「他一定是不知道在講什麼。十之八九，他已經神志不清了。他如果神志清楚，就不會想出這種事來，求你捐出要給兒子的財產半數。」

「他沒有挑明數目，只是籠統要我幫忙她們，讓她們的生活比他能做的更好過一點。也許，整件事都由我做主的話，我也會這麼做的。他該不會以為我會不照顧妹妹吧。可是他既然要我承諾，我當然就要承諾。至少我那時是這麼想的。承諾了人家，當然就得履行。不管她們要在什麼時候從諾蘭園搬去新家住下，我都必須為她們做點什麼。」

「好吧，就為她們做點什麼。可是，也沒必要是三千鎊啊。」她補充道：「你想想，錢離了手，就別想再回來了。你妹妹將來嫁出去，錢就永遠是別人的了。話說回來，如果這筆錢還有歸還我們苦命兒子的一天……」

「說的也是，的確。」先生肅然道：「如此自是不同。也許有那麼一天，哈利會遺憾這麼一大筆錢脫手。比如說，他萬一家內人口眾多，這筆錢就會是一項很好用的進帳了。」

「當然會是。」

「也許我把那筆錢折半，對大家都有好處。五百鎊對她們的財產來說，也算是為數可觀的進帳。」

「哎呀，這再好不過了！天底下有哪位哥哥，能為妹妹做出你的一半呢！就說是親妹妹吧——」「親」字特別加重。「事實上，卻只有同父異母！你還要這麼慷慨！」

他答道：「我不想虧待任何人。這種事，本就應寧可多給也不要少給。至少，誰也不會想我對她們做的還不夠多。連她們本人，差不多也不能再指望更多了。」

太太道：「她們啊，到底在指望什麼是誰也不知道。不過，我們本就不應去想她們在指望多少。問題是在，你能做多少。」

「說的是，一人給五百鎊，我想我還付得起。目前看來，就算我都不給錢，她們在母親死後，每人也會拿到三千鎊。這數目對每一位小姐來說，都算一筆很寬裕的財產了。」

「沒錯沒錯。還有，也真是的，我這一想，她們搞不好不需要你多給錢呢。三姊妹有一萬鎊可以分。嫁人的話，一定可以嫁得不錯。不嫁人，用一萬鎊的利息，姊妹們在一起也可以過得很舒服。」

「這話對極了，所以整個看來，趁她們母親還在世的時候為她做點事，不知道會不會強過為女兒做；我是說養老金之類的。這樣，妹妹和母親都會蒙受恩惠的。一年一百鎊可以讓她全家再寬裕不過了。」

太太卻猶豫了片刻，沒表示贊同。

她說：「這樣當然是強過立刻脫手一千五百鎊。不過，倘使老太太還有十五年可以活，我們可就糟了。」

「十五年！她是不可能再多活這年數一半的。」

「當然。但你要想想，有養老金可領的人總是都長生不老。再說，她身強體健，年未四十。養老金可是頂嚴重的事，一年付完又一年，別想擺脫。你還不清楚事情的後果呢！養老金的麻煩我已經知道不少了。原來我母親遵照父親遺囑，就要辛苦著付養老金給三個年邁退休的舊僕人，煩都煩透了。三筆養老金一年付兩次，把錢交到人手上也是一樁麻煩。其中有一位聽說死了，後來卻發現沒這回事。母親付錢付得好煩。她說，這樣不停地要她付付付，收入都變成別人的。而且，父親更不體貼的是，如果不這樣，母親就有全權處理錢項，不受任何限制了。所以我對養老金才這麼討厭。無論如何，我絕不會付這種錢來自縛手腳的。」

先生答道：「收入年年流失那樣一筆費用，的確惹人不快。你母親說得對，我們的財產可不是自己一個人的。受這樣一筆按期要付的費用綁住，每次日子一到就付錢，實在很不稱心。這樣會剝奪我們的經濟自主。」

「無可置疑，何況，誰也不會謝謝你。她們心安理得，你做的她們都覺得應該，不會有什麼感激。如果我是你啊！我怎麼做全都要由我自己評斷。我不會自我設限，年年付錢給她們。搞不好幾年後，要從我們的支出撥個五十、一百鎊出來，會有點勉強哩！」

「我相信你說得對，這事情還是別付養老金為妙。偶爾給她們一筆錢，不管多少，都比按年給付有幫助，因為她們倘若想著可以穩獲更大的收入，只會增加開銷而已，到頭來並不會因此多富一毛錢。可見偶爾給錢才是上上之策，不時送個五十鎊，既可避免她家缺錢之患，在我看來，也能充分履行我對父親的允諾。」

「當然。不過，說真的，我打心底相信，你父親壓根兒就不要你給錢。我敢說，他所想的援助只是照常理你給得起的那種，例如給她們找一間舒服的小房子住啊、幫她們搬家啊、在漁汛和狩獵的季節送她們一些魚和野味啊，諸如此類。我打賭，父親並沒有別的意思，要不然可就很奇怪，很沒道理了。你只要想一想，你繼母家靠著七千鎊的利息，日子會有多好過。此外，每個女孩還有一千鎊，每年可為每人帶來五十鎊進帳。當然，她們會用這筆錢付吃住的費用給母親。總共加起來，一家子一年就有五百了。四個女人怎麼可能會比這個要得更多呢？她們的開銷會便宜透頂，家用也花不到什麼錢。沒有馬車，也不養馬，傭人也幾乎是沒有，又沒有訪客，她們會什麼支出都沒有。只要想想，這樣的日子會過得多寬裕哪！一年五百哩！我真的不能想像她們要怎麼花掉一半數目。至於你要給更多，想來就荒唐了。她們還比較有能力給你一些錢呢！」後面這個「你」字特別加重。

達士伍先生道：「說實話，我相信你說的都對，父親對我的交代，一定就是你說的那樣。我現在都清楚了，會嚴格遵照你說的那種援助和惠行，完成諾言。母親要搬家時，我會好好安頓她。那時，送她一點小家具也滿可行的。」

達士伍太太答道：「當然。不過我們還要再考量一件事。你父母搬來諾蘭園，雖然先變賣了史坦岡的家具，卻保留了所有的瓷器、碗盤、床被（註），現在全歸你母親所有。將來遷入新家，裡面一定會塞得滿滿的。」

「這個考量無疑很實際。那筆遺產好貴重啊！有些碗盤若歸我們這裡就好了。」

「對，她們的早餐瓷器組合是我們這裡的兩倍漂亮哩！在我看來，對她們住得起的任何地方來說，都太過漂亮了。事情卻只好這樣，你父親心中就只有她們母女。我必須這麼說，你也不欠你父親什麼人情，也無須特別體貼他的心意，因為你我心知肚明，他如果能夠，一定把天底下什麼東西統統給她們。」

達士伍先生無法抗拒這論點。這一來，他本來還在猶豫的任何決定，現在都能了斷了。因此終於決定，除了妻子指點的睦鄰行為，他對父親的寡婦孤女做出更多，倘不算太悖禮法，也絕非必要。

譯註：英國禮俗，這些東西應該本來就是達士伍老太太的嫁妝。

3

達士伍太太在諾蘭園又住了幾個月。她不是捨不得搬，起先她瞧見任何熟悉的一景一物都要好生難過，一段時間後就不會了。她情緒好轉，可以為悲往事、添新愁以外的事情花費心思，即在諾蘭園附近孜孜不倦探尋合適的住所，原來要她搬離那可愛的地方太遠是不可能的。可是她卻沒聽說有什麼地方，既可符合她舒適好住的要求，同時又禁得起大女兒的審慎考量。艾琳諾的判斷比較持重，有許多母親本來要答應的房子，她都以入不敷出為由否決了。

本來，達士伍太太已從先生處得知，兒子曾許下援助她們的莊嚴承諾，讓父親安心離開人世。和先生一樣不疑承諾有假的她，雖然堅信自己只要七千鎊不到就能飽暖度日，卻替女兒高興。也為女兒的兄長，為他的心腸欣喜，還自責從前錯看了他的優點，以為他不可能慷慨。看他體貼她們，可想知他重視母女四人的安康，有好一段時候她都真心相信，他有意要出手大方。

媳婦搬進來半年，婆婆越發了解她的為人，初識就有的不齒如今更大大加深。她雖然處處顧及禮數和為母之道，後來倘不是出了件事，婆媳倆大概不能共處一屋這麼長久。有了這事，在她看來，女兒就有點道理繼續在諾蘭住下去了。

這事，就是大女兒和媳婦之弟漸漸生了情愫。他是個模樣像紳士，討人喜歡的青年，在姊姊搬來諾蘭不久後就與她們結識，從此大半時間都在園中度過。

有些做母親的，也許會看在利益上而鼓勵兩人來往，原來愛德華・費拉斯是位已故富翁的長子。有些母親卻可能會出於謹慎而制止兩人，原來愛德華除了一筆小錢，所有財產皆憑母意擺布。兩種考量卻一併皆不影響到達士伍老太太。對她來說，只要他模樣溫文，愛她的女兒，艾琳諾也回應了他的心意，這樣就夠了。一對情投意合的男女因貧富而拆散，會違反她的一切信念。若有誰認識艾琳諾卻不賞識她的才德，也會是老太太無法理解的事。

愛德華贏得她們的好感，靠的並不是儀表或談吐俊逸。他不英俊，言談舉止也必須等到深交才會討人喜歡。人太靦腆，顯不出自己的才學，不過只要克服天生的羞怯，舉手投足間莫不流露他真摯誠懇的性情。他的理解力不錯，從教育又獲得良多裨益。只是他的才學和性向都沒有達到母姊期望，她們渴望看他出人頭地，在哪一方面她們也不大清楚，只希望他能以某種方式嶄露頭角。母親希望他關心政治，把他弄進國會，看他與當代大人物為伍。姊姊的希望也差不多。不過暫時，在達成這些高層次的祝福之前，姊姊只要能看見他坐著豪華大馬車就心願足矣。愛德華對大人物和大馬車卻都興趣缺缺。他只期望有個舒服的家，安靜過日子。所幸，他還有個比他有出息的弟弟。

愛德華在府中住了數周之久，老太太才注意到他，原來她傷心過度，全無心周遭。她只見他靜靜的不妨人，就有點喜歡他。他不以時間不對的話語打擾她的悲思。一天，艾琳諾隨口品評一下他們姊弟之間的迥異，老太太才對他有了深入的觀察和讚許。兩者對比，在老太太聽來是再有力不過的推薦。

「夠了，」她說：「說他跟芬妮不一樣就夠了。可見他溫柔敦厚。我已經愛上他了。」

艾琳諾說：「你更了解他時，應該會喜歡他的。」

「喜歡他！」母親笑答道：「我從不能感受到任何比愛還要輕微的好感。」

「你可以欣賞他呀。」

「我還不知道怎麼去分別愛和欣賞哩。」

老太太開始用心和愛德華來往。她態度可親，一下子就掃去他的拘謹，很快了解到他的所有優點。她堅信他情鍾艾琳諾，這份堅信也許有助於她認識這個人。不過，她是真心肯定他的人品。知道了他的溫文誠摯。即連他的木訥，雖說與她心目中的青年理想談吐大相逕庭，也不再淡然無味了。

她才在他對艾琳諾的言行中看到愛戀的徵兆，就堅信兩人情意篤定，以為他們很快就會完婚。

「再沒幾個月，」她告訴瑪麗安說：「艾琳諾就要有終身歸宿了。我們會想念她，可是她呀，會過得很幸福。」

「哎呀！沒有她我們如何是好呢？」

「我們和她會幾乎不算分離。住的地方只相隔數哩，將來還會天天見面。你會多出一個哥哥，一個慈愛的、真的哥哥。我對愛德華的為人是再讚賞不過了。你的臉色卻很沉，是不贊同姊姊的選擇嗎？」

「或許，」瑪麗安說道：「我有些訝異。愛德華溫柔敦厚，我衷心喜愛他。他卻不是那種男孩子，呃，他少了些什麼，外表不出眾，缺少我心目中姊姊的意中人應該有的幾分俊雅。他的眼睛少了那種才德一併流露的神采和光芒。除了這些我還擔心，他並沒有真正的品味。音樂似乎吸引不了他，雖然他很欣賞姊姊的畫作，卻不是諳其價值者的那種欣賞。顯然，雖說他常常留意姊姊畫畫，其實他一點也不懂畫。他的欣賞是發自於一個愛人，而不是鑑賞家。這二者必須合為一體，才能深得我心。一個品味與我有絲毫差別的男人絕不會給我幸福。他必須融入我的一切情感。我倆一定要愛讀同樣的書，愛聽同樣的音樂。哎，你說嘛，昨晚愛德華誦詩給我們聽，誦得多麼有氣無力，多麼乏味啊！我真可憐姊姊。她卻默默忍受，一點都沒發覺似的。常常讀得我無法自已的那些美麗詩句，被他念得這麼無動於衷，這麼麻木不仁，聽得我都要坐不住了！」

「他朗讀單純優雅的散文一定會比較勝任。我當時就有想到了，偏偏你卻要給他庫柏（註）念。」

「才不呢，如果連庫柏也激不起他的興趣就甭提其他了！我們卻必須諒解，人人品味各殊。姊姊沒有我這種感受，所以可以當作沒事地快快樂樂和他相處。但是我呀，如果愛上他又要聽他念詩念得這麼沒有感情，定會心碎的。我越懂事就越發相信，我永遠也遇不到一個我能真心愛上的男人。我要的太多了！要有愛德華的一切美德，還要相貌氣質統統極盡俊雅之能事，為他的人品錦上添花。」

「乖女兒啊，記住，你還不到十七歲哩。現在就對那種快樂死心，還嫌太早了。你為什麼該不如媽媽幸福呢？但願，你只會在一件事上頭，和媽媽的命途不一樣！」

譯註：威廉・庫柏（William Cowper, 1731-1800），奧斯汀最喜歡的詩人。

4

「真可惜，」瑪麗安對她姊姊說道：「愛德華沒有繪畫上的品味。」

艾琳諾答道：「你怎麼會覺得他對繪畫沒有品味呢？自己不畫是真的，他看別人畫卻能自得其樂，我敢說，他天賦的品味一點也不差，只是沒有求精的機會而已。如果他有學過的話，一定會畫得非常好。他對自己在這方面的判斷力太沒有信心，對什麼畫都不願發表意見。可是他天生有一種中規中矩的單純品味，大體上的評斷還算正確。」

瑪麗安不想惹姊姊生氣，沒再說下去。可是艾琳諾口中因他人畫作而生的賞識之情，與她心目中唯一堪稱品味的那種欣喜若狂卻差距甚大。儘管暗自竊笑姊姊話中有錯，其背後的盲目愛戀她卻能尊重。

艾琳諾接著說道：「希望你不覺他沒有尋常品味。真的，既然你對他親切有加，我應該是可以說你並不覺得。如果你覺得他沒品味，對他一定禮貌不起來。」

瑪麗安不知該怎麼說才好。她再如何也不願傷到姊姊感受，可是她又沒辦法口是心非。

「如果我的讚美並不完全符合姊姊所看見的優點，請別生氣。我沒有姊姊那些機會，可以評量他在想法、志趣、品味上的一些小癖性。可是他的人品和理智，我卻再欣賞不過。他的一切，我都覺得高尚敦厚。」

艾琳諾笑著答道：「這樣的評語，連他最要好的親朋好友也不會不滿。我想不出你要怎麼說才能說得更溫馨。」

瑪麗安很高興，簡簡單單就討到姊姊歡心。

艾琳諾接著說道：「我想，凡是常常見到他，和他暢談無礙的人，誰也不能疑心他的人品和理智。他的一流悟性和見識，只有害他常常啞口的靦腆能藏得住。只要多了解，就能體會他其實才德俱佳。至於你所謂的小癖性，卻因為特別的緣故，你不比我容易清楚。體貼入微的母親常常佔住你，拋下我和他兩人獨處。我已相當認識他，細審過他的性情，聽過他抒發文學及品味上的看法，大體上我敢說，他見多識廣，酷愛讀書，有活潑的想像力，論事持平公正，品味細緻精純。他的種種才能就跟舉止和風度一樣，相交越深就越顯得好處。初次相見，他的談吐實在不算出眾，外表也算不得英俊，要到後來才會發現，其實他眼神靈秀異常，而且一臉寬厚。我現在太了解他了，簡直就覺得他相貌英俊，不然，至少也和英俊差不多了。你說呢？」

「如果我現在不覺得他英俊的話，應該也很快就會覺得。既然你要我當他是兄弟似地愛他，我再也不會在他的臉上看見瑕疵，如同我現在看他的心靈一般。」

艾琳諾聽到這話一愣，後悔在談到愛德華時不知不覺洩漏太多感情。她覺得自己對他很有好感，也相信這份仰慕是相互的。但她需要再進一步確定，才肯放心讓妹妹相信他倆情投意合。她知道，妹妹和母親兩人，是這一刻才猜到什麼，等一會兒就要信以為真。她們的願望就是等於有希望，有希望就等於預期心理。她把實際情況解釋給妹妹聽。

她說道：「我不否認，我對他很有好感。我很欣賞他，我是喜歡他。」

瑪麗安聽到這裡，忍不住發火道：

「欣賞他！喜歡他！麻木的你，哎呀！還不只是麻木哩！好像不麻木會丟你的臉似的！再這麼形容我就走出這道門去！」

艾琳諾忍不住笑道：「抱歉，請相信，我淡淡道出我的感受，並無意要惹你生氣。我用情當然是比口中說的還要深。這麼說吧，對方的優點以及我以為他亦有心的這點疑猜，或者說希望，可以配得起多少，就相信我的感情有多少吧，別相信我的感情有魯莽或愚蠢之虞。你卻萬萬不許相信，我用情比這還深。他到底喜歡我幾分，我絲毫沒有把握，有些時候，他的情意似乎很難捉摸。在我全然了解他的心思以前，你就莫怪我並不願意相信或形容過了頭，而加深自己的用情。我心中不太、幾乎是毫不懷疑他中意我。可是除了他的意願，我還要考慮到別的。他離經濟獨立還很遠。我們也不知他母親是怎樣一個人。可是芬妮偶爾會提提她的為人和見解，我們聽了從來不覺得她敦厚。愛德華如果想娶個無財無門第的媳婦，一定會困難重重。我若以為他沒想到這一層，我可就大錯特錯了。」

瑪麗安沒想到自己和母親的想法相當偏離事實，大吃一驚。

「你們倆真的是沒有訂婚！」她說道：「但是，你們一定很快就會的。這樣拖延卻有兩種好處。一來我呢，就不會很快失去你了，二來愛德華也有多一些機會，在你的頭項嗜好上好好增進自己天賦上的品味。為了你的將來幸福，他非增進不可。啊！他如果可以見賢思齊，自己也學畫畫，那該多好啊！」

艾琳諾對妹妹說的是真心話。她沒有想到，瑪麗安以為她用情如此深刻。愛德華偶爾會有點意興闌珊，就算不代表他冷心冷意，也透露出差不多同樣不妙的意思。倘若是猜疑她的情意，也只要稍微不安即可，並不會像他這樣動不動就意興闌珊。較合理的原因，可能是他在經濟上依然要靠母親，不許他耽於愛情。她知道他母親的態度，既不讓他在家中好過，也不答應他可以出去成家，除非是嚴格配合她為兒子的飛黃騰達所做的著想。知道這一點，艾琳諾在這題目上就輕鬆不起來。他有情於她，結果如何，她是毫無把握，母親和妹妹卻依然想當然耳。差太遠了，其實兩人相交越久，他的心意就越難捉摸。有幾回，她在難捱的片刻竟會相信，兩人之間純是友誼。

不管兩人關係是什麼程度，一旦他姊姊發現，卻足以搞得她心神不寧了，同時，更頻繁的是，還搞得她言行無禮。她利用當面冒犯婆婆的第一個機會，大談弟弟的前途似錦，老太太決意讓兩個兒子都娶到豪門閨秀，意圖誘拐她弟弟的女孩將會吃到苦頭，繪聲繪影，老太太既不可佯裝不解，也不能強作鎮定。她輕蔑地答了媳婦即走出房門，決意立即遷走，不管多麼費事花錢，女兒是再不能蒙受這種含血噴人了，一週也不行。

老太太意志正堅，郵差便送來一封信，信中提了一個即時之計。有一棟小屋要供她住，租金便宜，屋主是她親戚，德文郡某位有錢有地位的紳士。信是他親筆寫的，行文極友善殷勤。他知道她正需要房子住，現在提供的這棟雖然只是小築（註），但是他保證，只要地點合她的意，一切她覺得必要的整修工夫都可以做好。他仔細描述過屋子和院落之後，誠摯地懇請她偕同女兒一起來他的居所巴頓園一趟，親自判斷小築若經過整修，是否可供她安居愉快，原來小築正與莊園坐落在同一個教區。他似乎很想安頓她們母女，把信寫得一團和氣，老太太想不開心都難，何況這時候，她正受著近親冷漠無情的氣。她也不假思索或探問，讀著讀著就決定了。巴頓位於離薩西克斯郡甚遠的德文郡，這在幾個鐘頭前，本來是一項足以推翻所有優點的充分反對理由，現在卻成了頭號好處。遠離諾蘭一帶再也不算壞事，反而成了求之不得。比起繼續寄媳婦籬下的苦境，搬遠倒是一種福祉了。有媳婦這種人做女主人，在這個可愛的地方居住或作客，都不如永遠搬走來得好受。她馬上寫信給約翰・米道敦爵士，感激他的好意，並表明接受他的提議。寫完趕緊將兩封信都拿給三個女兒看，好在寄出回信前先取得她們同意。

艾琳諾一向以為，搬遠一點，會比就近住在目前的熟人之間明智。因此光就地點，她並不反對搬去德文郡。再來，米道敦爵士形容的房子是如此簡樸，租金又是便宜之至，她在兩方面更是沒有反對餘地。因此，儘管搬遷的計畫並不給她任何嚮往，儘管她雅不願遷離諾蘭一帶，卻沒有勸阻母親寄出那封應允的信。

譯註：所有奧斯汀女主角住的房子，本書是最小最寒酸的。但本書就是在這樣的一棟小築（cottage）完稿，奧斯汀是在一八〇九年七月與母姊一起搬入，在裡面度過人生最後八年。

5

老太太一把回信寄走，就受用到向兒媳倆宣布消息的樂趣，宣布她已找到一棟房子，只要遷入所需全都準備齊全，就不會再打擾他們了。兩人聽了很驚訝。媳婦沒說什麼，約翰・達士伍卻彬彬有禮，希望她不要搬離諾蘭太遠。老太太洋洋得意，答說她要搬去德文郡。愛德華聽了連忙轉過身來，語氣是她並不需人解釋的又驚又急，道：「德文郡！真的要搬去那兒嗎？這麼遠！郡中哪個地方？」她解釋了方位，是艾塞特北方四哩處。

她接著說：「雖然只是棟小築而已，我卻希望能在家裡款待到許多親朋好友。要增添一兩間房很容易，如果朋友們遠道去看我不會覺得麻煩，我留他們住是絕對不費事的。」

老太太說完，就盛情邀請兒媳倆去巴頓作客，給愛德華的邀請更是溫馨有加。雖然前不久她和媳婦之間的對談已讓她下定決心，除非不得已，諾蘭她是再也待不下去，然而她在那席話的主題上，卻絲毫不受影響。她依然一點也不想拆散愛德華和艾琳諾。她指名邀請愛德華，就是故意要給媳婦瞧瞧，她壓根不理媳婦反不反對這門親事。

約翰・達士伍再三對母親說起，他是何等不願見她搬到那麼遠去，害他不能替她效力，幫忙搬運家具。他真的很良心不安，因為他自我限定可以對亡父履行諾言的唯一著力點，這樣一來就行不通了。家具全都要走海路，內容主要為家用的被單、碗盤、瓷器、書本，以及瑪麗安的漂亮鋼琴。媳婦看著家具運走，嘆了一口氣。她不免要難過，既然婆婆的收入比起自己來是微乎其微，卻應該用得起漂亮的家私。

老太太付了一年租金，屋裡已經有家具，可以馬上搬進去。租約兩方各無異議。她只要處理完諾蘭的物產，決定好將來的僕役用度，即可往西出發。只要她想做的事，做起來都很迅速，所以這些事都處理得很快。亡夫遺留下來的馬匹在他死後不久就賣掉了，現在又有了把馬車脫手的機會，她拗不過大女兒的力勸，也同意售出。如果只憑自己一人的心意，為了女兒舒適，她是會留下馬車的。可是艾琳諾的謹慎還是佔了上風。而且，也是多虧艾琳諾的明智，才將僕歐數目限為三人，共二女一男。她們很快就從諾蘭的原班僕歐中挑選出這三人。

三名男女僕人很快就到了德文郡，打點新屋，迎接女主人到來。老太太和米道敦夫人素昧平生，所以寧願先遷入小築，不想去巴頓園客居。她深深相信米道敦爵士對小築的描述，絲毫不想在搬進之前查看一下。媳婦顯然正高興著等她快走。所以她的離心也就持續高昂不墜，媳婦難掩喜色，只是稍稍致意，請她再住些時候。現在，正是約翰．達士伍對亡父規規矩矩履行承諾的恰當時機。既然當初他剛搬進莊園時有怠忽責守，現在她們母女搬遷在即，可說時間再好不過了。但是老太太沒多久就不敢再抱著這份希冀，聽繼子平時談話的語意，她相信所謂援助，就是供她們在諾蘭頂多再住個半年而已。他頻頻談起家用支出增加，說他就跟這世上任何有點地位的男人一樣，再怎麼精打細算，也有沒完沒了的開銷，所以他自己都鬧窮了，怎還能打算分錢給人。

米道敦爵士的第一封信寄來沒幾個星期，母女四人的未來居所即打點妥當，可以起程上路了。

她們辭別這樣一處摯愛的地方，掉下不少眼淚。臨走的前一晚，瑪麗安獨步於莊府之前，說道：

「諾蘭啊諾蘭，我的至親至愛，這一去的悔恨何時才可停休？何年何月，我才懂得直把他鄉做家鄉？幸福的房子啊你可知否，在此佇望的我心中有多苦？也許我別想再見到你了，以後！還有熟悉的樹林啊你們，你們卻會依然如故。沒有葉子會因為我們的走而凋謝，也沒有枝椏會靜止下來，只因為少了我們的顧盼！沒有的！你們只會依然如故，不知多少快樂或憂愁因你而起，不覺樹蔭下的行人有否更迭！只是，以後的賞樹人會是誰呢？」

6

在路上，大家的心情都很難過，只覺得旅程既索然又愁煩。沒想到旅程近尾，她們看到自己即將生活於斯的郡景，賞景的興致竟掃去煩悶，進入巴頓谷時的景色更令人精神一振。宜人繁茂的地帶，林木蔥蔥，綠草茵茵。走過一哩曲曲折折的路，她們的屋子就到了。屋前僅有一方翠綠的小庭院。她們打一扇齊整的便門進園。

巴頓小築做屋子是有點小，倒還舒適緊湊，做鄉間小築就嫌寡陋了。屋子造得齊齊整整，頂上鋪著瓦片，套窗卻沒有漆成青綠，牆外也沒有忍冬藤蔓的遮覆。一道窄窄的走廊直直通往後園。玄關兩側各有一間起居室，每間佔十六呎見方，再過去即廚房和樓梯。屋中另有四間臥室和兩間屋頂間。屋齡不高，狀況尚佳。比起諾蘭園來，實在有夠寒磣侷促的！可是大家進了屋，為回想而流的淚水卻很快乾了。僕歐的歡欣之情振奮了她們，四人都看在他人分上，決心露出喜色。時值九月初，宜人的季節，天朗氣清的第一眼好印象，大大有助於培養她們日後對這地方的長久感情。

屋子地點不錯。緊鄰屋後以及兩側不遠皆有高崗挺出，崗上或者整片草茵，或者栽有樹木。村落主要是在其中一座小山上，從小築的窗口看過去風景很悅目。屋前的風景比較遼闊，可看見山谷全貌，一直看到谷外的原野。環抱小築的山崗即在前方截斷谷地，然後在最陡峭的兩山之間，谷地復以另一個名稱轉一個方向迤邐而出。

屋子的大小和擺設，老太太大致上相當滿意。雖然她過慣從前的日子，難免想再添購一些家具，添購和裝修對她卻是一樁樂事。現在手頭上的錢，足夠供個別的隔間打點得更雅致。她說：「我們住這房子絕對是太小了，不過我們暫時卻要得過且過。歲末將臨，來不及改房子了。來春吧，我手頭寬的話，就可以想想整建的事了，我一定會手頭寬的。我希望常常有朋友來這裡相聚，這兩間起居室都太小了。我想打通走廊，把一間起居室加大，也許佔用另一間的部分空間，另一間的剩餘部分就留下來做玄關用。這樣，再加上一間要增建很容易的客廳，以及一間臥房一間閣樓，這小築住起來就很舒服了。我希望樓梯能造得漂亮一些。但是人必須知足，儘管我猜，加寬樓梯並不是一件難事。要看看來春我手頭有多少錢，再計畫我們的整建事宜。」

暫時，大家皆明智地安於屋子現狀，以待一個一生從不省錢的女人，從每年五百鎊的收入中省下錢來整建房子。她們各自忙著陳設自己的東西，把屋子打點成一個家。瑪麗安的鋼琴拆了箱擺好，起居室的牆壁也掛上幾幅艾琳諾的畫作。

第二天，她們正忙著這些，早餐後不久就因房東的來訪而停頓。他來歡迎她們到巴頓來，還說，只要她們現在缺什麼，他的房子和莊園都可以供應。約翰．米道敦爵士年約四十上下，相貌不錯，曾經造訪過史坦岡，可是時間太久了，他的小表親們都記不得有這個人。他氣色愉快，待人跟寫信一樣和氣。他似乎真的很喜歡她們來住，也真的非常在意她們安不安適。他滔滔不絕，萬分希望兩家能處得一團融洽，力邀她們在家中尚未安頓時，能天天去巴頓園府用晚餐。雖然他的邀請殷切過分，已經近乎失禮，卻不會令人生氣。他不只話說得和氣，人走還不到一個鐘頭，就從園府送來一大筐蔬果，天黑時又送來些野味。尤有甚者，他還堅持要替她們跑郵局傳遞信件，不天天把自己的報紙送來還不肯罷休。

米道敦夫人由他送來非常禮貌的口信，表示有意拜訪老太太，只要確定她們沒有什麼不方便。這邊也報以相等禮貌的邀請。第二天，夫人就與達士伍老太太結識了。

這位對她們在巴頓的生活好不好過將會大有影響的人，她們當然急欲謀面。她的雍容華貴予母女觀感頗佳。不超過二十六、七歲的年紀，面貌俊俏，身材高眺綽約，儀態高尚，具有先生沒有的那份斯文氣質。只是，先生有的那種坦率和熱情，如果她也能有一點的話，氣質就可以更好了。她來小築坐的時間卻久得足以消減母女等人對她的初步欣賞，她看來雖然教養極佳，卻隔閡冷漠，除了最平庸的問候言談，什麼話也講不出來。

其實也不需要多說話，原來米道敦爵士說個不停，夫人亦做好明智的預防措施，一起帶來了大兒子，一個六歲上下的可愛男孩。有了男孩在場，眾女士只要無話可說時，總有個話題可以轉回去。她們當然得問問他的名字年紀，誇他長得好，向他提出總是由母親代答的問題。男孩卻低頭黏著母親，令夫人頗為訝異，怎麼他在家可以吵嚷不休，在人前卻如此害臊。凡是正式的拜訪都應有個小孩隨行，以備話題之需。目前這個例子，男孩是像媽媽還是像爸爸，在哪些特徵上又是像誰，就花了十分鐘去決定，看法當然人人各異，而且大家都對他人的看法大吃一驚。

達士伍母女等人很快就獲賜一個機會，可以為米道敦家的其他子女也爭議一番，原來她們若不答應在第二天赴園用晚餐，爵士就不肯離去。

7

巴頓園離小築大約半哩遠。母女們沿著山谷過來時曾經路過，在家中卻因為有山崗隔著看不見。園府寬敞美觀，而米道敦一家的生活亦頗好客高雅。好客，是為了爵士快活，高雅則投夫人所好。他們家中很少會沒有親朋留宿，府中各式各樣的聯誼聚會，亦多過附近所有人家。聯誼聚會對夫妻倆的幸福來說，都是不可或缺的。原來，不管兩人在性情及外在言行上多麼南轅北轍，說起沒才情，沒品味，兩人卻像得不得了。所以如果不事社交，兩人可做之事只能侷限在很小範圍內。爵士當獵人，夫人做個媽媽。他狩獵打槍，她哄小孩。這是兩人僅有的可做之事。夫人享有一年到頭皆有小孩可寵的好處，爵士的個人工作卻只能忙上半個年頭。家內家外聚不完的會，卻可彌補天賦和教育上的一切不足，既可長保爵士精神愉快，也可供夫人好好發揮她的優良教養。

餐桌以及家內一切陳設的高雅大方，夫人皆頗引以為豪，這種虛榮正是她從家中大小聚會中得到的最大快感。爵士從社交中得到的樂趣可就真實多了。他享受身邊聚滿屋子容也容不下的年輕人，而且他們越吵鬧，他就越高興。他這人簡直是鄰里所有少男少女的天賜恩典，原來夏季他總愛組織一些吃冷火腿和雞肉的戶外聯誼，到了冬天，他的舞會亦多得足以應付已經脫離十五歲渴舞狂的每一位小淑女（註）。

郡中只要搬來一戶新人家，對他總是樂事一樁。能為巴頓小築找到這樣的房客，怎麼想都令他十分窩心。三姊妹全都年輕漂亮不造作，博取他的好感已是綽綽有餘，因為漂亮女孩兒只要不造作，內心就跟外表一樣迷人了。他心地又好，很樂於提供房子給狀況也許不如以前的人。因此，能向親戚盡一份心，對他這好人真是愜意。能把一戶只有女性的人家安頓在自己小築中，更十足是他身為獵戶的一件愜意事。原來獵人雖然只會賞識也是同好的男性，卻往往不願放別的獵人住進自己莊園，讓別人有更多獵可打。

爵士在大門口迎接達士伍母女，真誠不造作地歡迎她們到巴頓園來。他一邊陪著走去客廳，一邊向三位小姐再說一遍他前一晚關心的話題，說他找不到什麼時髦青年男士來跟她們碰面。他說，除了他，她們只會見到一位紳士，是他好友，正下榻在園府中。只是他既不年輕，也不很逗趣。晚宴這麼少人，希望她們能夠諒解，保證下不為例。他白天跑過很多戶人家，希望添些人數。但是今晚月光皎潔，大家都已經有約在身。所幸，夫人的母親前一個鐘頭剛剛抵達，她笑口常開，極好相處，希望三位小姐會覺得晚宴並不若想像般乏味。達士伍母女這邊能和兩位生人同席卻已經心滿意足，不想要更多。

夫人的母親珍寧斯太太，是個好脾氣、心寬體胖的老婦，話很多，一臉福氣相，而且很庸俗。她滿口戲謔嘻笑，一頓飯沒吃完，已經說了不少繞著情郎和丈夫打轉的笑話。她說，希望小姐們沒在薩西克斯郡留下什麼情郎，還不管真假，佯稱看見小姐臉紅。瑪麗安替姊姊困窘，轉眼瞧她挨人攻擊怎麼應接，真切的眼神卻遠比珍寧斯太太那種尋常的譏誚更令艾琳諾苦惱。

爵士的朋友布蘭登上校，言談舉止一點都不像爵士的朋友，猶如夫人並不像他的妻子，珍寧斯太太也不像夫人的母親一般。他沉默嚴肅，不過外貌卻不算難看，儘管在瑪麗安和瑪嘉麗看來，他的年紀既然已經過了三十有五的錯誤那一邊，勢必要打一輩子光棍了。他面容雖說不俊，表情卻情到理到，談吐也格外斯文。

晚宴中那幾個人並沒有什麼特別跟母女等合得來的地方。只是夫人的冷漠乏味實在難親近，相較之下，上校的嚴肅，甚至爵士和他丈母娘的笑笑鬧鬧，就有點意思了，似乎只有飯後進來的四名聒噪小孩才能為夫人製造娛樂。孩子扯著她，抓她的衣服，並結束一切與他們無關的談話。

晚上，眾人發現瑪麗安是懂音樂的，就請她彈彈鋼琴。於是打開琴蓋的鎖，大家都做好陶醉的準備，嗓音極佳的瑪麗安應人之請，一一唱過夫人陪嫁的歌本中大部分曲目，那歌本也許自夫人進門後即擱在琴上未再動過，原來她母親說她琴技一流是沒錯，她自己也說素喜音樂，她卻以放棄音樂來慶祝自己嫁為人婦。

瑪麗安的演出博得熱烈采聲。爵士在每一曲終了之際的讚賞，就跟他在每一曲進行之時的講話聲一樣響亮。夫人頻頻叫他守秩序，說搞不懂怎有人可以從音樂分心片刻，並向瑪麗安點唱一首剛剛才唱完的歌。眾人之中只有上校沒聽得如癡如狂。他只是專心聽，以示欣賞。當場，眾人皆恬不知恥地低俗，瑪麗安對上校於是心生一股別人皆活該沒資格受的敬意。他聽音樂的興味，雖然不若唯一可跟她心有靈犀的那種銷魂的快感，比起別人可憎的麻木不仁，卻可欽可佩。她尚能諒解，一個男人到了三十五歲，感受也許不可能再敏銳如昔，喜歡做什麼也不可能再大痛大快。上校這把年紀應得的一切通融，瑪麗安都符合人道地可以通融。

譯註：禮俗，女孩子要等到十六歲才可以從事跳舞等社交活動。

8

珍寧斯太太是個寡婦，先夫留給她一大筆遺產。她只生兩個女兒，已經看著兩個都嫁給好人家，所以她現在唯一的事，就是世間其餘男女的婚嫁了。她提倡起這目標來是矢勤矢勇，竭盡所能，從不錯過任何機會，預測她認識的年輕男女間，誰和誰將會結婚。她發現起誰喜歡誰來是迅速驚人，也喜歡暗示哪位小姐令哪位先生傾倒，講得人家小姐既臉紅又得意洋洋。她憑著這種慧眼，來巴頓沒多久即下斷語，說上校已愛上瑪麗安。兩人相會的第一晚，上校聽瑪麗安唱歌聽得入神，珍寧斯太太就疑心有這麼回事。後來爵士一家回訪達士伍母女，在小築用餐，上校又聽了一次瑪麗安唱歌，珍寧斯太太就更確信無疑了。準是這回事。她徹底相信。男的富有，女的漂亮，兩人配極了。珍寧斯太太自從有了爵士做女婿而認識上校，就急著要看他娶到好媳婦。而且，她一直都急著要幫所有漂亮的小姐找到好丈夫。

她眼前可獲得的好處一點也不算少，可以拿兩人沒完沒了地取笑。上校受她取笑，可以全不當一回事，只要是針對他自己一人。瑪麗安一開始卻完全想不透，等她搞懂是說誰，卻說不出是該笑它荒唐呢，還是怪它無禮。她覺得尋這種開心，全沒替上校著想，他都一把年紀了，淒淒涼涼老單身一個。

老太太想不到，一個比自己小五歲的男人，竟然有女兒年少眼光看到的那麼老態龍鍾。所以就大膽替珍寧斯太太辯解，說她並不會取笑上校歲數。

「就算媽不覺得她的指控是惡意，至少也不能否認她很荒唐吧。上校比珍寧斯太太年輕是沒錯，卻老得可以做我爸爸了。就算他也曾經活潑過好了，活潑得可以談戀愛，如今一定已經過了那種心情的年紀。太可笑了！一個男人如果連年老體衰都難保不受這種譏誚，要什麼時候才可以呢！」

「體衰？」艾琳諾道：「你說上校體衰？你看他比媽媽看得還要老，這我可以輕易理解。可是你也不該自欺，以為他四肢不能運用自如吧！」

「你沒聽他抱怨風濕嗎？這不是體力衰朽最尋常的病症嗎？」

她母親笑道：「女兒啊，這樣說來，你一定常常擔心我這做媽的行將就木嘍。你看我竟然活到四十歲高齡，想必當是奇蹟吧。」

「媽可錯怪我了。我明白，上校可以再活個二十年，還沒老到要親朋擔心會隨著自然過程失去他的地步。可是，三十五歲是不應該扯上男婚女嫁的。」

艾琳諾說道：「也許，三十五歲和十七歲最好別一起論及婚嫁。可是如果碰巧有誰，到了二十七歲還待字閨中，我倒不覺得上校三十五歲的年紀會阻礙他娶這樣一位小姐。」

瑪麗安半晌沒應聲，才說道：「女人到了二十七歲，就不該再指望愛人或被愛了。如果她家境不佳，或財產很少，我猜她可以屈就一下保母的工作，以取得人妻可有的那份生計和經濟穩固。所以，上校如果娶這種女人，倒沒什麼不妥。那將是一份共利契約，外人也全會滿意。我卻不覺得這算婚姻，可是也沒什麼不好。我只當它是商業交易，兩人都希望因對方的付出而受益。」

艾琳諾答說：「我知道你絕不可能相信，二十七歲的女人會喜歡上三十五歲的男人，喜歡到把人家當成理想伴侶的地步。可是，我一定要反對你判決上校和妻子倆長期監禁於病房中，就為了不巧他昨天，一個又冷又潮的天，抱怨肩膀有些痠疼。」

瑪麗安說道：「可是他還說了法蘭絨背心。我總覺得法蘭絨背心和疼痛、抽筋、風濕、老弱者的各種雜症是永遠分不開的。」

「如果他只是發個高燒，你損他就不會有現在的一半多了。招認吧，瑪麗安，你不覺得發燒時的兩頰泛紅、雙眼塌陷、脈搏加快有點意思嗎？」

艾琳諾不久就離開房間。瑪麗安對母親說：「我正擔憂一件事，跟生病有關的，不能瞞著媽了。我想愛德華．費拉斯一定是病了。我們已搬來快兩個禮拜，他卻都沒來。只有身體真的不適可以讓他遲遲不來這裡。諾蘭還有什麼可以絆住他的嗎？」

「你以為他會這麼快來嗎？」老太太說：「我可不。反而，我要憂慮這事的話，就是回憶起我請他來巴頓玩時，他有時會接受得不很高興，不很爽快。艾琳諾已經在等他來了嗎？」

「我從來沒跟她提起過，可是她一定在等的。」

「我倒覺得你弄錯了。我昨天才跟她說要為空房添個爐架。她卻說目前還不急，暫時可能不會用到那房間。」

「真奇怪啊！這是怎麼說呢？他們倆對彼此的態度卻一向就是莫名其妙的！兩人見最後面，態度好冷漠，好平靜啊！相聚最後一晚的對話，說得好平淡啊！愛德華的道別，對姊姊和我並沒有兩樣，就像個友愛的兄長在祝福我們倆。最後一天白天，我有兩次故意留下他們獨處，兩次愛德華都莫名其妙地跟著我出來。姊姊離開諾蘭和愛德華，也沒像我一樣地哭。即使到現在，她的從容自若還是一成不變。她要在什麼時候沮喪難過呢？她要在什麼時候躲開人多的場合，或在外人之中流露出煩躁不快呢？」

9

達士伍家母女在巴頓住下來，現在已經勉強算安康了。屋宇和庭園以及周遭景物，現在都熟悉起來。她們又做起了那些曾為諾蘭增添過一半可愛的平日消遣，做得比父親亡故後在諾蘭的日子還要興致濃厚。頭兩周天天都來的米道敦爵士，家中難得有很多可做之事，看見人家總是有事要做，掩不住驚訝之情。

巴頓園來的不算，她們訪客不多。儘管米道敦爵士力勸她們多多跟鄰近人家往來，再三保證自己的馬車隨時可供她們驅遣，老太太不依靠人的個性卻蓋過了要女兒多交些朋友的願望。她堅決不去拜訪任何比散步腳程還遠的人家。可是散步腳程以內的人家卻很少，也不是全都可以親近的。剛搬來時，三姊妹有一次散步，曾在狹窄蜿蜒的亞倫罕谷，即前面提及，從巴頓谷分岔出來的谷地，發現離小築一哩半左右，有一幢外觀堂皇的古老巨宅，令人想起諾蘭，也引起姊妹等人遐思，希望能多熟悉這屋子。問了人卻發現，原來屋主是個名聲端良的年邁女士，不幸疾病纏身，無法與外界來往，也從不出門。

四周的原野滿布風景優美的步道。小築的每一扇窗幾乎都映入高高的崗影。崗腳的谷地塵埃漫漫，遮蔽優美的景色時，登上崗頂，痛快享受美好的空氣即為一樁可供選擇的賞心樂事。有個值得記取的一天，瑪麗安和瑪嘉麗被前兩天的降雨關在屋中關得膩煩不過，受了雨歇時陰晴相間的天色吸引，相偕向山崗走去。儘管瑪麗安宣稱，當天的天氣會一直放晴，每一朵作勢欲雨的烏雲都會從崗上撤走，天色卻還沒誘人到足以擱下其他兩位的鉛筆和書，姊妹倆就一起出發了。

兩人快樂地登上丘陵地，藍天只要多露出幾分，她們就興高采烈。陣陣沁人心脾的西南強風撲上臉來，不禁替母姊惋惜，只因太多慮，錯過這麼美好的感受。

瑪麗安說道：「世間還有什麼比這樣子更暢快的？我們倆至少要在這兒走上兩個鐘頭。」

瑪嘉麗說好，兩人就說說笑笑，怡然逆風前進了大約二十分鐘。雲朵卻突然在頭頂聚結，下起傾盆大雨，淋得她們滿頭滿臉（註）。姊妹倆又驚又惱沒奈何，只好掉過頭，除了家裡也沒有更近的避雨處。稍堪安慰的，是可以全速跑下直通家門口的陡坡，情急之下也顧不得端莊了。

兩人拔腿飛奔。本來是瑪麗安在前，卻一腳踩空跌倒了。怎知瑪嘉麗幫不上忙，她沒法停步，不由自主地急奔而下，安然抵達崗腳。

瑪麗安出事時，幾碼外正好有位紳士，背著槍，帶著兩隻活蹦亂跳的獵犬往崗上走。他摘下槍跑來相助。瑪麗安已經從地上爬起來，可是腳卻在跌跤時扭傷了，站不住。紳士說要幫忙，知道她的傷勢雖然非人扶持不可，卻為了矜持而婉謝，紳士就不多遲疑，抱起她走下山來，穿過瑪嘉麗才打開來的她家園門，直接走進瑪嘉麗也才剛到的屋子。一直抱著瑪麗安不放，直到把她安放在客廳的椅子上為止。

他們進門時，艾琳諾和母親都驚訝地站起來。兩人盯著紳士瞧，同樣都為此人的儀容而露出納罕的眼神，並暗自讚嘆。他敘述闖進門內的原委，以表歉意，說得如此坦率斯文，異常英俊的外表加上語氣措詞，顯得更添魅力。就算他老醜粗鄙，老太太也會念在女兒承他照顧的分上，感激地好好待他的，只是這人正值年少，一表人才又風度翩翩，讓深深感動她的義行變得更有意思。

老太太以她慣有的溫柔口吻再三致謝，請他坐坐。他卻婉拒了，說自己又髒又濕。於是老太太就請問，自己是欠了誰一份人情。他答道，他名叫魏樂比，現居亞倫罕，明天想來探問一下達士伍小姐，希望能有這份榮幸。他當下就獲賜了他要的榮幸。然後人就走了，而且還冒著大雨，顯得更有意思。

馬上，大家交相讚譽起他一表人才，風流倜儻。因為他長得好，大家笑瑪麗安給人英雄救美，笑得就更開心了。瑪麗安給人抱起，窘得滿臉通紅，到家後仍不好意思端詳人家，所以不如別人看他那麼清楚，不過，也清楚得夠讓她附和別人的讚賞了。就像她一向稱讚起事物來，稱讚得眉飛色舞的。魏樂比的儀容風度，就跟她為最愛讀的故事想像出的主人翁一模一樣，他不拘小節地抱她進屋，意味此人思想敏捷，讓瑪麗安更加欣賞他的舉動。他的一切都有意思。名字取得好，住所又在她們最喜歡的村莊。瑪麗安還馬上發現，男性裝束中，就數獵裝最帥氣了。她忙著發揮想像力，回想得好開心，都沒感到腳扭傷的疼。

當天的白晝再度放晴，米道敦爵士才可以出門前來造訪。母女等說了瑪麗安那事故給他聽，並熱切問道，可曾認識一個住在亞倫罕的紳士，名叫魏樂比。

爵士叫道：「魏樂比！什麼，他來郡中了？倒是個好消息。我明天就騎馬過去，邀他星期四過來用餐。」

老太太問道：「這麼說，您認識他了？」

「認識！當然認識。當然嘍，他每年都會來我們這裡造訪。」

「他是個什麼樣的青年呢？」

「我向您保證，是個再好不過的傢伙。槍法一流，騎起馬來在英格蘭是一等一的大膽。」

瑪麗安憤聲叫道：「您能說的就只有這麼一點點嗎？他跟人深交時風度怎樣呢？有什麼樣的興趣、才能、天賦呢？」

爵士傻了眼。

「我發誓，」他說：「那方面我知道的可不多。不過這傢伙滿好相處的，脾氣也好，養了隻我看過最好的黑毛小獵犬。今天他有帶著那隻狗嗎？」

瑪麗安卻沒辦法告訴他魏樂比的獵犬毛色，猶如爵士描述不出魏樂比的性情一般。

艾琳諾道：「這人到底是誰呢？是哪裡人？在亞倫罕有房子嗎？」

這些，爵士就可以提供更確切的訊息了。他說，魏樂比在郡中並無自有莊產，只在造訪亞倫罕園中老太太時才來下榻，老太太是他親戚，財產將來會歸他繼承。附加一句道：「對對對，我可以告訴您，這男的是值得捕捉，除此之外，他在薩姆塞郡還擁有一幢漂亮小房子。如果我是艾琳諾小姐您的話，管他有沒有跌下山這回事，絕不會把這男人讓給妹妹去。瑪麗安小姐甭想霸佔全天下所有的男人。她一不提防，布蘭登可要吃醋的喲。」

「我就不信我生的女兒，」老太太和顏悅色道：「會做出您所謂的『捕捉男人』這種事，替魏樂比先生添麻煩。她們從小教養到大，並沒教過這種事，男人再怎麼有錢，跟我們在一起也很安全。不過，您說起他是個體面青年，結識他沒什麼不好，我倒很高興。」

爵士又說一遍道：「我認為，這小夥子再好不過了，記得去年聖誕，巴頓園開的小舞會，他從八點一直跳到四點，連坐也沒坐下來過。」

「他這樣，真的？」瑪麗安叫道，兩眼閃著光：「跳得又好看，又精神奕奕嗎？」

「對呀，然後八點就起床，騎馬打獵去了。」

「我就喜歡這種人，年輕人就該這樣。不管做什麼都興致勃勃的，熱情不稍消減，從不感到累。」

爵士說：「對對對，以後怎樣我都知道，都知道了。你會把帽子套在他頭上，再不會想到可憐的布蘭登了。」

瑪麗安激動地說：「爵士這句話我最不愛聽了。什麼尋人開心的陳言腐語，我統統不入耳。什麼帽子套到誰頭上啦、搞定誰等等，尤其難聽！含義粗野沒教養不說，就算鑄詞鑄得還算聰明，時間久後，當初的新意也早就蕩然無存了。」

爵士不很懂她在責備，卻笑得好像有聽懂一樣開心，答說：

「好好，我敢說，你總有法子搞定很多很多男人的。可憐的布蘭登！已經愛得死去活來了。我可以告訴你，他是很值得你去套帽子的，儘管你這樣摔摔跌跌扭到腳的。」

譯註：雨傘在十八世紀英國雖已很普遍，卻相當笨重，因此奧斯汀女主角從不帶傘出門。《諾桑格修道院》十一章，有位太太就說：「雨傘拿起來超不舒服的，我寧願帶一張椅子出門。」

10

瑪嘉麗文勝於質地稱魏樂比為瑪麗安的救星。第二天，他又來小築造訪，致上個人的問候。老太太待他已不只禮貌而已，爵士對這人的形容，加上她自己的感激之情，莫不令她和藹可親。魏樂比在屋中小坐的所見所聞，似乎言明他因事故而結識的這戶人家，是知書達禮，風雅不俗，相親相愛，家庭和樂。他無需再見面就確信不疑，母女都自有可愛之處。

艾琳諾面色白皙，五官端麗，體態相當標致。瑪麗安更是俊俏有加，身形雖然不若姊姊標準，沒有她高䠷，卻比她動人。臉龐相當可愛，所以用尋常讚語「美女」來形容她，就沒有平時用來形容別人那麼大大地違犯事實了。她膚色偏黑，卻自有一種透明的質感，所以面容光彩異常。五官全長得好，笑靨甜蜜可人，烏溜溜的眼睛生氣盎然，活潑真摯，讓人看了不得不喜歡。本來想到魏樂比曾救她，有點不好意思，看魏樂比的眼神有些拘謹，事情過去後，精神變平靜了，她看見這位紳士不只教養完美周到，而且人是坦率兼又活潑，尤其聽說他酷愛音樂和舞蹈，就投給他相當賞識的一眼，這一來，他到告辭以前大半的話就都找她一人對談了。

只要提起她喜歡的消遣，就可以引她說話了。這種話題一開，她就無法沉默，談論起來既不羞怯也不保留。兩人很快發現，彼此都喜歡舞蹈和音樂，凡是有關這兩件事的，都看法一致。瑪麗安大喜過望，想再多了解他的看法，就問起了讀書一項，她講出最心儀的作者，形容得眉飛色舞，一個二十五歲的男人不管從前如何沒注意那幾本書，如今倘若不立刻向那幾本書的一流水準皈依，一定是麻木不仁。兩人的品味近似驚人，都崇拜同樣的書，同樣的段落。就算有什麼看法不一，什麼歧見，只要瑪麗安大力辯解一番，眼神又閃閃發光，歧見就消弭無形了。魏樂比同意她的每個裁決，染上她的一切狂熱，還沒告辭，兩人早已談得好像老朋友一般親熱。

人一走，艾琳諾就對瑪麗安說道：「好了，總算有這麼一天，我覺得你大有收穫。魏樂比先生對重要問題的觀點，你幾乎都已經明明白白。你知道了他對庫柏和司各脫兩位浪漫詩人的看法，已確定他懂得欣賞他們作品的美麗之處，也取得他的再三保證，讚賞起理性詩人頗普來，只會適可而止就好。可是你們倆將各色各樣的話題這麼速度驚人地送出嘴來，將來要如何長期交往是好呢！你們會一下子就把愛談的話題都談完的。再見一次面，就足以解釋他對山水畫境和再婚的觀感，接下去你就沒什麼要問他了。」

瑪麗安打斷她喊道：「這麼說公平嗎？合理嗎？我的思想就這麼貧乏嗎？不過我明白你的意思了。我太隨便、太快樂、太直率。我違背了一般人的一切禮儀規矩。我在應該緘口、無精打采、無趣、說騙人話的時候，卻有話直說，真心待人。我如果只談談天氣和路況，每隔十分鐘才開一次口，就不會挨你說嘴了。」

母親說道：「女兒啊，別生你姊姊的氣，她開開玩笑罷了。如果她敢想礙到你同我們這位新朋友的談話樂趣，我自會訓斥她的。」瑪麗安即刻就安撫下來。

魏樂比這邊呢，顯然亟欲再多多與這戶人家來往，絲毫掩不住締結新交的歡喜。他天天都來。本來的藉口是要來探瑪麗安的傷。受用到一日勝過一日的親切招待，有了鼓舞，藉口尚未因瑪麗安完全康復而失效，就沒必要了。她在家禁足好幾天，不過，卻沒有比這更不惱人的禁足了。魏樂比這年輕人多才多藝，神思敏捷，活力充沛，態度真摯大方，正是天造地設，要瑪麗安來為他傾心的。除此之外，他還儀表英俊，天生就熱情奔放，現在受到了也是熱情奔放的瑪麗安的刺激，他就更加熱情奔放了。瑪麗安最是中意他這點，超過其他一切。

漸漸，同魏樂比相處成了瑪麗安的頭一件賞心樂事。兩人一起讀書、聊天、唱歌。他頗具音樂才華，誦起詩文來亦洋溢出愛德華不幸缺乏的一切感性和韻味。

他在老太太眼中，就跟在瑪麗安眼中一樣零缺點。艾琳諾看他，也沒看到什麼好挑剔的，只是他有個癖性，跟瑪麗安極像，也特別討瑪麗安喜歡，就是往往無視談話的對象和場合，大抒特抒一己之見。不管他和瑪麗安可以說出多少辯解話來，艾琳諾就是看不慣他這樣，匆匆論斷他人，為獨享意中人的注意力而犧牲尋常的禮貌，還隨意貶損人情世故的規矩，顯得他這人很不懂得謹言慎行。

瑪麗安現在發覺到了，她在十六歲半時的絕望，以為心目中十全十美的男人永遠也找不到，是既魯莽又沒道理的。魏樂比正是她在那鬱鬱寡歡的時辰以及所有其他時候曾經描摹過的，那種她可以傾心的樣子。他的所作所為也宣示，這方面他不只條件不錯，也非常有心。

做母親的也是，並沒有因魏樂比將會繼承大筆遺產而起過締結姻緣的念頭，可是一星期沒過完，卻已經在希望並且期待起這樁姻緣了。還暗賀自己，得了愛德華和魏樂比兩位佳婿。

上校那幾個朋友很早就揭露他在喜歡瑪麗安，現在，他們再也注意不到了，艾琳諾卻才察覺，大家的注意力和風趣都移轉到他那位幸運的情敵身上。上校當初尚未喜歡上瑪麗安時曾經引起的嘲笑，現在跟感情可謂名副其實了，人家反而不再笑他。艾琳諾儘管雅不願意，如今卻不得不相信，當初珍寧斯太太為了自娛而加到上校頭上的情愫，現在已真的為妹妹而起了。不管兩方之間的個性相投如何加深魏樂比的用情，個性相左卻也不妨礙上校喜歡她妹妹。艾琳諾擔心著他，三十五歲的寡言男子碰到二十五歲的飛揚青年，還有什麼好指望的？她甚至不能指望他成功，只好衷心希望他別太在意。她喜歡上校這人，儘管他很嚴肅，話很少，她卻覺得很有意思。他的言行雖然一板一眼，卻很溫文。他話少，似乎是精神打擊造成的，並不是天性憂鬱。米道敦爵士曾經暗示他遭逢過挫折或失意，證明她想的沒錯，他果然是個命運不濟的男人。她尊敬他，同情他。

也許，正因為魏樂比和瑪麗安都輕視上校，艾琳諾就更憐憫他，更敬重他。他們倆似乎決心要看輕他的優點，就是看不慣他既不活潑也不年輕。

一天，大家談起上校，魏樂比說道：「布蘭登就是那種人人有好感卻沒人理睬、人人都樂於看見卻沒人想找他說話的人。」

瑪麗安衝口道：「我也是這麼想。」

「別拿這誇口，」艾琳諾道：「你們倆對他都不公平。巴頓園中大大小小都敬重他，我每回見到他，也總是耐心跟他談話的。」

魏樂比道：「有小姐您的嘉獎，當然對他的名聲有利。至於別人，他們的敬重可就是譴責了。像米道敦夫人和珍寧斯太太那種女人，根本就沒有人會當她們的讚許是一回事，誰受得了那種讚許的恥辱呢？」

「也許，你們倆這種人的惡言卻可以彌補她們母女倆的敬重。如果她們的讚揚是苛責，你們的苛責就可以是讚揚了。她們沒有眼光，就跟你們倆有偏見不公正一般。」

「姊姊為了替保護對象辯護，竟說起刻薄話來了。」

「你所謂的我這個保護對象，他是有理性的人，而理性總是吸引我的。沒錯，瑪麗安，就算他是個三、四十歲的男人。他世面廣，去過國外，博覽群書，好學深思。我覺得他可以教導我各門各類的學問，解答我的疑問時，總是以他的好教養和好脾氣，解答得很爽快。」

「也就是說，」瑪麗安輕蔑地衝口道：「他告訴過你，東印度（註）很炎熱，蚊子很討厭。」

「我不懷疑，我如果有問的話，他就會告訴我。只是不巧，這些我都早知道了。」

魏樂比道：「說不定他的評語曾擴及印度的太守啦、金幣啦、單人轎的。」

「恕我冒昧，上校他的評語可比您這位先生的快言快語還廣博多了。只是，您何必一定要不喜歡他呢？」

「我不是不喜歡他。反而，我覺得他是個很體面的人。他有大家的好評，卻沒有人理他。有的是花不了的金錢，多的是用不到的時間，並且，一年還添購兩件新大衣。」

瑪麗安衝口道：「再加上沒天分、沒品味、沒活力，悟力不靈光，感受不強烈，聲音不帶感情。」

艾琳諾答道：「你倆咬定他有的缺失，許多都是憑空想像出來的。相較之下，我的好評就顯得索然無味了。我只能聲稱，他通情達理，教養良好，知識淵博，氣質溫文，而且我相信，他的性格和藹可親。」

魏樂比衝口道：「大小姐待我好不厚道！淨找理由要講贏我，要我違背本心，相信您的話。沒有用的。您會發現，您有多狡黠，我就有多固執。我不喜歡布蘭登上校，有三個辯解不得的理由：我想要晴天，他偏要脅說會下雨。我馬車的車體安裝，他也要吹毛求疵。還有，我勸不動他來買我的棕毛母馬。如果您高興聽我說他在其他方面都無懈可擊的話，我倒願意這麼承認。這麼承認我一定會有些不快，所以您不能剝奪我照舊不喜歡他的權利。」

譯註：東印度（the East Indies）泛指今日的南亞與東南亞，包括印度、新加坡、泰國、菲律賓、印尼等，在珍・奧斯汀的時代都是「東印度」的一部分。

11

達士伍母女初來德文郡時，並沒有想像到沒多久，就會跑出好多好多花時間的約會來，邀約接二連三，訪客絡繹不絕，她們都沒空去做點認真事了。情況卻正是如此。瑪麗安痊癒以後，爵士早就構想好的戶內戶外遊玩計畫即刻付諸實現。園中開起了舞會。只要今年這多雨的十月天可以作美，水上聯誼也是盡量頻繁地舉辦並且完成。活動都有魏樂比參加。活動中的輕鬆熱絡氣氛是恰到好處，正可以拉近他和達士伍母女的距離，給他目睹瑪麗安種種優點的機會，展現他熱情洋溢的愛慕，並且，從瑪麗安這邊的言行態度，斬釘截鐵地確定她也芳心有意。

他們兩情相悅，艾琳諾倒不驚訝。她只希望兩人別太明目張膽，也勸過瑪麗安一兩次，該節制節制。可是瑪麗安卻憎惡一切揭開來並不至於丟臉的遮遮掩掩。她覺得，強去節制不無可取的感情，不只是沒事找事，也是捨理性而向世俗謬見屈就的恥辱之舉。魏樂比也作如是想。兩人時時都在以行動示範他們的想法。

有魏樂比在旁，瑪麗安眼中就沒有別人。魏樂比的所作所為全是對的。魏樂比的一言一詞全都有趣。如果園府內的晚會最後一項節目是打牌，魏樂比就作弊騙過同桌，好讓瑪麗安拿出一手好牌。如果當晚是以跳舞助興，兩人就有一半的時間都是舞伴。不得已要拆開換舞伴的話，兩人就會故意站得很靠近，難得跟別人講上一句話。這種作風當然會備受嘲謔，兩人卻不會難為情，也似乎不以為忤。

兩人的感情老太太全能夠溫馨地體會，她絲毫無意想制止小兩口的露骨示愛。露骨示愛在她看來，只是感情奔放的青年男女情到濃處的自然結果罷了。

這是瑪麗安最快樂的時候。她的心裡就只有魏樂比，有了他作陪，新家變得可愛多了，從薩西克斯郡伴隨而來的思念諾蘭之情，也比當初想的更輕易打消。

艾琳諾卻沒有這麼快樂。她的心情不很自在，隨著眾人嬉遊，也無法快樂透徹。她沒有從中得到什麼伴侶，可替補那拋在後頭的歡娛，眾人中也沒有誰可以教她，別再那麼嘆恨地思念諾蘭。她懷念的那種暢談對話，米道敦夫人和珍寧斯太太都無法提供。儘管有喋喋不休的珍寧斯太太，一開始就待艾琳諾很和氣，大部分的話都找她說。她把自己的一生經歷向艾琳諾重複過三到四遍，如果艾琳諾的記憶力可以媲美她反覆修訂的能力，也許兩人認識不久，艾琳諾就可以知道她亡夫臨終前的一切病情細節，以及最後幾分鐘對妻子的交代。米道敦夫人只有在話比較少這一項上面比她母親好相處。艾琳諾無需細加觀察即可看出，她只是因為態度文靜，所以才不太說話，跟理不理智無關。她對先生母親就跟對她們一樣，跟她是別想要深交的。她每天都沒有要說什麼前一天沒說過的話。淡淡漠漠一成不變，興致永遠一個樣。只要先生能把聯誼的一切都辦得合乎時尚，她也有老大老二作陪，她倒不反對他要辦聯誼，不過，她在聯誼活動中，卻不像有比在家中閒坐多出什麼樂趣。她也不怎麼同大家聊在一起，別人並不因她在場而增添樂趣，所以只有偶爾，她掛念到頑皮的兒子時，大家才會想到她也在。

新交之中，艾琳諾覺得只有布蘭登上校多少還懷有可欽可佩的才具，可以激起友情的念頭，相處起來也有樂趣。魏樂比就甭提了。艾琳諾欣賞他，也關心他，甚至還以兄妹之情待他。可是他卻是個戀人，注意力全在瑪麗安身上。也許，隨便一個遠沒他隨和的人都會比他好相處。上校不幸卻沒受過什麼鼓勵，可以只想著瑪麗安一個人。能和艾琳諾說說話，是彌補瑪麗安的徹底冷落的最大慰藉。

艾琳諾越來越同情上校。她有理由懷疑，他從前就嘗過失戀的痛苦。她會這麼懷疑，是由於有一晚在巴頓園，大家正在跳舞，他們倆則同意一起坐下，他曾無意吐露一些話。他凝視著瑪麗安，沉默幾分鐘後，苦笑著說道：「我了解，令妹不認為人該愛第二次。」

「沒錯，」艾琳諾答道：「她滿腦子只有浪漫的念頭。」

「或者該說，相信她並不認為人是有可能愛第二次的。」

「她應該是這麼想沒錯。家父就娶過兩次妻，瑪麗安是怎麼把自己爸爸的名聲擻在一邊，想出她那種浪漫念頭來，我就不知道了。再幾年吧，她的想法應該就會逐漸以常識及觀察為道理上的依據。那樣，別人就比較可以清楚並贊同她的想法了。不比現在，只有她自己可以而已。」

上校答道：「將來也許會吧。可是，年輕人的偏見往往偏得有些可愛，看他們接受世俗觀念，還真令人惋惜。」

艾琳諾道：「這點我不同意。不管熱情奔放和天真爛漫有多少可愛，都彌補不了家妹感情中不合體統的成分。她的原則不幸常常視禮法如無物。要她多多長進，我倒希望她能增長世故。」

兩人無言片刻，上校重又開口道：

「令妹反對人愛第二次，是一視同仁嗎？她覺得一律都錯嗎？那些在第一次選擇遭到挫折的人，不管是對方負心，還是逆境作梗，餘生都該冷心冷意嗎？」

「相信我，我也不解她的詳細心思。我只知道，從未聽她原宥過別人愛第二回。」

他說：「這種觀念是不會持久的。只要改變性情，徹底的改變——不行不行，別指望這種事，年輕人一旦逼不得已，必須把浪漫情懷拋棄，替代的往往就是最庸俗、最害人的觀念！我是經驗之談。我就認識過一位小姐，性情和看法都像極了令妹，思想像她，判斷也像，只因為強遭外力改變，呢，因為一連串的不幸——」他突然住口，彷彿覺得自己說太多了，本來是不疑有他的艾琳諾，見了他的表情，心裡就起了疑竇。如果上校沒有讓人相信，他不該把那位小姐說出口的話，那位小姐根本就不會引人疑猜。當下的情況，卻只需稍加想像，就能把上校的情緒激動和溫柔的舊情回憶聯想在一起了。艾琳諾沒有再想下去。換成是瑪麗安的話，想的就不會這麼少了。她躍動的想像力會很快把整篇故事都編出來，按著苦戀最纏綿悱惻的順序推展每一段情節。

12

第二天，艾琳諾和瑪麗安一起散步，瑪麗安告訴了姊姊一樁事。本來艾琳諾就對妹妹的輕率不多用腦筋心知肚明，這一次的過分卻還是嚇了她一跳。瑪麗安萬分喜悅地告訴她，魏樂比要送她一匹馬，是他自己在薩姆塞郡的自有地上飼養，給女性騎正好。瑪麗安沒考慮到母親並不曾計畫要養馬，萬一母親為他這份贈禮而改變主意，就必須為僕人也買匹馬，並多雇個僕人來騎那匹馬。最重要的，還得蓋間馬廄做飼馬之用。瑪麗安卻接受得毫不猶豫，還興高采烈地告訴姊姊。

她補充道：「魏樂比打算當下就遣馬夫到薩姆塞郡去取馬過來。馬送到，我們就可以天天兜風了。你可以跟我一起騎。姊想想，山崗上馳馬會多快樂哩。」

瑪麗安雅不願從這幸福好夢中醒來，去理解現實中與之俱來的種種不如意，好一陣子，她都不肯向現實屈服。多雇個僕人只會花很少錢，媽一定不會反對的。僕人可以騎隨便什麼馬，搞不好巴頓園就有一匹現成的。至於馬廄，最簡陋的小棚子就可以了。艾琳諾於是大膽質疑，兩人相交這麼淺，至少也可說相識這麼晚，拿人家的禮物是否失禮。這也太過分了吧。

瑪麗安激動地說：「姊錯了，不該以為我跟魏樂比相交很淺。我跟他結識不久是沒錯，可是除了姊妹和媽，我在人世間最了解的就是他了。人跟人交往的深淺，決定的不是時間和機會，而是性格。有人相交七年也不夠深，有人七天就夠了。我如果拿哥哥送的馬，就會比拿魏樂比送的更有失禮之嫌。我雖然跟哥哥一起住過很多年，卻還是不太認識。魏樂比呢，我卻早就明明白白了。」

艾琳諾知道，最明智的做法是別再多說。妹妹的脾氣她知道。在這種敏感事上跟她作對，只會讓她更固執己見。於是請她多為母女之情著想著想，母親愛女心切，如果答應增加家用支出（這很可能），一定會自找許多苦吃。瑪麗安不久就打消念頭，承認不會提起贈馬這事，不去誘導母親好心做出魯莽事來，也承諾再見到魏樂比時會婉謝贈禮。

她遵守承諾。同一天魏樂比來小築造訪，艾琳諾就聽見妹妹低聲向他道出失望之情，說逼不得已，非婉拒他那禮物不可。她也說了改變主意的理由，說得讓魏樂比無法再央求下去。他卻顯得很有心。誠誠懇懇表完心意，就以同樣的細聲細氣補充道：「不過，瑪麗安，馬還是你的，就算現在你用不上。我會好好保管，直到馬可以歸你為止。等你離開巴頓，有了較長久的家庭，麥布皇后（註）就是你的了。」

這些話全聽進艾琳諾耳中。整句話加上他說話的語氣，還有他對妹妹只稱名而不道小姐，在在可以聽出再明白不過的親密關係和再直接不過的心意，可見兩人情投意合。艾琳諾於是再不懷疑兩人已訂下婚約。只是驚奇自己，或他倆的任何親友，竟會給講話這麼直率的兩人瞞著，不巧才發現這回事。

第二天，瑪嘉麗告訴她一件事，情況就更明朗了。前一晚魏樂比來，瑪嘉麗曾和他倆在客廳中待了一陣，有機會觀察觀察兩人。她又跟大姊獨處時，就鄭重其事地把觀察所得說給大姊聽。

她叫道：「我有二姊的祕密要告訴你哦。我確定她很快就要嫁給魏樂比先生了。」

艾琳諾答道：「打他們倆在高丘陵上初識以後，你差不多天天都這麼說。他們相識還沒一星期，你就一口咬定二姊脖子上戴著他的肖像。結果呢，卻只是伯公的袖珍遺像罷了。」

「這次卻真的不一樣。他們真的快結婚了，魏樂比先生已經有她的一綹頭髮。」

「小心點兒，搞不好只是魏樂比先生哪位伯公的頭髮哩。」

「不不，真是二姊的。我差不多確定了，是我眼看他剪下來的。昨晚吃完茶點，你和媽都離開了客廳，他們倆呢呢喃喃一起說話，說得相當快。他好像在求著二姊什麼，立刻就拿起二姊的剪刀，從二姊垂在背後的髮梢剪下長長的一綹。他吻過那綹頭髮，用白紙包起來，就放進皮夾裡去了。」

艾琳諾聽她說得詳盡，有憑有據的，禁不住要信以為真。她也不想不相信，一切都全然吻合她的所見所聞。

瑪嘉麗表現出來的伶俐，並不都合大姊的意。一晚，珍寧斯太太在園府中逮住她，要她招出艾琳諾的意中人，問的人已經相當好奇很久了。瑪嘉麗的回答卻是望著大姊說：「我不許講，是不是？」

大家聽了當然都笑了。艾琳諾也勉強笑笑，卻勉強得痛苦。她相信小妹想的是某個人，而那人的名字是她不可能氣定神閒聽憑珍寧斯太太拿來當笑柄的。

瑪麗安由衷同情姊姊，可是這事情她搞出來的禍害卻多於援助，原來她是紫脹起臉，生氣地喝住瑪嘉麗道：「記住，你不管怎麼猜，都沒權利說出來。」

瑪嘉麗道：「我從來就沒猜過，是你自己告訴我的。」

大家聽了更樂，急著催瑪嘉麗再多說一些。

「哎唷！你就行行好吧，給大家聽個完全，」珍寧斯太太道：「那紳士叫什麼來著？」

「我不能說，卻很清楚他叫什麼，我也知道他人在哪裡。」

「對對對，他人在哪裡大家也都猜得到。他人就在諾蘭的自家屋子裡，準沒錯。我敢說這人就是教區中的副牧師。」

「不對，他什麼職業也沒有。」

「小妹！」瑪麗安相當激動地說：「你明知道這都是你捏造出來的，根本就沒有這個人。」

「那他就是最近死了。我相當確定，曾經有過這麼一個人，名字是F開頭的。」

艾琳諾萬分感激米道敦夫人在這時說道：「雨好大。」情知夫人插這麼一句嘴，倒不是出於體貼，只是丈夫和母親愛開的不雅玩笑，她都很不喜歡罷了。不過夫人既然起了一個頭，上校馬上就接嘴下去了。他隨時隨地總是在替別人的感受著想。於是兩人就以下雨為題，說了好多話。魏樂比打開琴蓋，請瑪麗安在琴前就座。如此，各路人馬各盡所能，話題總算給拋到腦後了。艾琳諾要從方才陷入的緊張狀態中回復過來卻沒那麼容易。

當晚，大家議定翌日一起到個好所在去，離巴頓大約十二哩，歸上校的姊夫所有，沒上校帶就進不去，因為人正在海外的屋主命令很嚴。據稱莊園很美，爵士在過去十年，年年夏季都組團至少去遊個兩趟，也許夠資格算是差強人意的裁判，他更是讚不絕口的。園中有一泓好水，大家打算白天的大半時候就在水上泛舟取樂。帶些冷食去，乘敞篷馬車即可，就比照尋常的聯歡活動安排妥當。

但有少數幾位覺得這計畫實在大膽，時節不宜，兩星期來又是天天都在下雨。達士伍老太太則是患有感冒，聽艾琳諾的勸，要待在家裡。

譯註：麥布皇后典出《羅密歐與茱麗葉》第一幕第四場。她是仙子中的催生婆，專門催生夢幻和奇思妄想。

13

計畫中的白井園之行卻與艾琳諾想的迥然不同。她本以為要淋得全身濕透，又累又擔心。結果卻比這更不幸，因為大家根本就沒去成。

十點不到，大家在巴頓園中都到齊了，要用早餐。早上天氣相當不錯，雖然下了整夜的雨，雲朵卻已漸漸消散，常會露一露太陽。大家都精神奕奕，興致盎然，巴巴等著要快樂，都決心寧願承受最大的不便和辛苦，也不要不快樂。

正在用早餐，信就送進來了。有一封是給上校的。他拿到手，看看地址就臉色大變，馬上離開餐廳。

爵士道：「布蘭登是怎麼回事？」

誰也答不上來。

夫人道：「希望沒什麼壞消息。想必是很不尋常的事，才能讓上校從我這餐桌走得如此突然。」

過了五分鐘左右，人回來了。

他一進來，珍寧斯太太就道：「希望是沒什麼壞消息吧。」

「沒有，謝謝夫人。」

「是亞維農來的信嗎?希望不是令姊病情加劇吧。」

「不是。是倫敦寄來的,只是公事函而已。」

「可是如果只是公事函,您見了筆跡為什麼大驚失色呢?少來少來,別騙了,我們要聽實話。」

夫人道:「有請母親大人說話先想想。」

珍寧斯太太卻不管女兒責備,道:「難不成是令表妹芬妮嫁人了?」

「不是,真的不是。」

「那麼,是誰寫的我就知道了。希望她人很好。」

上校臉紅一紅,道:「夫人指誰呢?」

「哎唷!我指誰您知道嘛。」

上校向米道敦夫人說道:「今天接到這封信,非常抱歉,真的是有要事,我必須馬上去倫敦處理。」

珍寧斯太太叫道:「去倫敦!這種時候在倫敦能有什麼好做的?」

他接著說:「我迫不得已,要離開這麼愉快的聚會,是我自己的一大損失。可是我更關切的是,大家要到白井園去,恐怕要有我在才行。」

對大家來說,這是多大的打擊啊!

瑪麗安急著說道:「如果上校您寫張便條給管家,那樣不夠嗎?」

他搖搖頭。

爵士說:「我們非去不可,眼看就要去了,不該取消的。請您務必等到明天才上倫敦去,別多說了。」

「但願事情這麼好辦就好了。可是我沒有辦法延遲一天上路！」

珍寧斯太太道：「只要告訴我們怎麼回事，我們就知道可不可以延遲了！」

魏樂比道：「就算您等大家都回來再上路好了，也耽擱不了六個鐘頭呀。」

「我連一個鐘頭也不能錯失。」

艾琳諾於是聽見魏樂比低聲對瑪麗安道：「有人就是受不了同歡聯誼，布蘭登就是。我敢說他一定是怕著涼，才想出這種脫身之計。我押五十枚金大洋，那封信是他自己寫的。」

瑪麗安答道：「我不懷疑。」

爵士道：「我老早就知道，只要您決定了什麼事，要您改變心意就是不可能的。不過，我還是希望您好好考慮一下。想想看，牛頓莊來了卡瑞家的兩位小姐，小築來了達士伍家的三位小姐，魏樂比先生也比平時早起了兩個鐘頭，全是為了要去白井園走一遭。」

上校再次致歉，掃了大家的興，同時卻又宣布，不得不這麼做。

「好吧，那您什麼時候回來呢？」

夫人補充道：「希望您一旦方便離開倫敦，大家就可以在巴頓園見到您。去白井的這趟團體旅遊只好等您回來了。」

「我感激不盡。可是什麼時候可以回來，我實在說不準，根本不敢現在保證。」

爵士叫道：「哎唷，他一定要回來，他應該要回來。如果他到了周末還不回來的話，我就要去找他了。」

珍寧斯太太叫道：「對對，該去。到時候也許就可以探出他是去幹什麼了。」

「我不喜歡探討別人的煩惱。我猜他是有椿難以啟齒的事。」

僕歐傳話，已備好上校的馬匹。

爵士補一句：「您不會騎馬上倫敦，是吧？」

「沒有，我只騎去霍尼頓，然後就改租驛站馬車。」

「也好，既然去意堅定，就祝您旅途愉快吧。可是您還是改變一下心意比較好。」

「我向您保證，我無可奈何。」

上校於是向大家告辭，並問艾琳諾道：

「入冬後我可有機會在倫敦見到您及令妹？」

「恐怕是不行。」

「那麼我就必須暌違三位，暌違得比我所但願的還要長久了。」

對瑪麗安他只鞠一個躬，沒說什麼。

珍寧斯太太說：「少來了，您走之前，先讓我們知道一下要走的緣故吧。」

上校只是向她道個日安，如由爵士陪著出門。

大家看在禮貌分上一直隱忍住的牢騷和懊惱，現在一股腦地都衝口而出了。掃這種興，眾人同聲叫苦不迭。

珍寧斯太太得意洋洋說道：「我卻猜得出他去辦什麼事。」

大家差不多異口同聲問：「您真的可以嗎？」

「當然，一定是為了威廉斯小姐。」

瑪麗安問道：「誰是威廉斯小姐呢？」

「什麼！您不知道威廉斯小姐是誰？您一定聽說過這個人。她是上校的親戚，很近的親戚。我不敢說有多近，怕嚇各位小姐一跳。」於是聲音放小，告訴艾琳諾道：「是私生女。」

「真的！」

「哎呀，沒錯，長相像得不得了。我敢說上校將來會把財產全留給她。」（註）

爵士回來後，也極度懇切地同聲一起嘆惋事出不巧，卻下結論說，既然人都到齊了，總得做些事快樂快樂。商量一番後就議定，雖然只有上白井去才能享到快樂，乘車在郡中兜兜風，卻也勉強可以心曠神怡了。於是喚來馬車，第一輛就是魏樂比的，瑪麗安上車時氣色看來再快樂不過。魏樂比快馬加鞭駕車出園，兩人一下子就不見了。後來是別人都回來了以後，才又見到他們倆的。兩人看來都兜風兜得很開心，只含混說，別人都駛上山去丘陵，他們卻一直走陵間小徑。

大家決定晚上要開個舞會，人人都該一樂就是一整天。卡瑞家又來了一些人，和大家共用晚餐，於是爵士喜孜孜品評道，眾人有了將近二十人同桌共餐的樂趣。魏樂比照舊是坐在艾琳諾和瑪麗安之間。珍寧斯太太則坐在艾琳諾的右手邊。入座沒多久，珍寧斯太太就向後傾身，隔著艾琳諾和魏樂比，用兩人都聽得到的聲音對瑪麗安說：「兩位搞了那麼多伎倆，卻還是讓我給逮著了。我知道兩位白天人在哪裡。」

瑪麗安兩頰飛紅，匆促答道：「哪裡呢，請說？」

魏樂比道：「太太您不知道嗎？我倆是乘我的小馬車出去的。」

「是是是，不規矩先生，我相當清楚，也下定了決心要尋出你倆到底是去了哪裡。我說瑪麗安小姐哪，希望您喜歡您那房子。我知道那房子很大，將來我去拜訪兩位，希望會重新裝潢過。六年前我去，已經相當年久失修了。」

瑪麗安不知所措，轉過身去。珍寧斯太太笑得很開心。艾琳諾發覺，珍寧斯太太因為決心知道兩人的行蹤，其實是叫女僕去問魏樂比的馬夫，才得知兩人去過亞倫罕，且曾在園中散步許久，走遍宅院內外。

艾琳諾簡直難以置信這是事實，裡面還住著跟她素昧平生的史密斯太太哩，這種事既不像是魏樂比該提議的，瑪麗安也不該答應。

一從餐廳出來，艾琳諾就問起妹妹這件事。她發覺珍寧斯太太說的全是真的，相當吃驚。瑪麗安還很生氣，怎麼姊姊會懷疑起這件事。

「你怎麼會想說，我倆沒去過，沒去看看那房子呢？你自己不是也一直想去嗎？」

「沒錯，可是我不會選史密斯太太還在的時候去，而且還只有魏樂比先生一個人作陪。」

「魏樂比先生卻是唯一有資格帶人看房子的人。而且我們坐的小馬車，也不可能有更多人作陪。今天是我生來最愉快的一天。」

艾琳諾答道：「一件事做得愉快，不見得就表示做得恰當。」

「才不哩，愉快正是恰當的最有力證據。如果我做的真有什麼不恰當的話，當時我就應該有察覺到才對。人在做錯事的當時，總是心裡有數的。如果知道不恰當，我當時就不會有樂趣了。」

「可是，都已經惹來輕侮言詞了，你還不想想自己的行為謹不謹慎嗎？」

「珍寧斯太太的輕侮言詞如果算是行為欠妥的證明，我們大家可就無時無刻都在犯錯了。她的責備和讚許，我是同樣地不放在眼裡。我不覺得走在史密斯太太的莊園中，看看她的房子有什麼不對。將來遲早都歸魏樂比先生和——」

「就算遲早會歸你所有好了，你今天的所作所為還是很不應該。」

瑪麗安聽到姊姊這暗示，兩頰飛紅，卻也顯然頗為自得。細細想過十分鐘，就又回來找姊姊，樂陶陶地說道：「上亞倫罕去，也許我真的是沒好好想。可是魏樂比先生他好想帶我去看看。那房子好迷人，真的，樓上有一間相當漂亮的起居室，大小合度，可以常常使用，添上新式家具就很舒適了。起居室就位在轉角，兩邊都有窗。一邊能眺望屋後滾球草坪之外那片美麗的山坡森林，另一邊可以看見教堂和村子，再看過去，就是我們常在讚嘆的嶙嶙崗巒。我倒不覺得房子很出色，因為家具實在太老舊了。可是如果重新裝潢過的話——魏樂比說，大約要個兩百鎊，就會是全英格蘭最別致的避暑別墅了。」

如果艾琳諾可以聽著聽著，不受他人干擾的話，瑪麗安就會以同樣的樂趣，描述完所有房間。

譯註：一八一一年初版，這裡下面另起一段：「這些話冒犯到米道敦夫人的優雅。為了換掉私生女這個不恰當的話題，她還真費心費力開口講出有關天氣的一些話。」一八一三年再版，這段就不見了。

14

上校在巴頓園中作客作到一半，說走就走，害珍寧斯太太朝夕納罕了兩三天，起了不少遐想。就如同那些對友人的大小事一律興致濃厚的人，她也是個大遐想家。她遐想著各種可能的原因，幾乎沒停下過。肯定是個壞消息，想過每一種可能發生在上校身上的不幸，決心認定上校萬萬不會逃過全部。

她說：「肯定是極喪氣的一樁事。從他的臉色可以看出來。可憐喲！他的經濟狀況大概很拮据哩。德拉福的莊產一年頂多有個兩千鎊的收益，他哥哥過世前又抵押過整塊地。肯定是錢項的事把他叫回去的，不然還會有什麼？不知道是不是這樣子。只要能知道真相，要我怎樣都行。也許是為了威廉斯小姐，順帶一提，我敢說一定是她。我提到她時，上校看來好心虛哩。搞不好是她在倫敦生了病。這個最可能了，我總覺得她一向就體弱多病。我打賭一定是威廉斯小姐。都現在這時候了，他應該不太可能還在經濟拮据，這人一向謹慎，一定從前就已經把莊產的負債全都償清了。我真想知道是什麼事！也許他在亞維農的姊姊病情加劇，叫他過去。他走得這麼匆忙，倒滿像的。好吧，我衷心希望他脫離一切苦惱，附帶並娶房好媳婦。」

珍寧斯太太就這樣，又遐想，又嘮叨的。一猜到什麼新的，就改變看法，每一樣在想到時都是同樣地有可能。艾琳諾雖然真心關切上校的安危，卻不能如珍寧斯太太希望一般，也跟著大想特想他何以遽然離去。在她看來，這樁事本來就不應該大驚小怪，猜東猜西個沒完沒了。何況，她還有別的事要納罕，她正全心納罕，妹妹和魏樂比何必要在明知大家都很想知道的那件事情上不發一言。他們倆一天沉默過一天，每天都顯得更加奇怪，更加違背兩人的性格。艾琳諾想像不出來，兩人間的行為一直表明說是已經發生的那件事，為什麼不向母姊公開。

她可以輕易想像，也許兩人並不能馬上就有結婚的本錢。魏樂比雖然經濟獨立，卻誰也沒有理由相信他算富有。據爵士估計，他的莊產一年才有六七百鎊左右的收益。他過的生活，收入卻幾乎抵不過開支，他也常常在訴窮。可是關於兩人間的婚約，他們那種奇怪的保密其實卻什麼也沒隱瞞住，所以只搞得艾琳諾很莫名其妙。那種保密與他倆平時的看法和做法都大相逕庭，她有時會懷疑，是否兩人當真曾訂過婚。因為還在懷疑著，也就不好意思問瑪麗安了。

大家眼中最露骨的感情表白，就數魏樂比的言行了。他對待瑪麗安，有的是情郎特有的一切柔情蜜意，對待家中其他女士，則秉持女婿或兄長的體貼關懷。他似乎當小築如自家一般的喜愛。他待在小築比待在亞倫罕的時間多許多。如果沒有什麼聯誼要大家齊集巴頓園，魏樂比白天出門後的活動幾乎總是在小築告終，當天的其餘時候則都是陪伴在瑪麗安左右，他心愛的獵犬也跟在瑪麗安腳邊。

尤其是有一晚，大約在上校離郡的一星期後，魏樂比彷彿對周遭的一切事物都比平時更眷戀有加。老太太碰巧提到，來春她計畫改裝小築，他卻激烈反對，不許他這個情人眼中的完美所在有任何更動。

他喊道：「什麼！您要改裝這親愛的小築？不成，這事我絕對不依。尊重我的感受，牆上就別加一塊磚，大小長寬也不許多添一吋。」

艾琳諾道：「別慌，不會有改裝這回事的。家母根本不會有足夠的錢。」

魏樂比喊道：「那我就打心底歡喜了。如果達士伍太太她沒有更好的用錢方式的話，願她就一直窮下去吧。」

老太太道：「不過你大可放心，不管改裝後的房子將會如何舒適，我絕對不會犧牲掉你，或任何我愛的人的房屋感情的。就憑這一點，來年春天我清理過帳目，不管會剩下多少沒用到的錢，我會寧願放著不用，也不會花錢來惹你痛苦的。可是，這地方你當真是喜歡得什麼缺點都看不見嗎？」

魏樂比道：「沒錯，我覺得它完美無缺，不對，不只如此，我簡直就當它是唯一有幸福可得的建築。如果我錢夠，我就會馬上拆掉我在岸然谷那棟房子，照著這小築一模一樣的設計，重新蓋過。」

艾琳諾道：「我猜，您也會替您那房子建造又暗又窄的樓梯，還是燻煙的廚房。」

魏樂比的語調不改激動，喊道：「沒錯，這小築的一磚一瓦，不管好住呢還是不好住，我都要照著蓋，不能看出絲毫不一樣。到那時候，也只有到那時候，我住在那樣的屋簷下，在岸然谷才能跟在巴頓一樣快樂。」

「我敢誇口，」艾琳諾應聲道：「就算尊宅具有房間較好，樓梯較寬的不利條件，你也可以當它跟我們這小築一樣盡善盡美的。」

魏樂比說道：「我那房子當然也有些討我喜歡的地方。可是我對這小築永遠都會有一份對別處不可能有的情意。」

老太太喜孜孜望著瑪麗安，她美麗的雙眸含情脈脈，凝視著魏樂比，明白表示他的心意她全都懂。

他補充道：「去年此時我來亞倫罕，就巴巴望著巴頓小築能有人住。每回經過看見，總要讚賞一番小築的位置，惋惜裡頭沒住人。當時怎麼也沒想到，再來時從史密斯太太那邊聽到的第一則消息，就是小築已經租出去了！我馬上就感到又快樂又好奇，除非說是預感到即將來臨的快樂，不然根本無法解釋。」然後聲音放小，問瑪麗安道：「難道不是嗎？」然後又以先前的聲量問老太太道：「您仍要破壞這房子嗎？您想像中的改良，將會剝奪這房子的樸素！這間親愛的客廳，當初我們就是在這裡結識的，我們也曾在這裡度過無數歡樂時光。您卻要把它貶損成一個尋常的出入口，這客廳本來就比什麼金屋銀屋的房間都還要舒適宜人，將來大家卻都可以大剌剌地走進走出了。」

老太太再次要他放心，房子她是不改了。

魏樂比激動答道：「您人真好。有您的保證，我就安心了。如果您的保證能夠稍作延伸，我還會變快樂哩。請告訴我，不只房子不會改變，您和令嬡也都不會改變。您會待我永遠和和氣氣的，因為有您的和氣，我才一直珍重屬於您的這一切。」

老太太馬上就答應了他。魏樂比的言行整晚都在宣布，他既多情又快樂。

魏樂比臨走，老太太問道：「明天您會來用晚餐嗎？白天請不要來，我們要走去園府拜訪米道敦夫人。」

他承諾在四點鐘來。

15

第二天，老太太去拜訪米道敦夫人，大小女兒也帶著去。瑪麗安卻以有事要做的芝麻藉口，說不想去。既然魏樂比前一晚有答應要在她們不在時來找瑪麗安，她要待在家裡，母親自是稱心如意。

三人從巴頓園回來，發現魏樂比的馬車僕歐正在門外待命，老太太自覺猜測果然不假。一切都照她想的一樣。可是一進屋子，卻看見大出意料的景象。才進到走廊，就見到瑪麗安從客廳奪門而出，直奔上樓。三人又驚又慌，馬上進到她才出來的客廳裡去，卻只見到魏樂比一人背著她們，靠在壁爐邊。三人進來時，他轉過身來，從表情看，瑪麗安的哀哀欲絕他亦是感同身受。

老太太進來時，衝口喊道：「她怎麼了哩？是身體不適嗎？」

魏樂比強做出高興的樣子，答道：「希望是沒有。」擠出一絲笑意，隨又接口道：「身體不適的，反倒應該是我才對。我嚴重受挫，正苦著哩！」

「受挫！」

「對呀，我不能如約和各位共處下去了。史密斯太太今早才對我這個仰賴她扶助的窮親戚行使了有錢人的特權，派我到倫敦辦事去。我剛剛受命出急差，已跟亞倫罕園辭過行了。現在也來向各位辭行，才好打起精神上路。」
「去倫敦——您今天下午就要出發嗎？」
「幾乎就是現在。」
「真糟糕，可是史密斯太太的話卻必須照辦。希望您不會受她的事務羈絆，睽違我們很久。」
他紅著臉答道：「您人真好，可是我想我是不可能馬上回德文郡來的。我從不會在一年之內來造訪史密斯太太兩遍。」
「難道您就只有史密斯太太一位親友嗎？這附近就只有亞倫罕園一處歡迎您嗎？不羞不羞，難道要受到邀請，您才來嗎？」
他臉更紅了，兩眼盯著地板，只答一句道：「您人太好了。」
老太太吃驚地望著艾琳諾。艾琳諾也同樣訝異。眾人無言片刻，老太太才起頭開口。
「我只加一句，巴頓小築隨時都歡迎您來。我不強迫您馬上回來，因為只有您才能判斷，史密斯太太到底是喜歡您什麼時候回來。我既無意疑心您的判斷，也不會多猜您的意願。」
魏樂比狼狽答道：「我受差遣要做的事，卻是那種，那種，呃，我不敢誇口說——」
他沒再說下去。老太太驚訝得說不出話來，大家又無言半晌。魏樂比打破沉靜，帶一絲笑意說道：「這樣耗著時間真笨。已不能再讓我多享相隨之歡的朋友群中，我就別再流連下去，自討苦吃了。」
他隨即匆匆向大家道別後出門。三人看著他登上馬車，轉眼揚長而去。
老太太一時感慨良多，說不出話來，也馬上離開客廳，獨自一人為這驟別多心操煩去了。
艾琳諾的心思不寧至少同母親一樣多，憂心忡忡想著剛才的事，無法置信。魏樂比辭行時的舉手投足，他的難堪和強顏歡笑，尤其是無意接受她母親的邀訪，退退縮縮，一點也不像戀愛中人，更不像他自己，害艾琳諾好擔憂。一下子忖測他那邊根本從未做過認真的打算，一下子又怕是他和妹妹之間有起過不幸的口角。看妹妹奪門而出的悲傷模樣，嚴重口角正好是最合理解釋。只是想到妹妹的用情之深，似乎兩人並不太可能吵得起來。

不管兩人分開是有什麼枝枝節節，妹妹的苦卻沒什麼好懷疑的。她萬分憐惜地想著，瑪麗安此時想必正暴哀暴慟，非常可能不光是發洩一下而已，還要加料加油，以盡相思之責。

過了大約半個鐘頭，母親回客廳來了，眼眶紅著，面色卻不算不悅。

母親坐下來做針線活兒，道：「我們親愛的魏樂比人已在好幾哩外了。他在路上的心情多沉重啊！」

「整件事怪極了。就這麼說走就走！彷彿是剎那間生變似的。昨晚跟我們在一起，還好幸福、好快活、好熱情哩！只通知個十分鐘，人就走了，而且又沒有要回來的打算！一定是出了什麼沒告訴我們的事。他的講話和舉措都很反常。媽您一定和我一樣，也看到些異狀了。會有什麼事呢？難道是小兩口吵架了嗎？不然還會有什麼事，讓他那樣意興闌珊，沒接受您的邀訪呢？」

「他不是不想，這一點我可看得很清楚。他是無能為力。我統統想過了，你我乍看之下似乎很離奇的每一件事，我都可以解釋得十全十美。」

「真的可以嗎？」

「對呀，我已經用最滿意的條理解釋給自己聽了。可是，凡事能疑心就喜歡疑心的你啊，我知道你這人是不可能滿意的。你卻不能教老身我不去相信。我相信，是史密斯太太覺察出他在喜歡瑪麗安，也許她是對魏樂比的前途另有打算吧，所以不同意兩人交往，急急遣他離去。派他去辦的那樁事，只是捏造出來引他到別處去的藉口罷了。我相信事情經過就是這樣。還有，他心知老太太真的不同意這段姻緣，因此目前還不敢向她供認兩人間已有婚約，覺得既然前途尚要靠她，只好權且屈從詭計，離開德文郡一陣子再說。我知道你會說，事情可能是這樣，也可能壓根不是。除非你能指出同樣合情合理的別種理解方式，我什麼吹毛求疵都不想聽。現在，你有什麼要說的？」

「沒有，因為我的回答已經讓媽給說中了。」

「這麼說來，你原來是想告訴我，事情可能是這樣，也可能不是。哎，你這人的感受真是莫名其妙！你寧可往壞處，也不往好處想。寧願找些悲慘給瑪麗安受，找罪過給魏樂比背，也不替魏樂比辯解。你堅持相信他該罵，就因為他告別我們時，沒有平時的舉止深情。你就不該體諒他，也許是大意或新近受挫而無精打采嗎？就因為都不確定，所以也不要多想想幾種可能嗎？一個我們都有萬種理由喜歡、而無一理由挑毛病的人，我們不該多多體諒嗎？體諒他也許有什麼無可非議的動機，卻無可奈何要權且隱瞞一段時間嗎？還有，到底你是懷疑他哪一點？」

「我也說不上來。只是，我們在他身上親眼目睹的改變，難免會啟人疑竇，想他們是否有發生過什麼不愉快。不過，媽主張要體諒他卻很有道理。我也但願我論斷他人總能光明磊落。魏樂比的所作所為無疑一定有很充分的理由，我也希望他有。可是，馬上承認卻會比較像他的為人。隱瞞也許有他的道理在，可是由他來，我卻耐不住要納罕。」

「在有必要反常的時候，就別怪他一反常態吧。不過，我替他做的分辯，你是當真認可嗎？我這就高興了。他獲判無罪。」

「也不盡然。也許訂婚是應該瞞著史密斯太太，如果當真有訂婚這回事的話。事情倘若真是這樣，魏樂比在眼前，盡量少到德文郡來，當然是絕佳的權宜之計。只是，這卻不成其為瞞著我們的藉口。」

「瞞著我們！女兒啊，你竟然指控他們倆有隱瞞之嫌？真是怪了，你的眼睛天天都在怪兩人不知謹慎哩。」

「兩情相悅的證明我不需要，」艾琳諾道：「情訂終身我卻需要。」

「這兩件我都完全確定。」

「可是他倆在這件事上卻什麼也沒對媽說。」

「行動已經表示得清清楚楚，言辭我就不需要了。至少，這兩個禮拜來，他待瑪麗安和我們全家，難道沒宣示他愛著瑪麗安，當她是未來的妻子，他同我們的感情，就好像一家人一樣嗎？大家難道還沒彼此完全了解嗎？他的眼神、態度，他體貼且誠摯的敬意，不是天天都在徵求我的同意嗎？你怎能懷疑兩人沒訂婚呢？這種想法你怎會有呢？魏樂比一定全心相信著你妹妹的感情，怎麼可以說他會離開你妹妹，也許一走就幾個月，卻沒表露過情意呢？怎麼想說兩人分別前，沒先互換承諾呢？」

艾琳諾答道：「我承認，一切看來都像兩人已有婚約，只除了一樁，那就是，兩人都沒說過。在我看來，這偏偏是最緊要的一樁。」

「真是奇特！兩人都這樣公開交往了，你竟然還要懷疑兩人之間的交往關係。你一定是把魏樂比想得非常卑劣。他這段時間對你妹妹的言行，難道是在演戲嗎？你以為他真是不把你妹妹當作一回事嗎？」

「沒有，我不可能這樣想，他一定是真心愛妹妹的，我相信。」

「如果真像你說的，他真能那樣毫不在乎，毫不為將來著想地離她而去，他的愛情未免也太特殊了吧。」

「媽請記得，我一直就不確定這事。我承認曾起過疑心，如今我的疑心是減了些，可能很快就會一筆勾銷。只要發現他倆有在通信，我就不會再憂慮了。」

「好了不起的讓步啊！如果看見他倆步入教堂，你就會假設他們即將成婚吧。不好心的丫頭！我呀，我可不需要這種證明。在我看來，根本沒出過什麼有理由懷疑的事。他們也沒隱瞞過什麼。一切都坦蕩蕩的，無隱無諱。你懷疑的不可能是妹妹的意願。你一定是在懷疑魏樂比。為什麼呢？難道他不是一個有名譽有情感的人嗎？他那邊有什麼害人擔憂的言行不一嗎？他有欺騙的可能嗎？」

艾琳諾衝口道：「我希望沒有，也相信沒有。我喜愛魏樂比，真心喜愛他。懷疑他的人格，對媽不可能比對我來說更痛苦。我卻是出於無奈，也不想越疑越深。我承認，是他今天下午的態度改變嚇我一大跳。他口氣反常。媽的好意，他也沒有和善的回應。只是這一切，媽為他假設的處境全都可以解釋。他才跟妹妹分別，才看見她萬分難過地跑開。如果他覺得身不由己，怕冒犯到史密斯太太，必須抗拒誘惑，不能很快回來，同時卻又清楚，如果說要離開好一段時間，婉拒媽的邀請，也許會讓我們家覺得他這人不大方，很可疑，那麼，他就理當尷尬苦惱才對。在這樣的情況之下，我想，直截了當地說出他的困難，對他的名譽會較有幫助，也較符合他平時性情。可是，我不會因為別人的判斷跟我不一樣，或者和我心目中正確且符合常理的情況有差異，以這種不厚道的基礎去批評別人的行為。」

「你說得很有道理。魏樂比的確不應該受到懷疑。我們家跟他認識不久是沒錯，這一帶人家對他卻都不陌生。有誰說過他壞話來著？如果他經濟獨立，可以馬上結婚，沒有向我承認一切就離開，也許就怪怪的。情況卻不是這樣，從某方面看，他倆的婚約開始得並不順利，因為兩人不知必須等多久才能成婚。目前為止看來，連保密也是很有道理在的。」

瑪嘉麗這時進來，母女倆因此談話中斷。艾琳諾就有工夫想想母親的說法，承認有許多情況都很可能，並希望每種情況都很合理。

晚飯時大家才又見到瑪麗安，只見她進來餐廳，在餐桌旁她尋常的位子坐下不發一語。紅腫著兩眼，看來，就算到了這時候，要她忍住眼淚還是很難。她避免接觸大家的目光，不吃也不說話。一會兒，母親悄悄伸手過去，疼惜地按住她的手，她小小的堅強就整個垮了。眼淚奪眶而出，人也離開了餐廳。

整個晚上她的情緒都這樣，惡劣動盪的。她無力克制，因為她無心克制。只要稍微提起什麼跟魏樂比有關聯的，她都受不了。雖然家人都急著想體貼她，開口說話時，卻無法不說到任何在她聽來沒有牽扯到魏樂比的話題。

16

瑪麗安跟魏樂比分開的第一晚如果睡得著的話，一定無法自我原諒。如果她起床時，沒有比上床時更需要休息的話，一定會羞於面對家人。可是，她那以鎮靜為羞愧的感受，卻也不讓她有絲毫蒙羞的危險。她整晚都醒著，大半時候都在啜泣。一起床就鬧頭疼，不能說話，什麼東西都不想吃，搞得母親和姊妹都很痛苦，也不准人家安慰，這姑娘的感性也真夠威猛的！

她用完早餐，就一人出門，在亞倫罕村莊一帶散漫走著，大半個白天都在歡娛舊事的回想中無法自拔，為著如今的悽慘而哭泣。

整晚，她的情緒還是同樣無法自拔。她一一彈過每一首常常彈給魏樂比聽的心愛歌曲，每一首兩人常常一起合唱的小調，坐在琴前，盯著魏樂比為她抄錄下的每一行音符，心情實在是壞得無法再添一分悲傷。天天，她都在替自己的哀慟加料。在鋼琴前一坐就好幾個小時，唱唱哭哭，常常泣不成聲。她讀書也是跟彈琴時一樣，自去招攬來今昔之比必定會造成的悽切之情。她什麼書都不讀，只讀兩人從前常常一起讀的書。

的確，這樣大哀大慟是不可能長久下去的。沒幾天就會沉澱下去，變成淡淡的抑鬱。可是她天天做的事，獨步啊，沉思的，偶爾卻仍會爆發出一股勁道如昔的哀情。

魏樂比沒信來，瑪麗安似乎也沒在等。母親很驚訝，艾琳諾又不安了起來。可是，只要老太太需要什麼解釋，都可以想出幾個至少讓自己滿意的。

她告訴艾琳諾道：「記住，爵士常常替我們到驛站去取信和送信。我們已經同意，他們倆也許有必要保密。我們也必須承認，萬一信件經過爵士轉手，就不可能保密了。」

艾琳諾不能說這點不對，也很想為兩人的緘默找出充分的理由。在她看來，卻有一種既直接又簡單且妥當的方式，可以探知真相，揭開所有的謎團，就忍不住向母親提議。

「為什麼不馬上問問瑪麗安，」她問道：「有沒有和魏樂比訂過婚呢？您這做母親的一向慈祥，對她又寵愛有加，問這問題應不會失禮的，只是疼女兒自然要問的一句話而已。她一向就不瞞什麼，尤其是對媽。」

「我無論如何也不會問這樣一個問題。如果他們倆沒訂過婚，這樣的問題不知要害她怎麼難過哩！再怎麼樣，這種問題都太刻薄了。我若逼她供出什麼目前本不應該對人吐露的，以後就再也不配聽她說心底話了。瑪麗安的性格我清楚，我知道她真心愛我，只要事情可以說出來了，她絕不會等到最後一個才通知我。我不會強迫任何人對我吐露心底話，孩子就更別說了，就怕孝道會有礙她否認本想否認的事。」

艾琳諾覺得母親替妹妹著想得太過分了，又考量妹妹年紀尚輕，就再次鼓吹，卻徒勞無功。老太太在浪漫那方面的體貼，把尋常的理性、尋常的關切、尋常的謹慎全都掩蓋了。

有好幾天，家人都不在瑪麗安面前提起魏樂比名字。爵士和珍寧斯太太兩人卻委實沒那麼細心。兩人的打趣為許多的痛苦時辰更增痛苦。一晚，老太太卻也無意間拿起一冊莎士比亞，衝口道：

「我說啊瑪麗安，我們一直就沒把《哈姆雷特》念完過。書沒念完，魏樂比就走了。是該把書擱著等他回來的。可是他人要回來，也許要等好幾個月哩。」

「什麼好幾個月！」瑪麗安聲音極吃驚，喊道：「不可能的。也不可能要幾個星期。」

老太太為說過的話感到抱歉，艾琳諾卻滿快樂的，因為瑪麗安的回答中充分表明她信任魏樂比，也明白他的打算。

一天，在魏樂比離郡的一星期後左右，瑪麗安聽勸，與姊妹一起出門，走走平常的路途，而不是一個人走到別處去。在此之前，她出門散步，總要小心避開每個同伴。姊妹如果想上山崗，她就馬上偷偷往小路走。姊妹如果說要去谷地，她就以同樣快的腳步爬上山崗，別人還沒出發，就已經找不到她的人。最後，還是艾琳諾大大看不慣她一直孤立下去，再三力勸，她才答應的。三姊妹就沿著谷地的大路走著，大半時間都沒一句話，因為瑪麗安那腦袋瓜子是誰也不能控制，艾琳諾得到她一點讓步，也已經心滿意足，不想再討更多。走過了谷口，雖然牧野依然肥沃，草木卻較不滋蔓，景色較開闊了。當初她們抵達巴頓時曾走過的長路，在眼前展開。三姊妹走到這裡，停下來四處看看，從這個以前散步都沒來過的地點，將小築所見到的遠方景色就近瞧一瞧。

三姊妹馬上在景色之中看見一個活物。是個騎馬男子，正往這邊來。幾分鐘後就看出，是個紳士。又一會兒，瑪麗安就歡喜若狂喊道：

「是他，真的是他，我知道是！」說著就跑去會那男子，艾琳諾卻大聲說：

「我想你弄錯了。那人不夠高，也沒有魏樂比的架式，不是魏樂比。」

「有的，他有的，」瑪麗安叫道：「我肯定他有！他的架式，他的外套，他的馬！我就知道他會很快回來。」

說著，還是一頭熱地繼續往前走。艾琳諾幾乎確定那人不是魏樂比，為了不讓瑪麗安做出尷尬事，也加緊腳步跟在後面。很快，姊妹倆離紳士不到三十碼了。瑪麗安又看了一眼，卻心情大沉，陡地轉頭往回奔，背後卻響起姊妹倆的挽留聲音，幾乎跟魏樂比一樣熟悉的第三個聲音也一起附和著求她留步。她這才轉過頭來，看見是愛德華．費拉斯，才歡迎他來到。

在那一刻，他是世界上唯一不是魏樂比、卻能受到原諒的人。也只有他，有可能從瑪麗安博取到笑容。可是她要對愛德華微笑，卻要嚥下淚水。她要替姊姊快樂，暫時忘掉自己的失望。

愛德華下馬來，把座騎交給僕人，同三姊妹等一起走去巴頓。他是專程來巴頓造訪她們的。

他受到三姊妹極度熱誠的歡迎，尤其是瑪麗安，迎接他更是比艾琳諾本人還要熱情。在瑪麗安看來，真的，在諾蘭時她曾觀察過，愛德和姊姊兩人間冷漠得莫名其妙的那種言行態度，在這次碰面是依然如舊。尤其是愛德華，情人在這種場面該有的眼神和談吐，他全都沒有。他不知如何是好，似乎看見她們一點也不快樂，看來不興奮也不愉快，除非情非得已，不然話很少。對艾琳諾也沒有特別的溫柔表示。瑪麗安目見耳聞，越來越吃驚。她簡直要討厭起愛德華來。就好像她所有的感受到最後都一樣，只會讓她又想起魏樂比來，想他和準連襟之間，兩人的舉止態度正是南轅北轍。

相逢先是一陣錯愕和問候，再來則代之以短暫的沉默。之後，瑪麗安問起愛德華，是不是直接從倫敦來的。不是，他在德文郡已待兩星期了。

「兩星期！」瑪麗安重複一遍他的話，詫異他竟然與姊姊同郡這麼久，沒有早一點來看姊姊。

他滿臉沮喪，補充說，他本來是下榻在普里茅斯附近的朋友家裡。

艾琳諾問道：「您最近去過薩西克斯郡嗎？」
「一個月前左右，我人在諾蘭。」
瑪麗安銜口道：「親愛的諾蘭看來怎樣呢？」
「親愛的諾蘭啊，」艾琳諾道：「大概就像每年這時候看起來那樣，林地和林徑都覆蓋一層厚厚的敗葉。」
「啊！」瑪麗安喊道：「我從前看著那些樹葉凋落，是多麼無法自已啊！散步的時候，看著群葉讓風驅趕，灑落如雨，心中真是喜悅！我曾因敗葉、季節、朔風而生出什麼樣的情緒啊！如今，那些敗葉卻沒人會去注意了。人們只當敗葉是厭物，匆匆掃掉，盡可能眼不見為淨。」
艾琳諾說：「並不是大家對敗葉都懷有你那樣的熱情。」
「沒錯，我的感受並不常有人心有靈犀，也不常有人了解。有時候，偏偏卻有人。」說著說著，沉入冥思片刻，又精神一振，引愛德華注意眼前的景色說道：「喏，這裡是巴頓谷。往上看，看您能不能平靜吧。看，山崗！看過可以媲美的景色嗎？往左，在野森林和種植林之間，是巴頓園，可以看見園府的一端。那邊，最遠好宏偉的那座山崗，崗腳下就是我們的小築。」
「美是美，」愛德華答道：「冬天谷中卻想必塵埃漫漫。」
「美景當前，您怎麼會想到塵埃呢？」
他笑著答道：「我眼前除了景物，還看到一條塵埃小路。」
瑪麗安自語道：「真是奇事！」
「鄰居都好相處嗎？爵士一家還討人喜歡嗎？」

瑪麗安答道：「才不哩，一點也不。我們住的地點是再糟不過了。」

艾琳諾叫道：「你怎麼說出這種話來呢？這麼不公平呢？我說費拉斯先生，爵士家很體面，對我們也很照顧。多虧他家，我們才度過好多愉快的日子，妹妹是忘了嗎？」

瑪麗安小聲說道：「我沒忘。還有好多痛苦的時刻，我也沒忘。」

艾琳諾不去理她，把注意力轉到來客身上，談著目前的居處及其種種方便等事，也逼他偶爾吐出一句問題或評語，努力和他維持一場有點像對話的對話。他的冷淡寡言傷透她的心，她很困擾，也有點惱他，卻決心要看在過去而非現在的分上，拿捏自己待他的態度，不顯出絲毫生氣或不悅的顏色，就像她覺得對待親戚應該的那樣對待他。

17

老太太見到愛德華，只詫異一下子而已。在她看來，他會來巴頓，只是一件再自然不過的事。她喜悅和珍惜的話語卻持續得比驚奇還要長久多多。愛德華受到她最親切的歡迎。這樣一來，他的羞怯、冷淡、寡言就全都無以為繼了。本來尚未進屋，他就已經有點冷不下去，一碰到老太太迷人的風範，更是無力招架。的確，男人是不可能愛著她女兒，卻不一起把她也愛進去的。艾琳諾看他一下子就變正常，也開心起來。他對母女等似乎是舊情復燃，對她們安康與否也再顯興趣，只是，卻不太快樂。他讚美房子，稱揚景色，殷勤又和氣，卻依然快樂不起來。母女都有察覺到這一點。老太太把原因歸罪到他母親的刻薄上頭，坐下來用餐時，就生起天底下所有自私父母的氣。

晚餐後，大家圍著火爐，她問愛德華道：「令堂對你的前途有什麼打算呢？你還是得無奈地做個大演說家嗎？」

「不會吧。希望家母現在已經相信，我去從政，是既沒才華，也沒興趣。」

「那你要怎樣才能聲譽鵲起呢？你一定要出名，才能讓家人滿意。沒有興趣花大錢，對陌生人也沒感情，沒職業沒保障的，出名也許會是件難事哩。」

「我也不想出名。我現在不想出人頭地，也有充分理由希望，將來也不會想要。謝天謝地！總不能逼我，就把我變得才華洋溢，善於辭令吧！」

「我很清楚你沒有什麼野心。你的志願都平平淡淡的。」

「就跟其他人一樣平淡。我的志願就跟別人一樣，要快快樂樂過日子。不過，跟別人一樣，也必須按著自己的方式。偉大是不會給我快樂的。」

瑪麗安衝口道：「會的話就怪了！財富和偉大干快樂什麼事呢？」

艾琳諾道：「偉大是很少，財富可就大了。」

瑪麗安道：「姊姊真丟人！只有別的東西都給不起快樂的時候，才會輪到金錢來給。單就個人而論，只要超過起碼的額度，錢就不能真正令人快樂了。」

艾琳諾笑道：「搞不好，你我所見略同哩。我敢說，你所謂的起碼額度和我所謂的財富根本就相差無幾。你我應該都同意，現在這種社會，如果少了你的額度或我的財富，就別想有什麼外在的享受了。你的想法只是比我高尚而已。說來聽聽吧，你的起碼額度是多少？」

「一年一千八或兩千鎊左右。再多呢就免了。」

艾琳諾笑出聲來：「一年兩千鎊！一千鎊就是我的財富了。我就知道會這樣。」

瑪麗安道：「可是一年兩千鎊只能算是收入平平啊。收入再少，就養不起一個家了。我確定我要求的並不過分。適當的僕人數目，一輛或兩輛馬車，幾匹獵馬，收入再少就養不起了。」

艾琳諾聽到妹妹不偏不倚地形容出她和魏樂比兩人將來在岸然谷的開銷，又笑了笑。

愛德華跟著說一遍道：「幾匹獵馬！要獵馬做什麼呢？又不是大家都要打獵。」

瑪麗安臉紅答道：「可是大部分的人都有啊。」
瑪嘉麗卻跑出一個新念頭，道：「希望有人會賞我們每個人一大筆財產！」
瑪麗安衝口道：「對呀，但願有人！」兩眼精神奕奕，雙頰泛紅，想像著那種幸福。
艾琳諾道：「缺錢歸缺錢，這個願望我們卻是一條心的，我猜。」
瑪嘉麗喊道：「天啊，我會多麼快樂哪！真不知道我錢要怎麼用哩！」
瑪麗安看起來卻彷彿對這一點毫無疑問。
老太太道：「如果三個女兒都能無需我的資助就發財的話，我會不知道該怎麼花一大筆錢才好。」
艾琳諾品評道：「媽會從改修房子開始。花錢的困難很快就會無影無蹤了。」
愛德華道：「那樣的話，這個家庭不知會往倫敦送出什麼豪闊的訂單哪！那麼一天，書商啦、樂譜商啦、版畫店啦，可都要樂壞了。艾琳諾小姐會籠統地要人把所有上乘的版畫都送一張過來。瑪麗安小姐呢，我知道她心性高尚，倫敦是不可能有樂譜商滿足她的。還有書本哩！湯姆森（註）、庫柏、司各脫，她會一直買買買，就怕書會落入不配讀的人手中，於是買光每一本。凡是可以告訴她如何去欣賞拳曲老樹的書籍，她都會搜羅齊全。不是嗎，瑪麗安？如果我出言不遜的話，請原諒我。可是我想要您知道，我並沒有忘記我倆從前的爭論。」
「我喜歡聽您往事重提，不管是悲是喜，我都愛回憶。您提起過去，是絕不會惹我生氣的。您猜我花錢的方式也猜得很正確。至少，我當作零用錢的那部分是一定會花在添購樂譜和書本上的。」
「還有您財產的大部分，將會分攤開來支付年金給作家及其子孫。」
「不會吧，我應該會用在別的地方。」

「不然，您就會設一筆獎金，看誰能為您最喜歡的準則，『沒有人可以在一生中戀愛一次以上』寫出最有力的辯護文章，您就把獎金賞給誰。您在這一點上頭的想法還沒改變吧，我猜？」

「不用懷疑。在我這種年紀，想法差不多已經固定下來了。現在，我是不太可能因為目見耳聞，就改變想法的。」

艾琳諾道：「看，瑪麗安還是堅定如昔，一點都沒變。」

「只是臉色變得比從前嚴肅些罷了。」

瑪麗安道：「少來了，輪不到您來說我。您自己也沒有開朗到哪裡去。」

愛德華嘆口氣，答道：「怎麼會這麼想呢？我本來就不是個性很開朗的人啊。」

艾琳諾道：「我也不覺得瑪麗安常常很愉快。她幾乎稱不上是個活潑的女孩。她做什麼事都非常認真，非常執著，有時話很多，總是很激動，卻不算常常很開心。」

愛德華答道：「我相信您說得對。我卻老當她是個活潑女孩。」

艾琳諾道：「我也常常發覺自己犯這種錯，徹底誤解別人，把別人想得太開朗或太嚴肅，太聰明或太愚笨。是怎麼看走眼的，我也說不上來。有時是聽信他們的自我形容，常常卻是聽信別人的形容，而沒給自己時間好好思考判斷。」

瑪麗安道：「但我還以為哪，全憑他人的說法指引是應該的。我還以為，上天賜予我們判斷力，就是要我們好好配合他人的判斷力。我確定這是姊一向的信念。」

「不是，從來就不是。打壓理解力從來就不是我的信念。我一向想去左右的，只是行為而已。你別搞錯我的意思。我常常要你待我們的親友殷勤些，這一點我承認我有做。可是我什麼時候勸過你，要跟他們有同樣的感受，要在重要事上頭服從他們的判斷呢？」

愛德華對艾琳諾道：「可見您一直沒能說服令妹聽從您的一般禮儀規範。您什麼進展也沒有嗎？」

艾琳諾道：「不進反退。」富於表情地看著瑪麗安。

愛德華回答道：「論判斷，我全心向著您這邊。論實踐，恐怕我就往令妹那邊靠了。我從來就不想惹任何人生氣，卻害羞得好蠢，常常給人怠慢的感覺，其實卻只是天性笨拙才退退縮縮而已。我常想，我一定是天生注定，喜歡跟下層男女為伍。在陌生的上層人士之間，我就彆扭得很。」

艾琳諾道：「瑪麗安的輕率，卻不能以害羞作為寬宥的藉口。」

愛德華道：「她太有自知之明，沒有不該有的羞恥。害羞只是自卑感在作祟的結果罷了。如果我可以相信，自己舉手投足全一派瀟灑自如的話，就不會羞怯了。」

瑪麗安道：「可是，您還是會有話不說，那更糟。」

愛德華瞪起眼來道：「有話不說？我有嗎？」

「有，很嚴重。」

愛德華紅著臉答道：「我不懂，有話不說！怎麼會，哪一方面呢？我要對您說什麼嗎？您到底在想什麼呢？」

艾琳諾見他激動，露出驚訝之色，卻想笑一笑打發話題，就對他說道：「憑您對家妹的認識，還想不通她的意思嗎？不知道她只要誰說話沒她快，對她讚賞的事物讚賞得沒她那麼興高采烈，她就說誰有話不說嗎？」

愛德華沒作答。嚴肅和心事重重又回到臉上，回復到十分。好一陣子，他都不言不語懶懶坐著。

譯註：詹姆斯・湯姆森（James Thomson, 1700-1748），英國十八世紀的著名山水詩人。

18

艾琳諾看見朋友悶悶不樂，心裡頗不平靜。愛德華來小住，住得卻快樂不徹底，所以艾琳諾也只能欣喜得很不乾脆。他顯然很不快活。艾琳諾但願自己曾經不疑有他，心知他曾用過的那份情，如今能同樣明顯地流露出來。可是到目前為止，愛德華是否還在愛著她卻非常不確定，前一刻的眼神還含情脈脈，下一刻就一筆勾銷，態度淡淡的。

第二天，其他兩人尚未下樓，愛德華就先在早餐室碰到艾琳諾和瑪麗安。一心想促成兩人好事的瑪麗安於是馬上離去，留下兩人獨處。可是，人才上樓上到一半，就聽見客廳門打開，轉身見是愛德華出來，吃了一驚。

愛德華道：「反正您幾位也還沒準備好要吃早餐，我想先去村中看看我的馬匹，很快就會回來。」

他回來後，對周遭的景色頭一次讚美了一番。他去村中沿途，將谷中多處美景飽覽無遺。村莊的地勢又比小築高，可將周遭景色盡收眼底，愛德華看過，非常稱心。這種話題瑪麗安是非注意不可的。她才形容起本身對同一處景色的讚賞，並探問起愛德華特別留意到的景物細節，愛德華就插嘴道：「別多問下去吧。記住，我不懂山水畫境。如果講太細，我的無知和缺乏品味一定會惹您生氣的。該說雄奇的山崗，我卻說陡峭。該說嶙嶸嶙峋的地勢，我說怪誕古拙。該說嵐氣氤氳的朦朧遠景，我說看不見。我這些發自內心的讚賞，您必須滿意。我說，這是個好地方，山崗陡峭，森林似乎盛產上好木材，谷中綠草茵茵，隨地就有棟齊齊整整的農舍，看來既宜人又好住。這地方結合了美與實用，正符合我對好風景的理想。因為有您的稱讚，我敢說這種風景是有畫境的。我可以輕易相信，這裡多的是奇岩怪石、灰苔亂叢，只是我全看不見罷了，我對山水畫境是一無所知。」

瑪麗安道：「恐怕您說的是再真不過了。但是，您何必誇耀呢？」

「我懷疑哪，」艾琳諾道：「愛德華為了避免造作，反而掉進了另一種造作。他相信很多人讚賞自然之美，都是辭溢乎情，他不喜歡那種虛偽，就裝出一副比內心還要麻木、還不懂欣賞的模樣。他就是彆扭，到頭來，也是一種造作。」

瑪麗安道：「說得沒錯，讚賞風景已經成了一種陳腔濫調。大家都彷彿是頭一個為山水畫境下定義似的，裝出那種品味和優雅。我討厭一切的陳腔濫調，有時候，我不說出自己的感受，因為除去已失落一切語感和意義的濫言陳詞，我找不到可以形容的語言。」

愛德華道：「您口中美景當前的喜悅，相信您都有真心的體驗。我也喜歡好風景，依據的卻不是山水畫境的理論。我不喜歡拳曲歪扭的斷樹，卻欣賞枝葉茂盛直挺挺的大樹。我不喜歡敗瓦殘屋，也不心儀蕁麻、薊草、石南。我在舒適的農舍中會比在瞭望塔上快樂。一群幸福且打扮齊整的村夫村婦也比天下第一流的強盜幫子更討我的歡心。」

瑪麗安詫異地望望愛德華，再憐憫地看著姊姊。艾琳諾卻一笑置之。

同一個話題沒再聊下去。瑪麗安有好一會兒都靜靜的，若有所思，卻注意到一個新東西。愛德華就坐在她身旁，正要從老太太手中接過茶盞，伸手到瑪麗安眼前，手上那枚嵌有一綹髮絲的戒指就顯眼了起來。

瑪麗安衝口道：「從前都沒看過您戴戒指，是芬妮的頭髮嗎？記得她曾答應要給您一些。可是我想來，她的髮色好像比較暗。」

瑪麗安不假思索地把心中想的事說出口來。看見愛德華那副難堪模樣，才很惱方才不該不經思考。愛德華也不能比她更惱。他的臉色大紅特紅，急急瞥艾琳諾一眼，答道：「是啊，是我姊姊的頭髮。嵌在戒指上的髮色總是會走樣，您知道嘛。」

艾琳諾的眼神與他相會，臉色也同樣尷尬。她跟瑪麗安一樣，也是馬上確信頭髮真是自己的沒錯。姊妹倆唯一的歧見，是瑪麗安以為頭髮是艾琳諾慨然相贈，艾琳諾本人卻以為，一定是他偷剪去，或以什麼她不知道的巧計獲取的。艾琳諾無意當它是什麼冒犯，只假裝沒注意，馬上說起別的事來，心中卻篤定別放過絲毫機會瞄瞄那綹髮絲，越瞄越不疑有他，真是自己的頭髮沒錯。

愛德華難為情了好一陣子，到頭來就更加心不在焉了。整個白天臉都沉沉的。瑪麗安為說錯話而大加自責。只是，如果她知道姊姊壓根就不以為忤的話，也許就會早一點自我原諒了。

下午，爵士和珍寧斯太太過來造訪，聽說小築來了位紳士，特來打量打量來客。爵士在丈母娘的協助下，沒多久就發現費拉斯是 F 開頭的，這一點就夠他倆在以後拿癡情的艾琳諾取笑個沒完沒了。只因兩人跟愛德華才新結識，所以沒馬上出口。當場，艾琳諾也只能看兩人眉來眼去，猜知兩人藉瑪嘉麗的指引之助，知道了多少事情。

爵士來達士伍家，總不免要邀請母女等翌日上園府去用晚餐，不然就當晚去用茶點。這次，他自覺有義務為來賓提供娛樂，為了善加款待，他希望兩種場合都能邀到大家上園府去。

「今晚大家一定啊一定，要跟我們一起喝茶，」爵士道：「因為我們人太少了。明天大家一定要和我們一起共餐，因為我們人會很多。」

珍寧斯太太將大家赴園的必要性說得更加嚴重。她說：「搞不好大家會發起舞會哩。這瑪麗安小姐總該心動吧。」

瑪麗安衝口道：「舞會！不可能！誰要跳舞啊？」

「誰？怎麼這樣問哩？當然是你們姊妹，還有卡瑞家、惠特克家嘍。怎麼，你以為就因為走了某個名字不該說出的人兒，就沒人可以跳舞了嗎？」

爵士嚷嚷道：「我萬分希望，魏樂比能又回到我們身邊。」

這句話，加上瑪麗安臉也紅了，都讓愛德華頭一遭起了疑心。他低聲問身邊的艾琳諾道：「魏樂比是誰呢？」

艾琳諾短短答了他一句。瑪麗安的表情卻洩漏得更多。這一來，就夠愛德華了解別人的意思，以及近日來瑪麗安一些困惑著他的言語。客人一走，他就到瑪麗安身畔，悄聲道：「我猜好一陣子了。該說給您聽嗎？」

「怎麼說？」

「是可以說嘍？」

「當然。」

「好吧，我猜，魏樂比先生是有打獵的。」

瑪麗安又驚又窘，愛德華那副斯文的刁鑽模樣卻令她不禁莞爾。無語些時，她說道：

「哎！怎麼這麼說呢？可是會有那麼一天的，希望，呃，肯定你會喜歡他的。」

愛德華答：「我不懷疑。」看她那麼認真那麼熱情，卻嚇了一跳。原來，倘若他不是想像，這只是普通朋友拿他們兩人之間也許有也許沒有的事開開玩笑而已，他是不會貿然說出口的。

19

愛德華在小築中住了一星期。老太太很熱心地勸他再住久些，他卻好像存心跟自己過意不去似的，一定要在跟朋友處得最愉快的時候離開。他的情緒雖然還是時好時壞，卻改進了不少，對小築及周遭的環境漸漸有了感情。每回說起要離開，莫不咳聲嘆氣，說他並沒有別的事要做，走後要去哪裡也不太知道，不過還是非走不可。從來沒有一個星期曾經過得如此匆匆，幾乎無法相信已經過去，這種話他說了許多遍。隨著心情變化，他也說了其他許多牴觸行為的言語。他在諾蘭不快樂，也討厭倫敦。可是去諾蘭也好，還是去倫敦，反正他就是得走。她們的好意他是再重視不過，跟她們相處是他的頭一件暢快事。可是，他還是得在一星期過去後離開，儘管她們和他自己都不願意，儘管，他並沒有什麼時間上的約束。

愛德華所作所為的一切莫名所以，艾琳諾全歸因於他母親。她很慶幸，愛德華有個她如此不了解的母親，所以兒子的怪里怪氣全可拿他母親做藉口。愛德華待她態度不明確，她是很失望很惱沒錯，有時還很不愉快。不過整體來看他的行為，她卻有心要從寬通融，慨然諒解，不像她對魏樂比，還要母親說好說歹她才肯。她總是將愛德華的心情不佳、有話不說、言行不定，歸因於他尚未經濟獨立，兼又心知母親的性格和打算。他只短暫小住些時，去意也堅，同樣是因為他必須受制於人，必須聽從母命不可。義務與意志相違，子女與親命不合這種自古以來常有的憾恨，是一切的根源。本來，她很想知道逆境什麼時候會告終，反對勢力什麼時候會讓步，也就是說費拉斯太太什麼時候會受到感化，她兒子什麼時候會有自由追求幸福。可是願望渺茫，艾琳諾要尋找慰藉，不得不重新相信起愛德華的感情，回憶他這次在巴頓時含情脈脈的顧盼和言語，尤其是他一直戴在手，那件讓她窩心的信物。

最後一天，大家一起用早餐，老太太對愛德華說道：「我想，如果你有個職業，時間才好驅遣，做事和打算也才有個目的，人就會快樂一些了。當然，這樣親友可能會有些不方便，因為你不能再撥這麼多時間給大家。可是啊，」笑一笑：「起碼卻有一點，你是實質受益的。離開親友時，你起碼知道該往哪裡去。」

愛德華答道：「您在想的這件事，我真的已經想很久了。沒有什麼必要事可打發時間，又沒有可務之業，賺不到什麼經濟獨立，在過去和現在搞不好還有在將來，都永遠會是我的大憾。可惜我挑剔，我親人也挑剔，就把我給搞成這樣了：遊手好閒，一無是處。要選什麼職業，大家總是無法達成共識。我一直想做牧師，現在依然想，家人卻覺得牧師不夠神氣。她們希望我從軍，對我卻神氣太過分了。她們覺得法律還算高尚。許多在法學會館中設有事務所的青年，出入上流社會都還滿體面的，在倫敦街上都駕著很時髦的小馬車。我對法律卻興趣缺缺，連我家人認可的，那種不求甚解的研究，我也沒興趣。海軍呢，雖然是時代的潮流，頭一次聽人提起時我卻已經超齡。日子一久，我也不需要什麼職業了。反正，不管我是不是身著軍裝，都要衣履光鮮，都要花很多錢，整個看來，就數遊手好閒最有利、最光彩了。一般的十八歲青年也不太會喜歡忙碌，而違背眾親友要他無所事事的請託。所以呢，我就被送去牛津大學，從此就一直乖乖遊手好閒了。」

老太太道：「我猜結果呢，因為清閒並不能造就你的幸福，所以你會把自己的兒子教養得跟哥倫麥拉（註）的兒子一樣，興趣多，事多，職業多。」

愛德華以嚴肅的語氣說道：「我要把兒子調教得盡量不像我自己，性情、做事、家庭背景，一切都不要像。」

「少來了，這只是你目前心情不佳的發洩罷了。你情緒鬱悶，以為所有跟你不一樣的人都很幸福。不過你要記住，不管教育程度和社會地位，人人都會在不同的時候領教到告別朋友的痛苦。只要知道自己的幸福在哪裡，你需要的只有忍耐，或者換個好聽一點的名字，叫希望。將來，令堂還是會把你好想好想要的經濟獨立給你，那是她的責任。在將來，在不久的將來，她會以你的喜悅作為她的幸福，不再讓你鬱鬱寡歡虛度青春下去。幾個月後，誰知道會怎樣呢？」

愛德華道：「再耗幾十個月對我也不會有什麼好處的。」

他的沮喪雖然老太太不懂，卻在繼之而來的告別中為大家平添不少傷感。艾琳諾尤其不快，要好一段時間費些力氣才能撫平。可是她卻有撫平的決心，她不希望由於愛德華離開，自己顯得比其餘家人還要痛苦。她不要採用妹妹在類似情況中明智運用過的法子，一味懶懶的不說話，老是一個人，以增進並加深傷感。姊妹倆的用情方式就跟對象一樣迥然不同，倒也各適其所。

他人一走，艾琳諾就坐到書桌旁，忙一整天，不特別要人提起他的名字，也不迴避。對家務事表現得幾乎就跟平時一樣關心。這樣的行為，就算傷感不會減輕，至少也省了無謂的增加，母親和妹妹也不必為她操心太多。

在瑪麗安看來，姊姊與自己大相逕庭的言行並沒有好到哪裡，就好像她也不覺得自己那一套有怎麼糟一樣。在自制這一項上面，她的想法非常簡單。情濃時，根本不可能。至於淡淡的感情，自不自制也沒差。她不敢否認姊姊用情果然平淡，只是想來還真替姊姊慚愧。這樣相信很可怕，她卻依然敬愛姊姊如故，昭然顯示出她本人果然是感情濃烈。

艾琳諾不和家人隔絕，出門也不一味孤獨躲著家人，也不整晚躺在床上想啊想都不睡。她天天卻都有足夠的餘暇想到愛德華，隨著心情起伏，時而溫存，時而悲憫，時而認許，時而責備，時而疑心，一一想起愛德華各種的可能情態言行。有許許多多的時候，就算母親和妹妹有在身邊好了，大家由於手邊工作的性質聊不起天來，那感觸就與孤獨無異。她不免要情思飄忽，飄忽的情思卻只有一處可繫。在過去和未來都如此切身的一個人必然要盤縈腦際，非她留心不可，全盤佔住她的回憶、冥想、神思。

愛德華離開不久後有一天，艾琳諾正坐在書桌前想他想得發愣，卻讓一群來客驚醒過來。她碰巧獨自一人，聽見青綠庭院的小門關上，於是抬頭外望，就看見一大群人正往大門走來。其中有米道敦爵士及夫人、珍寧斯太太，還有不認識的一對斯文男女。艾琳諾就坐在窗邊，爵士一見到她，就讓別人去行敲門禮，自己卻走過草茵，迫得艾琳諾不得不打開窗扉和他應對，儘管，門離窗很近，這邊說話，那邊是不太可能聽不見的。

爵士道：「我說啊，我帶了些生客來給你家瞧瞧。覺得他們怎樣呢？」

「噓！他們聽得見。」

「別管他們聽不聽得見。不過是帕爾默夫婦而已。相信我，夏綠蒂長得可漂亮哩。你往這邊看就能看見她。」

艾琳諾堅信現在不看，兩分鐘後也看得見，所以拜託爵士省了她這項。

「瑪麗安人呢？看見我們來就逃掉了嗎？我看見她的鋼琴開開的。」

「我想她出去走走了。」

這時珍寧斯太太也過來加入，她這人是耐不住性子等到門開的，所以就對著窗子嚷嚷道：「寶貝呀你好，老太太好嗎？兩個妹妹人呢？怎麼！就你一個人！有幾個人來陪你坐坐，你會高興的，我把小女兒和女婿帶來看你了。他們倆來得好突然哩！昨晚吃茶時，我以為聽見了馬車的聲音，可是我都沒有想到是他們。我只是想，莫非是布蘭登上校回來了？我就對爵士說，我真的聽見有馬車聲，說不定是上校回來了！」

她正講到一半，艾琳諾就不得不轉過身去，招呼其他來客。米道敦夫人介紹了兩位生客。這時老太太和瑪嘉麗也下樓來，於是大家都坐下，你看著我我看著你，珍寧斯太太則一邊把她的故事說下去，一邊由爵士作陪，從走廊進入客廳。

帕爾默太太比姊姊米道敦夫人小了好幾歲，沒有一點像她。她長得嬌小豐腴，臉蛋兒漂漂亮亮的，一臉再可愛不過的好脾氣相。言談舉止遠沒有姊姊優雅，卻更討人喜歡。她微笑進門。作客時從頭到尾，只要不是在嘻嘻笑，就是在微笑，出門時也在微笑。她丈夫則是個陰沉臉的青年，二十五、六歲上下，氣質是比太太時髦有見識，卻不比她那麼想討好人或被人討好。進門時一副自以為了不起的表情，向眾女士行個小禮，什麼話也沒講，只短暫打量眾女士及房間一周，即拿起桌上的報紙讀，來坐多久就讀多久。

天生就一派愉快有禮的帕爾默太太卻相反，人還沒坐定，就對客廳和裡面的東西一件一件讚不絕口。

「唷！好可愛的客廳唷！我都沒看過這麼別致的陳設！媽你想想看，比我上次來好看了好多唷！（轉向達士伍老太太）我本來就當這屋子是個美妙的所在，您卻把它弄得好別致唷！看呀姊姊，一切都好可愛唷！真希望我也有這樣一棟房子，你不希望嗎，帕爾默先生？」

帕爾默先生不答話，看著報，眼抬也沒抬。

夏綠蒂嘻嘻笑道：「他聽不見我說話。有時他什麼都聽不見，好好玩！」

對達士伍老太太來說，這是個相當新穎的觀念。她從來沒想過，別人不睬你也是一種樂趣。她看著這對夫妻，忍不住要詫異。

在此同時，珍寧斯太太正把嗓子放到最大，還在說前一晚看見他們夫妻過來的驚訝，說個沒完，直到每個環節都已說過。帕爾默太太回想起巴頓園中的驚訝，嘻嘻笑得很開心。大家於是達成兩、三遍的共識，這樣的驚訝很愉快。

珍寧斯太太補充道：「各位可以想想，大家看到他們倆有多麼高興。」把身子靠向艾琳諾，聲音放低，好像怕別人聽到似的，儘管客廳中四面都坐了人，說道：「不過，我還是忍不住希望他們在路上沒有走這樣快，路途也沒有走這樣長遠。原來，他們是有事去倫敦，然後才繞道過來的。你知道，（指著女兒鄭重其事地點點頭）她這種狀況實在不該。今天我就有叫她在家裡休息，她卻偏要跟我們來，她好想見見你們大家哩！」

夏綠蒂笑嘻嘻的，說來這一趟對她也沒什麼壞處。

珍寧斯太太又說：「她二月就要臨盆了。」

這種會話米道敦夫人實在聽不下去，就打起勁來問帕爾默先生，報紙上有沒有什麼新聞。

他答：「沒有，什麼新聞也沒有。」又繼續讀他的報紙。

爵士喊道：「瑪麗安到了。我說帕爾默啊，你會看到一個俏得冒泡的丫頭。」

他馬上到走廊去，開了門親自引瑪麗安進來。珍寧斯太太一見到瑪麗安就問，是不是去了亞倫罕。夏綠蒂笑得很開心，好像存心要表示她了解裡面的意思。瑪麗安進來時，帕爾默先生曾抬起眼來，盯了她幾分鐘，然後又回去讀他的報紙。這時，夏綠蒂的眼睛卻瞥到了牆上掛著的畫作。她起身細看一番。

「哦，多美啊！好可愛哦！媽你一定要看看，好美妙哦！我敢說，畫得別致極了，我看再久也不生厭。」說罷坐下，一下子就忘了客廳中有畫作這種東西。

米道敦夫人起身要走時，帕爾默先生也站起身來，放下報紙，伸伸懶腰，環視大家一圈。

他太太笑道：「你有睡著嗎？」

他沒有回答，只再檢視客廳一遍，品評道，樓層很矮，天花板也破破的。然後就行個禮，跟大家一起告退。

爵士曾極力促請她們全家第二天都到巴頓園來。達士伍老太太不希望去他家用餐的次數比他家來小築用餐頻繁，所以自己不想去，卻讓女兒隨意。三個女兒卻也沒興趣觀賞帕爾默夫婦吃飯，也不指望有什麼別的法子可以從夫妻倆得到歡樂。所以，也都找藉口說不想去，什麼晴雨不定啦，明天大概天氣不會好啦。爵士卻不罷休，他要派馬車來接，姊妹等非來不可。米道敦夫人也是，她不催請老太太，卻直勸三姊妹去。珍寧斯太太和帕爾默太太也附和著懇求，大家好像一條心，萬分不願只跟自家人為伴，姊妹等只好讓步了。

他們一走，瑪麗安就說：「為什麼要請我們去吃飯呢？這小築的租金據說是滿便宜的，不過，如果他家或我們家有什麼客人來下榻，我們就必須陪他們吃飯的話，這租約的條件未免太苛了。」

艾琳諾道：「這些頻繁的邀約比起幾週前那些，在禮貌和好意上都沒缺什麼。園中的聯誼如果變無聊無趣了，改變並不在他家身上。我們要變化，必須到別處找去。」

譯註：哥倫麥拉（Columella）：典出一七七九年出版的同名小說，作者名喚理查．格雷夫斯。男主角哥倫麥拉一生無所事事，老大至為懊悔，所以兒子必須煎藥、抽血、接生、拔牙、接骨無所不學。

20

第二天，達士伍家姊妹正從一邊門進入巴頓園府的客廳，帕爾默太太就從另一扇門跑進來，照舊是那副好脾氣的開心模樣。她熱情洋溢地握過三姊妹的手，說真是好高興又見到她們。

「看見各位我好高興哦！」說著，坐在艾琳諾和瑪麗安之間：「天氣這麼糟，我真擔心各位不來了。不來可就惱死人了，我們明天就走吔。我們是非走不可的，您知道，威士敦夫婦下星期就要來我家，我們來得很突然，馬車都到門口了，我先生問我要不要跟他來巴頓，我才知道有這回事。他真好玩！什麼事都不對我說唷！我真難過不能再待久一點。不過，希望我們會很快就在倫敦碰面。」

姊妹等不得不要她打消這種希望。

帕爾默太太嘻嘻笑著。嚷嚷道：「不上倫敦去！各位不去我可要大大失望了。我可以在漢諾瓦廣場的我家隔壁替各位租到天下一等一的房子哩。真的，各位一定要來。如果令堂不喜歡拋頭露臉的話，我在還沒有臨盆以前，一定會樂意帶各位四處去的（註一）。」

姊妹等謝過她，卻仍不得不婉拒邀請。

帕爾默先生一進門，帕爾默太太就喊道：「喂，親愛的，你一定要幫幫我，勸動達士伍家的小姐上倫敦去。」

她那個親愛的卻沒有回答，只略微向三位小姐行個禮，就抱怨起天氣來。

「真是見鬼！」他說：「這種天氣把每個人每件事都搞得煩死了。雨下得門裡門外都一樣無聊。雨下得我把認識的所有人都討厭光了。爵士是搞什麼鬼，屋中為什麼沒有彈子房呢？知道該怎麼過好日子的人真是少哩！爵士就跟天氣一樣無趣。」

其他人很快也都進來了。

爵士道：「瑪麗安小姐今天恐怕不能照常去亞倫罕走走了。」

瑪麗安沉著臉，沒說什麼。

帕爾默太太道：「哎唷！別對我們裝了。我向您保證，這裡大家都知道這回事。我很讚許您的眼光，我覺得他很英俊，您知道的，我們在薩姆塞郡住得離他不很遠，我敢說，不超過十哩。」

她先生道：「比較接近三十哩。」

「啊！好吧！也沒差多少。我從來沒去過他家，但聽說那房子很別致漂亮。」

帕爾默先生道：「我這輩子沒見過比那更爛的房子。」

瑪麗安不發一語，表情卻流露出她對這些話的關切。

「是很醜嗎？」帕爾默太太接著說道：「那麼我猜，很別致漂亮的房子就是另一棟了。」

大家在餐廳就座，爵士惋惜地說，加起來一共只有八個人。

他對夫人道：「人這麼少真掃興。今天怎麼沒邀吉伯特夫婦來呢？」

「你向我提起這件事時，不是有告訴你不可能嗎？上次我們作東請他們過來吃飯，他們還沒有回請哩。」

珍寧斯太太道：「爵士和我都不拘泥這種禮數。」

帕爾默先生衝口道：「那您就教養太差了。」

他太太照常是笑嘻嘻的，說道：「你和每個人都要頂嘴，你很無禮你知道嗎？」

「我說你媽教養差，不知是頂了誰的嘴。」

好性情的珍寧斯太太道：「好好好，要損我你儘管損吧。你已經從我的手上娶走夏綠蒂，再不能還給我了。光這點我就佔盡你的便宜。」

夏綠蒂想到丈夫弄不走她，開心笑著，得意地說道，不介意先生對她有多凶，兩人反正就是得一起生活。天底下再沒有人可以比她更一派好性情，更一心一意要快樂了。先生刻意的麻木、蠻橫、惱火都傷不到她的心。先生罵她、喝斥她，她當是很好的娛樂。

她對艾琳諾私語道：「我先生真好玩，老是發脾氣吔！」

艾琳諾略微觀察之後，並不相信帕爾默先生有像他想表現的那樣，真實不虛地脾氣壞，教養差。他也許就像許多男人一樣，曾經莫名其妙地偏好美色，後來才發現自己娶到很笨的女人，所以變得有點臭脾氣。艾琳諾卻知道，這種錯誤是司空見慣，理性的男人是不可能因此就一直傷心下去的。她相信，帕爾默先生只是想要高人一等，所以才對所有人都很刻薄，看一切事物都很不順眼。這是他想要自我顯揚的欲望在作祟。很尋常的動機，沒什麼好奇怪的。只是這手段，在確定他教養差勁過人這方面不管再怎麼成功，也是引不起任何人好感的，除了他妻子。

過了沒多久，帕爾默太太就說道：「哎呀，我要請艾琳諾小姐您和令妹賞個光。聖誕節來克里夫蘭小住好嗎？兩位一定要來，要選在威士敦夫婦來住的時候。您想不出來我會有多快樂！到時候一定會很愉快！」又對她先生說：「你不希望達士伍家小姐來克里夫蘭嗎？」

「當然希望，」他冷笑答道：「我來德文郡就知道會碰到這種事。」

帕爾默太太道：「您聽見了，我先生也要兩位來。您不能拒絕了。」

姊姊倆熱切堅決地婉拒她的邀請。

「真的，兩位一定要來，應該要來。我確定兩位到時候一定會很開心。威士敦夫婦也會來我家，一定非常愉快的。兩位想不到克里夫蘭有多麼可愛。我們現在都好開心，我先生成天都在郡中四處拉票。好多好多我沒見過的人來我家進晚餐，有意思極了！可是啊，真可憐！他好累哦！非要大家都喜歡他不可。」

艾琳諾也表示同感，這種義務果然是強人所難，說時差一點忍俊不禁。

帕爾默太太道：「將來他進入國會，到時候會多有意思啊！不是嗎？可真真要笑壞我哩！寄給他的信封上都會註明『國會議員』的字樣，好好笑。您可知道，他說他是絕不會讓我分享到郵資豁免權的。他說他不會。不是嗎，帕爾默先生。」

帕爾默先生不理她。

她接著說：「您知道的，他受不了寫信，說寫信煩死了。」

帕爾默先生道：「我可沒說。我從沒說過這麼沒道理的話。別把你所有的凌辱用語都加到我頭上來。」

「小姐您聽見了，看他多好玩，老是這樣！有時候他大半天不跟我講話，一開口就是一句好好玩的話，天底下任何事他都有可能說。」

大家回到客廳，她就問艾琳諾，是不是非常喜歡她先生，嚇艾琳諾一大跳。

艾琳諾道：「當然嘍，他滿好相處的樣子。」

「欸，您喜歡他我就太高興了。我也覺得您會喜歡他，他真討人喜歡。我可以告訴您，他滿欣賞您家姊妹的。如果兩位不來克里夫蘭的話，您不能想像他會有多失望。我真不知道您為什麼會不想來。」

艾琳諾免不了又得回絕她一次，並轉移話題，不讓她再求下去。艾琳諾想，既然帕爾默夫婦和魏樂比同住一郡，比起和魏樂比並不太熟的米道敦爵士夫婦，也許能把他的為人說得更詳盡些。她急著想聽人說，魏樂比這人確實很好，她才不必再為妹妹擔心下去。所以就問起了帕爾默太太，在克里夫蘭是不是跟魏樂比常常碰面，和他熟不熟。

帕爾默太太道：「哎呀！熟啊，我跟他熟得很。真的，雖然我跟他沒說過話，卻老是在倫敦看到他。不知道為什麼，他來亞倫罕時我總沒在巴頓。我媽從前倒是在這兒見過他一次，那時我卻正在威茅斯的舅舅家小住。不過我卻敢說，我們本來是應該在薩姆塞郡看到他的，只是很不幸，大家很少同時都待在郡中。我相信他很少住在岸然谷。不過，就算他多住一些時候好了，我想我先生也不會去拜訪他的。您知道，魏樂比先生是反對派的人（註二）。更何況，岸然谷也滿遠的。不錯哩，我知道您為什麼要問起這個人，因為令妹要嫁給他。您知道，那樣她就是我鄰居了，真會樂壞我。」

艾琳諾答道：「相信我，如果您有理由預期這樁親事的話，這件事您就比我知道的還要多了。」

「別假稱沒這件事了，您知道的，大家都說有。我說真的，我是經過倫敦時聽來的。」

「您別說笑了！」

「以我的名譽為誓，沒錯，星期一白天，就在我們要離開倫敦之前，我在龐德街碰到布蘭登上校，是他當面告訴我的。」

「布蘭登上校告訴您的！您說得我好驚訝。一定是搞錯了吧。說這種事給不相關的人聽，就算說的是事實好了，也不是我認為上校會做的事。」

「我向您保證，是這樣沒錯，全都沒錯。我來告訴您是怎麼一回事。我們碰見他，他就轉過頭來陪我們走了一程。我們談起了我姊姊及姊夫，談這談那的。我就說上校啊，聽說巴頓小築住進了一戶新人家，我媽寫信告訴我說，她們姊妹長得很漂亮，有一個要嫁給岸然谷的魏樂比先生，請問是真的嗎？上校您最近才去過德文郡，一定很清楚才對。」

「上校怎麼說呢？」

「噢！他說得不多，臉色卻好像知道真有這回事似的，從那一刻起，我就當婚事已經敲定了。可真是樁美事哩！婚禮什麼時候舉行呢？」

「希望上校無恙。」

「噢！是呀，他人好好的呀，對您讚不絕口的，只顧說著您的好話哩。」

「不敢當，他過獎了。他這人看來滿優秀的，我覺得他滿好相處的。」

「我也這麼想。他很討人喜歡，卻那麼嚴肅無趣，還真可惜哩。我媽說，連他啊，也愛上了令妹。說真格的，差不多從來就沒愛過誰的他，如果真愛上令妹的話，令妹是該感到榮幸的。」

艾琳諾問道：「在薩姆塞郡您住的那一帶，很多人認識魏樂比先生嗎？」

「噢！對呀，很多人呀，我意思是，岸然谷那麼遠，應該沒有很多人跟他有來往。可是大家都覺得他非常好相處，說真的，魏樂比先生無論去哪裡，都是最受歡迎的人物，這點您可以告訴令妹。天地良心，令妹能嫁到他真是幸運透頂！不過他可以娶到令妹，才更幸運哩，令妹那麼俊俏那麼好相處，誰配她都高攀了。不過，我卻不覺得她有您俊俏，說真的。我覺得您兩位都漂亮得不得了，雖然昨晚沒辦法套出我先生的承認來，我想他一定也這麼想的。」

帕爾默太太談起有關魏樂比的消息並不怎麼具體。不過，只要是有利於魏樂比的證詞，不管怎麼微不足道，艾琳諾聽了都會高興的

帕爾默太太又接著說：「真高興我們終於認識，希望我們永遠會是朋友。您不能想像我是多麼想見到您哩！有您住在小築好棒哦！太棒不過了，真的！令妹要嫁給好人家我真是高興極了！希望您會常來岸然谷小住。大家都說那房子非常別致！」

「您和上校認識很久了，是不是？」

「是啊，好一陣子了，我姊姊嫁過來後就認識了。他是爵士的好朋友。我相信，」她低聲補充道：「如果他能娶到我的話，他一定會很想娶我的。我姊姊和姊夫很想撮合這件事。我媽卻覺得他條件還不夠好，不然，姊夫就會向上校提起，我就會很快嫁給他了。」

「爵士向令堂提起這門親事前上校不知道嗎？他從沒向您本人吐露情意嗎？」

「沒有哇，可是，如果我媽不反對，我敢說他一定很想娶我的。當時我還在學校中住讀，所以他只看過我兩次。不過，我現在這樣卻幸福多了。我先生正是我喜歡的那種男人。」

譯註一：當時禮俗，未婚少女出入社交場合，必須有已婚婦人帶領，即所謂的chaperone，這樣才算大家閨秀。

譯註二：當時英國的反對派領袖為福克斯（Charles James Fox），此人同情法國大革命，反對蓄奴，和魏樂比一樣生活放縱，年紀輕輕就債台高築。

21

翌日帕爾默夫婦就回克里夫蘭去，巴頓又只剩下兩家人可以互相招呼了。這種日子卻沒有持續很久。艾琳諾還在思量那對新近來訪的夫妻，奇怪怎麼太太可以快樂得無緣無故，怎麼先生可以粗魯得有模有樣，怎麼天下夫妻往往都怪不搭調，還在好生奇怪，就因爵士和珍寧斯太太在社交運動上的矢勤矢勇而又結識了兩個人物，可資見識觀察一番。

爵士和珍寧斯太太曾當日來回，去了艾塞特一趟，碰到兩位小姐。珍寧斯太太欣然發現，大家原來是親戚，這就足夠要爵士立刻邀約兩位，一赴完艾塞特的約會，就轉往巴頓園小住些時。兩位小姐一接到邀請，在艾塞特的約會就化為烏有。爵士回去，夫人聽說她很快就要招待素昧平生、高不高雅甚至算不算上流都不知道的兩位小姐，這下可吃驚不小。這方面，丈夫和母親的保證根本就沒用處。而且還是親戚，這點更是雪上加霜。所以，珍寧斯太太安慰女兒的話，就不幸說錯了。她勸女兒說，別介意人家打扮時髦，大家都是親戚，應該多擔待。既然，兩位小姐要來如今已是無法避免，夫人於是逆來順受，一本大家閨秀的處世之道，只是每天拿這題目柔聲罵罵丈夫五、六次，就心滿意足了。

兩位小姐到了。她們的外表絲毫不能說是不高尚或不時髦，打扮得非常標致，態度非常禮貌，看到房子很喜歡，看到家具很著迷，而且很巧，姊妹倆都寵小孩寵得很，所以人來巴頓園才一個鐘頭，就讓夫人心生好感了。她宣稱，姊妹倆果然很好相處。出自夫人之口，這可是非常熱烈的讚譽。夫人讚美得有勁，爵士對自己的判斷力就有了信心，馬上出門往小築去，告訴三姊妹說巴頓來了史提爾家的兩位小姐，並且保證說這兩位小姐是天底下最可愛的女孩。這種薦辭卻不能透露多少訊息。艾琳諾相當清楚，天底下最可愛的女孩在英格蘭是到處都碰得到，身材、臉蛋、脾氣、智力則形形色色各有千秋。爵士要她們全家都馬上走到巴頓園，看看他家來客。好宅心仁厚的人喲！連個隔三層的表親，要他自己獨享也好痛苦哩！

「大家一定要來，」他說：「拜託來一下嘛，非來不可，我說呀各位千萬得來。各位不能想像會怎麼喜歡她們哩。露西長得是漂亮得要命，她脾氣真好，真好相處哩！孩子們已經在纏著她，老相識似的。姊妹倆都好想好想見見各位，她們在艾塞特，就已經聽說各位是天底下最漂亮的可人兒。我還跟她們說，全都沒錯，而且還不只漂亮而已。各位肯定會喜歡她們的。她們已經帶來了滿車的童玩。幹嘛這麼彆扭不來哩！當然，各位是知道的，某方面說來，她們也算是您家的親戚哩。各位是我的表親，她們又是我太太的表親，所以跟各位當然也有親嘍。」

姊妹等卻不為所動，只應允爵士，要在一兩天內造訪巴頓園。然後爵士就走了，走得很吃驚，不解她們為什麼無動於衷。他走回家去，又向史提爾兩姊妹誇口說，達士伍家有多麼喜歡她們，就好像他也對達士伍家吹噓過，史提爾家兩姊妹很喜歡她們一樣。

兩姊妹如約來到了巴頓園，隨即結識了兩位小姐。她們發現，史提爾家的大小姐年近三十，相貌平平，長得也不怎麼知情達理，模樣並不足以讚賞。年不過二十二、三歲的二小姐，姊妹倆卻認為頗具姿容。她五官俊秀，眼神伶俐明快，時髦的氣質雖然顯不出真正的優雅斯文，卻自有一種出眾。她倆的態度是格外有禮，艾琳諾看她們為了贏得夫人歡心，對夫人是體貼得既有恆又精明，立刻就相信她們是有些腦筋的。她倆對夫人的子女癡迷個沒完，誇孩子長得好，逗引孩子注意，只要孩子高興，姊妹倆一律應付。姊妹倆這麼多禮，自是耗時無度，剩的時間，如果夫人碰巧有事在做的話，她們就用來讚美夫人的做事工夫。不然，她們就忙著為哪一襲夫人前一晚才穿、穿出來時她們曾讚賞不絕的高雅禮服描出款式。凡是寵小孩的母親，追求起別人對她小孩的稱讚來雖然是人類中的貪婪之最，人類中最容易上當的卻也是她，所以，靠她這種弱點討便宜的人就有福了。她漫天需索，卻什麼都照單全收。史提爾家兩姊妹待夫人的子女是溫柔且堅忍得過分，卻一點也不教夫人稱奇或難以置信。她以母親的寬容，旁觀兩位親戚承受所有的無禮捉弄和惡作劇，旁觀姊妹倆的髮帶給鬆了綁，頭髮披到耳邊，針線袋遭到亂翻一通，小刀和剪刀給偷走，還不疑有他，以為大人小孩皆大歡喜。她不覺得有什麼好驚奇的，只是不懂艾琳諾和瑪麗安為什麼可以靜靜坐在一旁，不在此情此景中也插一腳。

小孩拿去安妮的手帕扔出窗外，夫人就說：「約翰今天精力好旺哦！賊溜溜的。」

沒多久，第二個男孩拚命亂掐安妮的手指，夫人又愛憐地品評道：「威廉好淘氣。」

夫人又加一句：「我這可愛的安娜瑪麗亞唷，」溫柔地摸著兩分鐘沒吭半聲的三歲小女孩道：「總是這麼柔柔靜靜，好安靜的小東西。」

夫人在摟抱女兒時，帽子上的別針卻在小孩的脖子輕輕劃了一下，引出這個溫柔的小東西一陣凶猛尖叫，大概所有具聒噪之譽的動物都要遜色。做母親的驚嚇可大了，卻贏不過兩位史提爾小姐的緊張。這千鈞一髮的緊急時刻，她們三個把能做的全都做了，儘管愛憐一下就可以減輕小小苦主的痛楚。她們把小女孩放在媽媽的大腿上，滿頭滿臉地親她。兩姊妹中有一人跪在地上照顧，幫她的傷口搽薰衣草精。另一位則往她嘴裡塞滿糖梅。小孩卻太聰明，眼淚既然換來這樣的報酬，當然是不會停止不哭。她尖叫依舊，拚命抽抽搭搭，兩個哥哥才想碰碰她，她就踢回去。大家一致團結的安慰全都沒效。幸好有夫人及時想起，上星期也有過類似的慘況，曾經以杏子醬成功地解決女兒受傷的額頭。她急忙提出這療法，來應付這次不幸的擦傷。小貴婦尖叫到一半，聽到杏子醬卻有停叫一兩聲。大家於是希望大增，小孩應該不會拒絕才對。媽媽就把女兒抱走，去找療方。兩個男孩也不理會媽媽要他們別跟過來的認真要求，選擇跟著出去。於是，就只有四位小姐留下來，留在已經與客廳無緣達數小時之久的清靜之中。

母子等一走，安妮．史提爾就說：「可憐的小東西喲！差一點就釀成很不幸的事故哩！」

瑪麗安衝口道：「怎麼個不幸法我可想不出來，除非完全是另一種情況。事實上根本沒什麼好緊張的，卻用了大驚小怪的尋常方式。」

露西．史提爾道：「米道敦夫人好討人喜歡啊。」

瑪麗安不發一語。不管是多麼瑣碎的事情，她也口是心非不起來。因此，在禮貌上有必要的時候，說謊的任務總是落到艾琳諾的頭上。她盡力響應號召，形容夫人形容得辭溢乎情，只是流露出來的感情依然差露西一大截。

安妮衝口道：「還有爵士，好迷人的男人喲！」

艾琳諾這次只簡單且公正地稱許幾句，沒有誇大其辭。她品評道，爵士脾氣好，待人也好。

「真是個甜蜜的小家庭啊！我一輩子都沒看過這麼可愛的小孩。我說呀，我已經好生憐惜他們了。真的，我疼小孩總是疼得入迷的。」

艾琳諾笑道：「憑我今日的所見所聞，就應該猜到了。」

露西道：「我隱隱覺得，兩位以為夫人的子女都太嬌生慣養。嬌慣也許嬌慣了些，夫人會慣養小孩，卻是一件再自然不過的事。至於我呢，我喜歡小孩活力充沛，精神健旺。乖乖靜靜的小孩，我反而受不了。」

艾琳諾答道：「我供認，在巴頓園裡想起乖乖靜靜的小孩，從不惹我厭煩。」

語罷，四人無言片刻，才由談興彷彿正濃的安妮．史提爾打破沉靜，說了句頗突兀的話：「請問艾琳諾小姐，您還喜歡德文郡嗎？我猜您是很捨不得離開薩西克斯郡吧。」

她問的問題，或者至少她問話的口氣，交淺言深得讓艾琳諾有些吃驚。不過，她還是答沒錯。

安妮接口說：「諾蘭景色美得要命，不是嗎？」

露西道：「常聽爵士對諾蘭讚不絕口。」好像是覺得必須為姊姊的唐突解釋一下。

艾琳諾答道：「我想，凡是看過諾蘭的人，一定都會欣賞諾蘭的。只是，不見得每個人都可以像我們一樣，懂得鑑賞諾蘭的種種美處。」

「諾蘭有很多很多時髦的帥哥嗎？我猜想德文郡這裡並沒有很多。我說呀，我總覺得帥哥在那邊多好多。」

露西道：「姊姊為什麼以為德文郡沒有薩西克斯郡那麼多的斯文青年呢？」以替姊姊羞愧的眼神看著她。

「話不是這樣，我真的無意要說這邊比不過。我肯定艾塞特多的是時髦帥哥。可是你知道，我怎麼知道諾蘭有什麼樣的帥哥呢？我只是擔心達士伍家的小姐在巴頓可能會覺得無聊而已。也許各位小姐都不把帥哥放在眼底，他們有沒有都一樣。我呢，我覺得他們相當討人喜歡，只要穿著時髦，舉止有禮，卻受不了他們骯髒齷齪的樣子。艾塞特就有位羅斯先生，時髦透頂的年輕人，十足的帥哥，辛普森先生的文員，各位知道的。可是讓你在白天碰到他的話，他簡直就不能見人。我猜令兄在婚前也是個十足的帥哥吧，既然他那麼有錢？」

艾琳諾答道：「說真的，我說不上來。我完全不懂帥哥是什麼意思。我卻可以說，如果他婚前是帥哥的話，那現在他一樣也是。他整個人一點都沒變。」

「哦！沒有人會當已婚男人是帥哥的。他們有其他事要做哩！」

她妹妹衝口道：「天啊！你滿嘴只有帥哥帥哥，你不讓達士伍小姐以為你滿腦子只有這一項才怪。」於是轉移話題，讚美起房子和家具來。

艾琳諾把兩位史提爾小姐都觀察夠了。姊姊粗俗愚蠢，口不擇言，毫無可取。艾琳諾也沒被妹妹的美貌和機靈的眉眼蒙蔽，還是看出了她並沒有真正的高雅，也不無矯飾。艾琳諾離開園府，根本不想再跟她們進一步交往。

兩位史提爾小姐可就不是了。她們打艾塞特帶來了充分的溢美之辭，要用在爵士、他的家人及遠近親戚身上，現在，又毫不吝惜地派給他美麗的表親。據兩位史提爾小姐宣布，達士伍家的小姐是她們所見過最美麗、最優雅、最有才情也最討人喜歡的女孩，好想再多進一步交往。因此，艾琳諾很快就發現，進一步交往成了無法避免的命運，原來爵士完全向著史提爾小姐那邊。那邊人多勢眾，反對不得，非向那股親密勁兒臣服不可。而所謂親密，就是幾乎天天都同一個房間坐上一兩個鐘頭。要爵士做更多，他不會，因為他不覺得有必要。在他看來，相聚就等於親密。他接二連三要兩家小姐聚首的計畫都實現了，也就不疑有他，以為兩方已經成了知交。

為他說句公道話，為了有助於兩方無話不談，他把他能做的全都做了。有關他的表親，只要是他知道的或猜到的，他全巨細靡遺地說給史提爾家小姐聽。艾琳諾跟她們還沒見過兩次面，安妮就賀喜道，瑪麗安來巴頓沒多久，就搞定了一位時髦的帥哥，真是太幸運了。

她說：「真的，這麼年輕就把她嫁掉還真不錯。聽說是個十足的帥哥，英俊得要命。希望您很快也會有同樣的好運。搞不好，您暗中已經名花有主了。」

艾琳諾不認為爵士說他猜測她在喜歡愛德華，會比說瑪麗安的事還留口德。的確，魏樂比和愛德華之間，他本來就比較喜歡開愛德華的玩笑，因為這個玩笑比較新，也較多推敲的餘地。自從愛德華來訪後，只要兩家共進晚餐，爵士就非得向她的愛情舉杯不可，還鄭重其事地又點頭又眨眼，一定要引起大家的注意。字母 F 也是，爵士一而再再而三地說出來，開玩笑開個不住，所以艾琳諾老早就已經確定無疑，F 是所有英文字母中最有趣的一個。

一如艾琳諾的預料，兩位史提爾小姐受用了這麼多玩笑話，做姊姊的果然就好奇起來，想知道爵士話中的那位紳士叫什麼名字。她的好奇心雖然常常表現得很沒禮貌，卻相當符合她對達士伍家大小事務一貫要追根究柢的習性。爵士樂於挑起的好奇心，他卻沒有逗弄很久。至少，他透露名字出來，快樂程度並不亞於聽見名字的安妮。

爵士以別人都聽得見的竊竊私語，說道：「他姓費拉斯，請別講出去，是個大祕密哩。」

安妮道：「費拉斯！費拉斯先生就是那位幸運兒，是嗎？天哪！是令嫂的弟弟嗎？很討人喜歡的青年，的確，我跟他滿熟的。」

露西喊道：「姊怎能這麼說呢？」姊姊下的斷語，她總要修正一番：「我們在舅舅家有見過一兩次面是沒錯，說很熟就言過其實了。」

這一切艾琳諾都聽得既留神又詫異。這舅舅是誰？住在哪兒？怎麼認識的呢？她雖然沒有選擇自己插話進去，卻非常希望話題能夠延續。這事卻沒下文。平生頭一次，她覺得珍寧斯太太在聽到芝麻消息後，是既不好奇，又不聞不問的。安妮談到愛德華時的態度讓艾琳諾更加好奇。她覺得那態度相當不妙，彷彿是知道，或自以為知道愛德華的什麼壞事似的。她的好奇卻是徒然。爵士後來再次暗示，甚至明講出費拉斯先生的名字時，安妮就沒再理會了。

22

瑪麗安一向就受不了粗魯、俗氣、無才，連品味不合也不太能消受，以她此時的情緒狀態，更是沒興致去跟兩位史提爾小姐相處融洽，也不想鼓勵她們來進一步接近。艾琳諾以為，就因為妹妹對兩姊妹的言行一向冷冷淡淡，打消了對方做出來的一切親熱，難怪沒多久，對方就很明顯專偏艾琳諾一人，尤其是露西，從不放過任何找艾琳諾說話、跟她進一步認識的機會，老是找她談心，輕鬆直率地談心裡話。

露西天生機靈，論事大致還公允風趣。艾琳諾覺得，跟她做半個鐘頭的伴倒還算愉快。可惜，她沒有受過教育來增長才智，是無知兼沒文化，與心靈上的一切進境無緣。雖然她老是努力要裝出一副有知識的樣子，還是沒有瞞過艾琳諾的眼睛，看出她連最普通的常識也沒有。艾琳諾看她無知無才相當惋惜，也許她受過教育的話，才智就會大有可觀。可是她在巴頓園小心侍奉、百般殷勤、諂媚阿諛，舉止間流露出來的粗魯無文、寡廉鮮恥、無誠無信，艾琳諾看在眼裡，觀感可就沒那麼溫柔了。艾琳諾跟她這樣的人相處是不能持久暢快的。她集不誠懇和無知於一身，沒受過什麼教育，所以不能跟她平等對話。再看她對別人的那副態度，艾琳諾就不覺得她待自己的關懷和恭謹有什麼價值了。

一天，兩人一起從巴頓園走去小築，露西對她說道：「您一定會以為我問得很奇怪，但是請問，您認識令嫂的母親費拉斯太太嗎？」

沒錯，艾琳諾果然覺得她問得很奇怪，也難掩詫異之情，答道，她從未看過費拉斯太太。

露西答道：「這樣子呀！怪了，我還以為您在諾蘭一定見過她哩。這麼說來，您大概不能告訴我，她這個人怎麼樣嘍？」

艾琳諾答道：「我不能。」小心不把她對愛德華之母的真正看法說出來，也不太想滿足露西那似有無禮之嫌的好奇心：「我對她一無所知。」

露西道：「您一定覺得我這樣問起她來很奇怪，」留神地瞅著艾琳諾，道：「可是我說不定是有理由的。呃，但願我可以大膽講出來。不過我還是希望您能夠心持公允，相信我並非存心無禮。」

艾琳諾有禮地答她一句。兩人又無言走了幾分鐘，露西才又打破沉默，些許遲疑地回到話題上道：

「我受不了讓您覺得我亂打探。我肯定，您的好感是那麼值得人家去博取，只要能不讓您誤會，我什麼事都願意做。我也肯定，信任您，我絕對不必去憂三慮四的。我一定會樂於聽取您的指教，告訴我在這種不幸的情況中應該如何自處。不過，沒必要打擾艾琳諾小姐了。真遺憾您恰巧不認識費拉斯太太。」

艾琳諾大吃一驚，道：「如果知道我對她的看法，對露西小姐會有用處的話，很遺憾，我真的不認識她。不過，說真的，我從沒想過您和費拉斯家有任何淵源，所以我承認，聽您這樣認真地打聽費拉斯太太的為人，我是有些詫異。」

「我敢說您是在詫異，我一點也不覺得奇怪。可是，如果我敢全都告訴您的話，您就不會這麼吃驚了。目前，費拉斯太太當然是和我全然無關。可是也許，也許會有一天，會是哪一天就全看她了，我會跟她成為一家人。」

說著低低頭，婉約而怕羞，只瞄了艾琳諾一眼，觀察在她那邊起了什麼作用。

艾琳諾喊道：「我的天！怎麼說呢？您認識勞勃．費拉斯先生嗎？可能嗎？」有這麼一位妯娌，艾琳諾心裡並不太高興。

「不是的，」露西答道：「不是勞勃．費拉斯先生，我生來就沒見過他。」盯著艾琳諾，說下去道：「是他的哥哥。」

艾琳諾此刻作何感想呢？如果不是當下就覺得露西的說法不值得採信，她一定會既吃驚，又痛心。她沒有說什麼，詫異地轉向露西，猜不透她這麼說的理由或目的。艾琳諾雖然面色有變，卻還是不予置信地堅強站著，沒感到發癲或暈倒之虞。

露西繼續說道：「也難怪您要詫異。您從前當然不可能知道有這回事。我敢說，他從來沒對您或您的家人透露過一點口風。我們倆一直當它是個大祕密。到目前為止，我一直有好好守密。親屬中都沒有人知道，除了我姊姊安妮。如果我不是全心全意地信任說，您一定會替我保密的話，我也不會講給您聽了。我真的以為，問了這麼多有關費拉斯太太的問題，一定顯得很奇怪，應該要解釋解釋才對。費拉斯先生如果知道我信任了您，我想他一定不會不高興的，因為我知道他對您一家都再敬重不過，把您和其他兩位達士伍小姐都當成自己的妹妹。」露西停了下來。

艾琳諾沉默半晌。她聽到這些話，起先實在太驚訝了，都說不出話來。過了一陣子，才要強自開口，而且要開口得小心翼翼。於是，就以勉強還能將驚訝和擔憂掩飾起來的鎮靜口吻說道：「我可否請問，您兩位有沒訂婚很久了呢？」

「已經四年了。」

「四年了？」

「沒錯。」

艾琳諾雖然非常吃驚，還是覺得無法置信。

艾琳諾道：「我到幾天前才知道您倆認識。」

「我們卻已經認識好多年了。您知道的，他給家舅照顧過好些年頭。」

「令舅！」

「對呀，普拉特先生。您沒聽他說起過普拉特先生嗎？」

艾琳諾答道：「應該有聽說過。」心越來越亂，也克制得越來越努力。

「他跟著家舅，在普里茅斯附近的長鎮莊住了四年。我們在那裡認識，因為家姊和我常常住在舅家。我們也是在那裡訂的親。可是後來，他也幾乎老是陪著我們。我訂親訂得很不情願，您可以想像的，他母親既不知道，也不贊同。可是我太年輕了，太愛著他，也顧不得謹慎了。雖然您沒有我了解他，您一定已經看出來，他是可以讓女人對他死心塌地的。」

「當然，」艾琳諾答著，卻不知道自己到底在說什麼。想過片刻，卻又信心復甦，又相信起愛德華的誠信和感情，相信起露西的虛假——「跟愛德華．費拉斯先生訂過親哪！我承認，您說得我好吃驚，所以真的——可是您一定是把人或名字搞錯了。我們倆指的不可能是同一個費拉斯先生。」

露西笑著喊道：「不會是不同人的。愛德華．費拉斯先生，我指的是公園街費拉斯太太的長子，令嫂約翰．達士伍太太的弟弟。您必須承認，我這人不太像會連託付終身幸福的男人也搞不清楚名字吧。」

艾琳諾難堪得痛苦至極，答道：「真奇怪，從沒聽他提起過您的名字。」

「不，想想我們的處境，一點都不奇怪。我們的首要之務就是保密。您並不認識我或我家人，他並沒必要向您提起我的名字。他總是特別擔心他姊姊發覺了什麼，這就是他不提起我的足夠理由了。」

露西沉默下來。艾琳諾又喪失了信心。不過她的克制力卻沒一起喪失。

她以堅定的語氣說道：「原來您倆已經訂了四年的婚。」

「沒錯，天知道我們還要再等多久。可憐的愛德華喲！心情壞透了。」然後從口袋中取出一幅掌中像來，補充道：「為了不想搞錯，您就看看這張臉吧。當然是畫得不太像，畫的是誰您卻應該不會看錯。我有這幅畫已經三年了。」

說著，就交到艾琳諾手裡。艾琳諾看到那幅畫，不管腦海還有多少狐疑，不管是擔心太早論斷，還是希望能再找出破綻，都無法懷疑畫中真的是愛德華的臉。她立即把畫像歸還，承認說很像。

露西繼續說道：「我一直沒能回贈我的肖像給他。他一直都好想要一幅哩！所以我滿煩惱的。我決心一有機會，就去畫一幅。」

艾琳諾冷靜地答道：「您說的也是。」兩人又無言走了幾步，露西再度做先開口。

她說：「我絲毫都不懷疑，您一定會忠實地替我保密。您一定知道的，對我們來說，別讓他母親知道有多麼重要。我敢說，她是絕對不會應允的。我沒有什麼財產，而且我想，他母親是個異常傲慢的人。」

艾琳諾說道：「我確實沒有要您吐露心事給我聽。您覺得我可以信任，卻也沒錯。我會替您保密的。可是，您並沒必要把事情告訴我，所以如果我要表示驚訝的話，請不要見怪。至少，您一定也曾感到過，讓我知道對保密並無助益。」

說著，將露西端詳個仔細，希望能在她的表情上發現些什麼。也許，是想發現她所言大半皆虛吧。露西的表情卻沒改變。

露西說道：「我是擔心我跟您說這些，會讓您以為我太冒昧。雖然我認識您，至少面對面地認識，的確是沒有很久。但是靠著別人轉述，我認識您以及您全家卻有好一陣子了。一見到您，我就幾乎覺得是老朋友。更何況這次既然我已經細細打聽過了愛德華的母親，也該對您解釋解釋。我實在薄命，沒有誰可以徵求意見。安妮是唯一知情的人，卻沒一點判斷力。真的，她對我是害多於利。因為我無時不在擔心她說溜嘴。您也看到的，她不懂得守口如瓶。前幾天爵士提到愛德華的名字，我真嚇死了，生怕姊會說溜嘴。您不能想像我內心受過什麼煎熬。我只奇怪，這四年來我為愛德華受過那麼多苦，如今竟然還活著。一切都懸而不決，不明不白的。我們又這麼少見面，一年難得見兩次。我真的好奇怪，怎麼我還沒萬念俱灰。」

這時她取出手帕。艾琳諾卻不怎麼悲憫她。

露西拭過眼淚，又繼續說道：「有時候我會想，乾脆取消婚約會不會對雙方都比較好。」（註）說時，正眼望著艾琳諾。「可是在其他時候又下不了決心。我知道一提起退婚，愛德華一定會非常痛苦，想到這裡我就受不了。還有我自己的緣故——他對我實在是太珍貴了——我不認為我辦得到。您會教我怎麼處理呢？要是您自己，會怎麼處理呢？」

艾琳諾給問得大吃一驚，答道：「很抱歉，這種事是不可能由我來教您的。您必須聽憑自己的判斷力行事。」

兩人都沉默了幾分鐘，露西接著說：「當然，有朝一日，他母親會分財產給他。可憐的愛德華卻被這事給煩透了！您不覺得他在巴頓情緒糟透了嗎？他在長鎮莊和我們道別去看您時，模樣悽慘極了，我直擔心您會以為他病了。」

「那麼他來我家作客，是從令舅家來的嘍？」

「對呀，他陪我們住了兩星期。您以為他是直接從倫敦來嗎？」

艾琳諾答道：「沒有，」由衷地感受到，每一樣新證據都對露西有利。「我記得他告訴我們，剛在普里茅斯附近的朋友家住過兩個星期。」她也記得，當時很驚訝他沒多說一些有關那家人的事，連名字也都沒說。

露西又問道：「您沒覺得他沮喪得滿悽慘的嗎？」

「有的，的確，尤其是他剛來時。」

「我擔心您會猜出個所以然來，還求他要振作一下。他不能陪我們住超過兩個星期，又要看我強顏歡笑的，真的讓他好鬱悶。好可憐喲！我擔心他現在還是一樣，他寫的信都滿沮喪的。我離開艾塞特的時候剛好收到他的信。」從口袋中掏出信來，不經意地讓艾琳諾看見住址。「您一定認得他的筆跡，很漂亮的字。這封信卻沒有平常寫得那麼漂亮。他一定是累了，只想為我盡量把信紙填滿而已。」

艾琳諾見是他的筆跡沒錯，再也不能懷疑了。肖像她還可以想說是碰巧取得的，也許不是愛德華的贈禮。可是兩人唯有真的訂過婚，才可能互通書信。孤男寡女不可能會為別的事通信。她幾乎要崩潰了——心往下沉，再也站不穩。她卻不得不振作。她和灰心喪志搏鬥得如此堅決，所以馬上就取得全面勝利。

露西把信紙放回口袋，說道：「我們聚少離多，魚雁往返就成了唯一的慰藉。可憐的愛德華卻偏偏連這一項也沒有。他說，如果有了我的肖像，他就會放心。上次他來長鎮莊時，我送了他一綹嵌在戒指中的頭髮，卻跟肖像不能比。那枚戒指，您見到他時也許曾注意到過。」

艾琳諾道：「有的。」鎮靜的語氣下藏著生來未曾受過的激動與痛心。她覺得又屈辱、又震驚、又狼狽。

她還算幸運，兩人已走到小築，對話不能再延續下去。兩位史提爾小姐只小坐幾分鐘就回園府去。艾琳諾就可以盡情去思量並且難過個夠了。

譯註：禮俗，訂婚後男方不可取消婚約，女方則可以。奧斯汀自己在一八〇二年就曾接受某富公子之求婚，睡一晚就反悔趕快取消婚約。如果是男方取消婚約，對女方算是很大的侮辱，必須賠一筆錢。

23

不管平時，艾琳諾是怎麼不信露西會說出真話，認真想來，這次並沒什麼動機可以解釋她為什麼要愚蠢地捏造出這種謊言，根本就沒什麼好懷疑的，所以，露西說的是真的，艾琳諾不能也不敢再多心了。各方面的可能性和證據都支持露西，除了艾琳諾本人的不情願，毫無反駁餘地。他倆本來就有機會在普拉特家相識，這既無庸辯駁，也引人憂心，遂為以後一切奠定下相信的依據。愛德華又曾去普里茅斯附近小住，而且也鬱鬱寡歡的，為前途怏怏不樂，對她態度又不確定。加之，史提爾姊妹對諾蘭及達士伍家親戚的瞭若指掌，常常大出她的意料。還有肖像、信件、戒指，加起來全構成毫無錯怪之虞的證據，確立了任何私心也無法罔顧的事實。那就是，愛德華負了她。她怨愛德華這麼做，恨自己受騙，曾短暫地自憐自艾過。可是很快她又想到了其他，考慮到其他。愛德華是故意騙她的嗎？對她是虛情假意的嗎？跟露西訂婚，為的是愛情嗎？不是的，不管過去如何，她就是無法相信那份愛如今還在。愛德華現在愛的是她，這一點她不可能弄錯。愛德華在諾蘭時對她的感情，母親、兩位妹妹、嫂嫂都曾感受到過，絕非她自己在做虛榮大夢。愛德華真的愛她。相信這一點，真是心頭好大的慰藉喲！還有什麼不能原諒哩！愛德華感受到動了不該的情，卻依然留在諾蘭不走，他是錯了，大大的錯了。這一點誰也不能替他辯護。可是，如果他有傷害到艾琳諾的話，他傷害到自己又是多少呢！如果艾琳諾算可憐，那麼愛德華就是沒救了。他的不慎害艾琳諾痛苦一時，看來卻已害定了自己一輩子都別想不要痛苦。艾琳諾將來會有平靜的一天。可是他，他能指望什麼？他跟露西．史提爾在一起，會有起碼的幸福嗎？姑且不問他愛不愛艾琳諾，憑著他的誠實磊落、文質彬彬、知書達禮，娶露西那樣毫無文化、狡猾自私的妻子，會幸福嗎？

十九歲少不更事的癡迷，自然會什麼也看不見，只看見她的美貌和溫婉。可是接下來的四年如果好好度過的話，就會擦亮愛德華的眼睛，看清露西教養上的缺陷。同一段時間，露西交往的卻是層次較低的人物，追求的是比較輕佻的志趣，也許，她那曾為美貌增添幾許韻味的單純氣質，就這樣喪失了。

艾琳諾假設愛德華想娶的是自己，他母親卻大力反對，如今他的未婚妻無疑家世更糟，財產也可能更少，他母親又會怎麼反對哩！沒錯，既然兩人性情如此不合，母親的反對也許不會太折磨他的耐性。可是，如果情知家人將會反對，不會給好臉色，卻反而有解脫之感，那麼鬱鬱寡歡就是這人該有的精神狀態了。

艾琳諾痛苦地一一想到這些，她哭了，為愛德華哭的比較多，為自己反而比較少。她堅強，因為堅信自己並沒做錯什麼而活該現在不快樂。她安慰，因為相信愛德華也沒做出有辜負她的事。她於是感到，即使是重創之痛才剛剛開始的現在，她已經可以足夠鎮定，絕不讓母親和妹妹發覺真相了。她很能想到做到，所以，就在她最珍貴的希望全部破滅的兩小時後，她和家人共進晚餐，已經沒有人可以從外表猜出她正在暗自神傷，自己和心上人勢必要相分相離到永遠，而瑪麗安卻正在暗忖某位男子的十全十美，以為那人對她是死心塌地，而且每一輛馬車經過，她都意料會在車中看見那人。

艾琳諾必須把露西吐露的祕密瞞著母親和瑪麗安，雖然為此難免無歇無息地強自振作，卻不會害她更苦。不必去說出這件事，而害兩人極度痛苦，也不必聽兩人因為心向著她，而罵愛德華一些她聽了會無法忍受的惡言，對她反而是一種解脫。

艾琳諾知道，母親和瑪麗安兩人的勸導和言辭都幫不了她，兩人的愛憐和悲傷都一定會害她更苦。兩人也不會以榜樣或稱讚來鼓舞她更加振作。她還是孤孤單單這樣比較堅強。她實在是太理性了，所以，儘管是這麼痛苦這麼晚近的傷心，她依然是盡可能地固執不移，外表不改歡笑。

儘管，與露西第一次談這事曾讓她吃足苦頭，她卻很快就想再找她多談談。理由不只一個。他們倆婚約的許多細節，她都想再聽露西說一遍，也想再多了解一下露西對愛德華抱的是什麼樣的感情，露西說愛他是否真誠。她尤其想輕輕鬆鬆地重提這件事，說得平平靜靜，讓露西相信她只有純是朋友的關心。原來她非常擔心當天對談時她忍不住激動，一定有顯示出可疑之處。看來很可能，露西是在吃她的醋。很顯然，愛德華常常盛讚她，不只露西如此說，也由於露西跟她相交這麼短淺，就大膽向她吐露明明很重要的祕密。甚至連爵士開玩笑講出口的消息，也一定起了些作用。不過，既然她確信無誤，愛德華真的是愛著自己，也就不需要再旁敲側擊，反正露西會吃醋本來就很自然。洩密正是她在吃醋的明證。除了讓艾琳諾得知，愛德華已經歸她所有，未來應該避免跟愛德華見面，還有別的公開那段情的理由嗎？要艾琳諾明白情敵的企圖並不困難。她雖然決意要照著榮譽和誠實的準則行事，壓抑感情，盡量少和愛德華見面，但是卻也要做給露西瞧瞧，自己並沒有受到傷害，這樣她才會好過一些。反正她也聽不到什麼更痛心的情節了，所以要她平平靜靜把細節再聽一遍，自覺能力應該勝任。

可資利用的機會卻沒有馬上來到，雖然露西也是一直在坐等良機。兩人要獨處，一起散個步是最容易的，天公卻老不作美。兩人是至少隔晚碰一次面沒錯，大都在園府，偶爾也在小築，卻誰也不以為她們碰面應該是為了談話。爵士和夫人都想不出世間有這種事，所以閒聊本來就沒有多少空暇，更遑論一對一的對話了。大家聚會，為的是打打牌、玩連環戲，或什麼夠吵鬧的遊戲。

一兩次這種聚會之後，艾琳諾還是沒機會找露西私下談談。有一天，爵士卻來造訪小築，懇求姊妹等人當天要行行好，去陪夫人吃晚飯。原來爵士必須上艾塞特的俱樂部去，只有岳母和兩位史提爾小姐在家，夫人可就孤單了。艾琳諾覺得這是希望的好開端，當下就接受邀請。在夫人沉沉靜靜、教養良好的指揮之下聚會，本來就比她先生單為喧鬧一務而聚結眾人的時候更能自由活動。瑪嘉麗在母親的應允下，同表順從。老是不願意跟大家聯誼的瑪麗安，也因為母親不忍見她自絕於一切娛樂的良機，而說動她一起跟著去。

達士伍家的三位小姐都到了，夫人本來還在擔憂自己會孤獨得很慘，如今免了，她也快活。這場聚會正跟艾琳諾意料的一樣無味，了無新意，也沒說出什麼新言語。眾人在餐廳和客廳裡的全部言談更是再無趣不過。客廳中有小孩在場，艾琳諾太清楚了，只要有小孩在，就別想把露西的注意力吸引過來，所以連試都沒試。茶具撤走，小孩才離開客廳，隨即擺上牌桌，艾琳諾於是暗自奇怪起來，怎麼當初竟然指望來園府會找到對談的時間。眾人全都起身，打圓桌牌戲去。

夫人卻對露西說道：「就著燭光做金絲細活兒一定挺傷眼睛的，所以我很高興，您今晚不打算替我的可憐小女兒把籃子編完。明天我那心肝小寶貝要失望的話，大家可以補償她一下。到時候希望她別太在意。」

這樣的暗示就夠了，露西馬上正色答道：「夫人可就錯了。我只是等著知道沒有我可不可以湊成牌局，不然，我早就已經在做活兒了。我再怎樣也不會讓小天使失望的。如果牌局需要我，我也有心要在消夜後再把籃子編完。」

「您真好，希望不傷眼睛——搖搖鈴喚人拿些做活用的蠟燭來好嗎？我知道，如果籃子到明天還沒編好的話，我那可憐的小女兒一定會傷心失望的。儘管我有告訴她不會好，她一定還是相信明天會好的。」

露西馬上就將工作桌拉到身邊，又明快又高興地坐好身子，彷彿在說，比起替嬌生慣養的小孩編金絲籃，她是嘗不到更大的快樂了。

夫人提議玩一局卡西諾牌。沒有人反對，只有照常無視世故禮法的瑪麗安叫道：「夫人就行行好，饒掉我一人吧。夫人知道的，我討厭玩牌。我要彈琴去。調過音後我就沒碰過這台琴了。」她沒再多顧及禮貌就逕行轉身走向鋼琴去。夫人的臉色就好像，感謝上蒼，自己從沒說過這麼粗魯的言語。

艾琳諾努力打圓場道：「夫人知道的，家妹沒辦法太久不去碰這台琴。我不太奇怪，這台琴的音色是我聽過最美的。」

剩下來的五人要摸牌了。

艾琳諾又道：「如果我可以離局的話，也許可以幫露西小姐捲捲紙，幫上一點忙。籃子還剩下一大部分要編，給她一人編，今晚一定編不完。如果她答應我分擔一點的話，我會喜歡做那活的。」

露西喊道：「的確，我會很感激您過來幫忙，工夫比我想的還要多。如果害可愛的安娜瑪麗亞失望的話就糟了。」

安妮道：「哎呀！那可真太可怕了，我多麼愛著那小親親呀！」

夫人對艾琳諾道：「您人真好，倘使您當真喜歡那工作的話，也許要您下一局再進來打也會同樣高興。還是您要現在玩呢？」

艾琳諾樂得採用第一種建議，就說出幾句瑪麗安絕對說不出口的話，既達到目的，也討得夫人歡心。露西明快殷勤地為她挪出位子，美麗的情敵倆於是併肩同桌而坐，同心協力做著活兒。瑪麗安正彈著她的琴，想著她的事，全神貫注，早忘了客廳中還有別人。幸好鋼琴就在兩人附近，艾琳諾於是判斷，她可以在琴音的掩護下，不必擔心牌局中人聽見，安心地說起她想說的那個話題。

24

艾琳諾以謹慎卻堅定的語氣開口道：

「如果我不想再多談談同一個話題，不想再多知道一些，可就辱沒到聽您掏心的光榮了。所以，我舊話重提，該不必多做辯解吧。」

露西熱情地衝口道：「感謝您化解僵局，這樣我可就放心了。我一直在擔心，星期一告訴您的事情有冒犯到您呢。」

「冒犯到我呀！怎麼這麼想呢？相信我，」艾琳諾以最真誠的語氣說道：「讓您這麼想，就太違背我的本意了。您對我掏心難道會有什麼不恭不敬的動機嗎？」

露西玲瓏尖利的雙眼非常誠懇，答道：「不過我說真的，我覺得您那天的態度好像是冷冷的不太高興，害我好不自在。我以為您一定是在生我的氣。以後我的內心就好掙扎，何必這麼放肆，拿私事去煩您哩。現在發覺都是我在亂想，您並沒有真的怪我，我就高興了。您如果知道，把我今生今世無時不想的心事對您一吐為快是我一大安慰的話，一定會很同情我而撇開其他小節的。」

「我的確是可以輕易相信，您把狀況告訴我後一定是痛快不少。我也相信，將來您絕對不會後悔。您處境艱辛，看來是困難重重，需要兩人情深意篤，才能共渡難關。我相信，費拉斯先生的經濟完全要靠他母親。」

「他本身只有兩千鎊的財產。儘管，我是可以放棄更富有的將來而毫不吝惜，兩千鎊就結婚卻太瘋狂了。我本來就錢很少習慣了，為了他，再怎麼窮我都可以硬撐。可是我卻太愛他了，不想因為我的自私，就剝奪他那也許只要娶個母親中意的媳婦，就能拿到的一大筆財產。我倆必須等，也許再等個好幾年，拿他跟天底下其他的男人比，這樣的前途我是該擔心的。我卻知道，什麼也改變不了我對愛德華的深情和執著。」

「這樣的信念對您一定意義重大。無庸置疑，他一定也信任著您的深情和執著。如果兩位也跟許多訂婚四年的情侶在許多狀況中一樣，感情變淡的話，您處境就真的是很可憐了。」

露西抬起頭來看她。艾琳諾卻小心戒備，不流露半絲可疑的神情。

露西道：「我倆打訂婚就一直聚少離多，所以愛德華愛我，是有經歷相當考驗的。他這麼禁得起考驗，現在要我懷疑他的愛，就太不可原諒了。我滿有把握的，打一開始，我就不曾為他的感情擔過心。」

聽她這樣斷言，艾琳諾幾乎不知道是該莞爾還是嘆息。

露西又接著說：「我天生就醋意重，我倆又人生際遇不一樣，他比我見多識廣不少，老是人隔兩地的，如果碰面時他的態度有一絲改變，或者無精打采我卻不能解釋，或者特別愛提起某一位小姐，或者在長鎮莊不如從前快活的話，我一定會心生懷疑，馬上尋出真相。我不想說自己一向就心特別細或眼特別尖，只是這種事是絕對騙不過我的。」

艾琳諾暗忖道：「說得可真漂亮，你我卻都知是假。」

艾琳諾無言了片刻，才說道：「那你對前途到底怎麼打算呢？光就等著費拉斯太太過世嗎？也太悲觀、太可怕、太極端了吧？愛德華難道就決定要甘心現狀，甘心害兩人悶悶等好多年，也不願冒險告訴母親實話，惹她暫時不悅嗎？」

「確定只是暫時的話就好了喲！費拉斯太太卻頑固傲慢得很，聽到真相動起肝火來，搞不好會把家產全都過繼給勞勃。想到這裡，我為了愛德華就嚇得不敢打快手段的主意了。」

「也是為了您本人吧，不然您就超然得走火入魔了。」

露西又看了艾琳諾一眼，沒說什麼。

艾琳諾問道：「您認識勞勃．費拉斯先生嗎？」

「根本不認識，也沒見過他，卻猜他是笨笨的花稍大公雞一隻，一點也不像哥哥。」

安妮應和道：「花稍大公雞哪！」瑪麗安的琴聲突然打住，這幾個字正巧被她聽去。「哎呀！她們倆準是在談自己中意的帥哥兒。」

露西叫道：「不對，姊姊搞錯了，我倆中意的帥哥並不是花稍公雞。」

珍寧斯太太開心笑道：「艾琳諾小姐的帥哥不是，這我可以講，他是我看到過最儒雅、舉止最斯文的年輕人。露西呢，這小妮子可狡猾得很，我都搞不清楚這小妮子在喜歡誰。」

安妮喊道：「哎呀！」意味深長地環視大家一遭：「露西的帥哥準跟艾琳諾小姐的一樣儒雅，舉止一樣斯文。」

艾琳諾臉忍不住紅了紅。露西咬著唇，狠狠瞪住姊姊。兩人彼此無話，一陣子露西才結束沉默，雖然瑪麗安正以一首很雄壯的奏鳴曲大力掩蓋她們倆的談話聲，露西卻放低了聲音道：

「我老實把我最近想到的解決辦法告訴您好了。真的，我非得讓您知道祕密不可，因為有牽涉到您。憑您對愛德華的了解，一定知道他最想要的職業就是牧師。現在，我的打算就是要讓他盡快取得神職。出於對愛德華的友誼，也希望是出於對我的關心，您一定會好心地運用影響力，說服令兄將諾蘭的牧師職位送給愛德華（註）。據我所知，那個位子俸祿很好，現任牧師也不像還會活很久。有了那筆收入，我們就可以成婚。至於其他，就交給時間和機會了。」

艾琳諾答道：「我一向樂於表示我對費拉斯先生的敬意和友誼。可是您不覺得這事根本不需要我的影響力嗎？他正是家嫂的弟弟，光這一點，就足夠把他推薦給家兄了。」

「令嫂卻不會同意愛德華去做牧師。」

「那麼我猜，本人的影響力也不會發揮什麼作用。」

兩人又沉默了好幾分鐘，露西才大嘆一口氣，衝口道：

「我想，還是馬上解除婚約做個了斷，才是上上之策吧。我倆四面八方都好像重重艱辛，解除婚約雖然痛苦一時，長遠卻會比較快樂。只是，難道您不指教指教我嗎？」

艾琳諾答道：「不行，」微笑之下思潮澎湃：「這種事我絕不能教您，您也很清楚，我的看法除非是符合您的心願，不然對您來說並不重要。」

露西卻鄭重其事地答道：「您可就錯看我了。我認識的人中，就數您的判斷力我最重視了。我真的相信，如果您勸我無論如何要解除婚約，這樣對我倆的幸福會比較好的話，我絕對會下定決心，立刻退婚的。」

愛德華的準媳婦的虛情假意令艾琳諾汗顏，於是答道：「您這樣恭維我，就算我有什麼看法好了，也都嚇得不敢說了。您未免太抬舉我的影響力。把情投意合的一對人兒分開，這力量對無關緊要的人來說是太大了。」

「就因為您是個無關緊要的人，」露西說得有些生氣，把前面的幾個字說得特別重：「我才應當特別重視您的判斷，如果您有可能出於一己之情而偏私的話，您的看法就不值一聽了。」

艾琳諾覺得還是不答為妙，怕雙方會失態地放心暢言下去。她甚至有點鐵了心，再不想提這回事了。所以露西說完話後，兩人又無言了好幾分鐘。先開口的人依然是露西。

她以一貫的安然自若，問道：「今年冬天您要上倫敦去嗎？」

「當然是不要。」

露西答道：「那真糟，」雖然她聽艾琳諾這麼一講，眼睛都發亮了：「如果能在倫敦見到您，我一定會好快樂哩！不過，我敢說您一定會去的。令兄嫂一定會邀您去他們倫敦的寓所小住。」

「就算有邀請，我也不能成行。」

「真掃興喲！我一直全心期待要在倫敦見到您的。有些親戚已經邀我們邀了好幾年，我和家姊要在一月的後半找他們去哩！可是我去卻是只為了看愛德華一人。他二月會在倫敦。不然，倫敦根本吸引不了我，我是提不起勁去的。」

牌桌上打完頭一局，喚艾琳諾過去，密談於是告終。兩人沒談下去都不會不情願，因為兩造都沒說出什麼可以讓彼此比以前順眼的話。艾琳諾在牌桌前坐下，心中悽然相信，愛德華不只不愛自己的準媳婦，婚後也甭想妻子那邊會真心愛他，給他個起碼幸福。一個女人鐵定是自私自利，才會明知未婚夫已對婚約感到厭倦，卻還要抓著未婚夫不放。

以後，艾琳諾就沒再提起這事。露西卻鮮少錯過提起這事的機會，只要一接到愛德華的來信，就格外用心要讓她這知己知道她有多快樂。只要她一開口，艾琳諾就平靜謹慎地聽，並在禮貌許可的範圍之內盡快讓她講不下去。在艾琳諾看來，這種會話白白給了露西不應該得的便宜，對她本人也危險。

史提爾家兩姊妹在巴頓園一直客住下去，比當初說好的時間超出一大段。姊妹倆受寵日增，園裡都少不了她們了。爵士拒絕聽她們說要走。儘管她們倆在艾塞特有許許多多早就訂好的約，儘管每個周末馬上回去履約都是她們迫在眉睫的當務之急，巴頓園還是挽留她們住了將近兩個月，並在一年一度，舞會和大型晚宴必須多於尋常以彰顯其重要性的佳節裡，協助料理例行的慶祝活動。

譯註：大地主有權用送的或用賣的，指定特定人選出任當地的神職。神職的俸祿多寡，亦因地域而異。

25

珍寧斯太太雖然一年大半時候都習慣在女兒或親友家客住，卻不是沒有自用住宅。她前夫在倫敦的某個風雅稍遜的地段做生意很成功。先生過世後，她年年冬天都來波特曼廣場附近某條街的寓所小住些時。臨近一月，她就動起了那棟房子的念頭。一天，突然問達士伍家的大小姐和二小姐陪她去住，大大出乎姊妹倆的意料之外。艾琳諾並沒有發覺妹妹臉色一變，抖擻的眼神顯然並非無動於衷，當下就替兩人一起堅定回絕，還以為說出姊妹倆的共同願望。理由是，她們不要在一年中的這種時候離開母親身邊。珍寧斯太太受到拒絕卻有些詫異，馬上又邀請一遍。

「天呀！令堂少了您倆也準可以過得很好，就拜託兩位行行好，陪我去吧。我可是一心企盼哩。別以為兩位去會給我添麻煩，是絕不會壞了我的行程的，只要讓我的女僕貝蒂坐出租馬車去就好了，這點希望我還付得起。我的馬車坐下我們三個是綽綽有餘。到了倫敦，假如兩位不喜歡我到哪裡就跟到哪裡，也沒關係，您倆總是可以跟著我女兒走的。令堂準不會反對，我把女兒嫁得那麼順心如意，令堂應會覺得我是照顧兩位的適合人選。假如在分開前，我沒讓您倆中至少一位嫁個好人家，錯可不在我。我會向所有青年說您倆好話，這點包在我身上。」

爵士道：「我想，姊姊同意的話，瑪麗安小姐應該不反對去才對。因為姊姊不願意，她就不能有點樂子，未免太嚴苛了。我建議兩位，厭煩了巴頓就上倫敦去，別告訴艾琳諾小姐好了。」

珍寧斯太太叫道：「不成，不管艾琳諾小姐去不去，有瑪麗安小姐作陪，我都準會高興得要命。只是我說啊，姊妹倆一起去，我才會比較快樂，她倆也會比較舒服。這一來，她們對我膩煩的話，兩個還可以聊聊天，背著我笑我荒唐。如果不能兩姊妹都去的話，那我反正一定要有一個陪就是了。老天保佑！一直到去年冬天，我都習慣有小女兒陪在身邊，現在要我一個人四處去磨蹭，怎生是好哩。來來，瑪麗安小姐，就和我擊掌說定吧。艾琳諾小姐如果什麼時候要改變主意，嘿，就更好了。」

瑪麗安熱情地說：「感謝珍寧斯太太，我衷心感謝。您邀請我去，我一定終身感激不盡。我接受邀請會非常快樂——沒錯，能多快樂就會有多快樂。可是家母她，我最親最慈祥的媽媽，呃，我覺得艾琳諾說得沒錯，如果我們不在身邊，會有損她的快樂和舒適，呃，不成哪！什麼都引誘不了我離開媽。這事不應該也不可以有什麼好掙扎的。」

珍寧斯太太又保證了一遍，說達士伍老太太少了她倆也行。艾琳諾如今已經了解妹妹正一心一意要和魏樂比重聚，對其他一切幾乎都不考慮了。艾琳諾於是沒再直接反對下去，只說要報請母親做主。然而，卻不太指望母親會支持她。她不能同意瑪麗安上倫敦去，自己又有不想去的特殊理由，所以才刻意希望這趟去不成。但只要是瑪麗安想做的，母親都會熱心相助。艾琳諾從來就沒能說動母親對瑪麗安的事情起疑，也就別想指望能影響母親行為謹慎一些。她更不敢解釋自己不想去的動機，本來瑪麗安百般挑剔，對珍寧斯太太的言行一清二楚，一向還很看不順眼，現在單為了一個目標，竟會將種種不快擺在一邊，不理她的敏感想必最惱恨的那一切，證明了那目標對她有多麼重要，證明得太有力又太充分，以致艾琳諾雖然已經看過那麼多，卻依然沒意料會目睹到這種反應。

得知這項邀請的老太太，相信兩個女兒出這趟門一定樂趣多多，又發覺在瑪麗安的體貼孝心之下，心裡是多麼想要去，於是就不願女兒為了她而去不成。她堅持姊妹倆馬上就接受邀請，然後就憑著一貫的樂天，憧憬起分別後，大家會有哪些好處加身。

她喊道：「這個計畫我喜歡，正投我所好。這對瑪嘉麗和我，會跟對你倆一樣好。你們和米道敦一家都走了以後，我倆就可以安詳快樂地過我們的日子，讀讀書、彈彈琴啦！你們倆回來，就會發現瑪嘉麗大有精進嘍！而且，我正有個小計畫，要重新裝修裝修你倆的臥房。這一來，裝修就不會造成誰的不便了。你倆本來就應該去一去倫敦，我但願你們這種適婚小姐都能知道一下倫敦的習尚和娛樂。又有個像母親一樣的好婦人照顧你們，我不懷疑，珍寧斯太太一定會好好對待你們。你們也很可能見到哥哥，不管他或他太太有什麼不是，我一想到他是誰的兒子，就不忍心看你們兄妹疏遠徹底。」

艾琳諾道：「媽一向急著要我們幸福，把能為這趟倫敦行想到的一切阻礙都排除掉了。但是，在我看來卻還有個不能輕易解決的反對理由。」

瑪麗安的臉沉下來。

老太太道：「我謹慎的寶貝女兒要說的是什麼呢？要提出什麼可怕的障礙呢？可別讓我聽見有關開銷半個字。」

「我的反對理由是，珍寧斯太太心腸很好是沒錯，我們卻不見得會喜歡有她作陪，有她保護也不見得會體面到哪裡去。」

「說得對，」母親答道：「可是你倆會很少只有她一人，而沒有其他人作陪。你倆差不多都會跟米道敦夫人一起出席公開場合才對。」

瑪麗安道：「就算姊姊不喜歡珍寧斯太太就嚇跑好了，也不該礙到我跟她去吧。我沒有姊姊的顧慮，一定可以輕輕鬆鬆，把那種不愉快應付過去。」

艾琳諾常常勸不動她對珍寧斯太太表現出起碼禮貌，現在看她對同一人的作風毫不在意，不禁莞爾。於是下定決心，既然不認為妹妹可以按著一己的判斷力行事，也不認為珍寧斯太太在家應該撇開好日子不過，任隨妹妹擺布，那麼，如果妹妹堅持要去，她就也跟著去。又想到露西前面說過，愛德華要二月才會到倫敦去，姊妹的行程就算不會無故縮短，也應該能在那之前就先結束才對。艾琳諾下起決心來，就甘願多了。

「我要你們兩個都去，」老太太道：「艾琳諾的反對理由都沒有道理。你們住在倫敦會很快樂，尤其是姊妹倆又在一塊兒。如果艾琳諾可以委屈一下，期待快樂來臨，也許就會在倫敦發現好多好多快樂的理由哩。能跟嫂嫂的家人再進一步認識的話，也說不定會快樂的。」

艾琳諾常常想找機會，想減弱母親對他倆感情的信賴，將來真相大白，才不會太吃驚。現在被這麼一擊，雖然成功幾乎無望，她還是勉強按照計畫，盡可能平靜地說：「我很喜歡愛德華，也總是高興見到他。至於他的家人認不認識我，對我就沒什麼差別了。」

老太太微笑不語。瑪麗安卻驚訝地抬起頭來。艾琳諾忖測，自己是有說還不如沒說。

大家沒再說多少話，就決定要完全接受邀請。珍寧斯太太聽到消息是歡天喜地，再三保證要好好照顧姊妹倆。這也不光對她一人是樁樂事。爵士也很高興，原來男人家的頭一種焦慮，就是怕寂寞，現在能為倫敦人口增加兩位，當然很了不起。連夫人也一反常態，費心高興一番。至於兩位史提爾小姐，尤其是露西，更是一輩子都沒像聽到消息時這麼快樂。

艾琳諾屈服於無奈的安排，並沒有當初想的那麼不甘願。如今，她本人去不去倫敦都一樣了。看母親歡天喜地的，又看妹妹的表情、聲音、舉手投足都振奮起來，恢復往日的活活潑潑，比本來的歡喜勁兒還有過之而無不及，艾琳諾本人也不好再不喜歡去倫敦，更不忍心對將來的結果存疑了。

瑪麗安的喜色已經不只是快樂。她非常激動，急著要出發。只有在捨不得離開母親身邊時，才可以回復一下平靜。為此，她在分離之際大悲大慟了一番。做母親的悲慟起來也不遜色。三人之中好像唯有艾琳諾，把這次分別當成比永恆還要短暫。

姊妹倆在元月的第一個星期離家。米道敦一家一星期後左右也跟著上路。史提爾家姊妹則暫留園中，等著跟家僕一起離去。

26

艾琳諾跟珍寧斯太太同車，並由她監護，起程上倫敦去她的寓所客住，難免要對自己的境遇納罕一番。她們跟珍寧斯太太相識還這麼短暫，年紀和性情都差一大截，沒幾天前自己還在大力反對跟她上倫敦哩！可是她的反對理由碰到妹妹和母親兩人一致地青春快樂又有勁，不是給拉倒，就是撇到了一邊去了。儘管，艾琳諾不時要懷疑魏樂比到底真不真心，看見瑪麗安整顆心及整個眼神都是喜悅的期待，興高采烈的，也難免要為自己神傷。相較之下，自己的前途好黯淡，心態也好鬱悶。她也好喜歡置身於瑪麗安的處境之中，也思思念念，期待著一樣振奮人心的目標，抱著一樣可能的希望。不過，如今在很短很短的時間內，就要確定魏樂比到底打算怎麼樣了。十之八九，他人已在倫敦。瑪麗安急著要去，可見她確定可在倫敦見到他。艾琳諾立下決心，要憑著觀察或別人說的消息，盡量去了解他這人的名聲如何，也要密切留意，審視他對妹妹的態度，要碰面沒幾次就搞清楚他的人品和意願。如果發現結果不對勁，她決定無論如何，也要擦亮妹妹的眼睛。如果情形相反，她要盡的心力就不一樣了。她就必須學會別抱著私心拿自己跟妹妹比較，並掃去憾恨之情，替妹妹的幸福高興不減。

三人搭了三天的車，瑪麗安在路上的言行都快快樂樂的，反應出她以後將怎麼柔順、怎麼好相處地對待珍寧斯太太。她一路上幾乎沒說什麼話，專心想她的，很少自動開口，只有在看見畫境也似的景物時，才會單找姊姊一人高興地讚嘆一番。艾琳諾為了彌補妹妹的輕慢，馬上就把她自派的禮貌之職付諸實施，對珍寧斯太太百般殷勤，盡量陪她聊天陪她笑，聽她說話。珍寧斯太太那邊對兩姊妹是再友善不過，時時關心她們舒不舒服、快不快樂。只是在客棧中總說不動姊妹自己點菜，不能逼她們說出喜歡吃鮭魚還是鱈魚，燉雞還是牛小排，害她滿困擾的。第三天，一行人於下午三點抵達倫敦。走了這麼久，不必再受馬車的禁錮了，大家都很高興，已經等著要享受一爐好火的奢華了。

房子滿漂亮的，擺設也漂亮。兩位小姐馬上就在一間很舒適的房間中安頓下來。房間本來是帕爾默太太的閨房，壁爐上還掛著出自她手筆的彩絹風景畫，見證她果然曾在倫敦某一流學府中讀過七年書，多少有些成效。

抵達後兩個鐘頭晚餐才會備妥，艾琳諾決定要利用空檔寫信給母親，坐下來要寫。沒多久瑪麗安也坐下要寫。艾琳諾道：「我哪，正寫信回家。你過一兩天再寫不好嗎？」

瑪麗安倉促答道：「我不是寫給媽。」不想要姊姊再多問似的。艾琳諾沒再說什麼，馬上想到妹妹一定是寫信給魏樂比，隨即又想，不管他倆想要怎麼鬼鬼祟祟，反正一定有訂過婚就是。她雖然相信得不很徹底，卻有點快活，寫起信來就更得心應手了。瑪麗安的信幾分鐘就寫完了，長度上頂多是張便條。寫罷即摺起封好，寫上收信人住址，熱切又迅速。艾琳諾以為在收信人處有看到一個大大的 W 字。瑪麗安寫完就搖鈴，吩咐來應差的男僕將這封信送去兩便士郵站（註）。是寄給誰就很清楚了。

瑪麗安還是非常興奮，卻興奮得有點不安，讓姊姊沒辦法快活到哪裡去。入晚，瑪麗安更激動了。晚餐幾乎食不下嚥，飯後回到客廳，似乎每輛馬車聲都聽得她好焦急。

艾琳諾深自慶幸，珍寧斯太太一直在房中忙著，什麼都沒看見。隔壁屋子的敲門聲害瑪麗安失望過不只一次後，才在茶具端進來時，突然傳來一陣響亮的敲叩，絕不可能在敲別家。艾琳諾心想，鐵定是魏樂比來了。瑪麗安拔起身衝向門去，一片靜悄悄的，瑪麗安等不及幾秒，就打開客廳的門，望樓梯走了幾步，傾耳再聽半分鐘，又進來客廳中。她堅信已經聽見魏樂比了，自然是萬分激動。一時興奮欲狂，禁不住喊道：「哦姊姊，是魏樂比，真的是他吔！」好像準備好要投入他懷抱似的。此時出現的卻是布蘭登上校。

這一驚非同小可，瑪麗安沒法靜靜忍受，馬上就離開了客廳。艾琳諾也失望了，可是她敬重上校，當然要歡迎他來。一個這麼喜歡他妹妹的人，發覺到人家見了他只有悲傷和失望，讓艾琳諾看了覺得特別難過。艾琳諾也馬上看出來，上校並不是沒有注意到瑪麗安的態度，他看著瑪麗安離去，又驚又慮得差一點都不記得對艾琳諾該有的禮貌了。

他說：「令妹是身體不舒服嗎？」

艾琳諾答是，答得有些傷心。她還提起頭痛、精神不振、過度勞累，以及種種她能夠想到可以替妹妹的行為開脫的體面原因。

上校聽得全神貫注，卻好像要自我節制似的，沒在同一件事上面多說，馬上就講起能在倫敦見到姊妹倆，他滿開心的。並大致探問一番沿途的見聞，及留在巴頓的親友等等。

兩人就這樣淡淡聊下去，都興致缺缺，都無精打采，都心有旁騖。艾琳諾非常想問魏樂比在不在倫敦，卻擔心問起情敵會刺痛他。總算正好說到什麼，就順便問道，是不是最後一次見面以後，他的人就一直在倫敦。「對，」他有點尷尬地說：「差不多都在，有一兩次曾回德拉福小住幾天，卻一直沒能回巴頓去。」

聽他的話和口氣，艾琳諾立刻回想到他離開巴頓的情景，以及珍寧斯太太的不安和疑心。她也擔心，自己問的問題意味著比實際還要強烈的好奇心。

珍寧斯太太很快就進來了，以她慣有高高興興的大嗓門叫道：「哎呀，看見您啊我高興得要命！抱歉我沒能早一點來，請見諒，可是我不得不四處查查，處理些雜務。我沒回來已經很久了。您也知道的，人不在家一陣子，總會有一大堆零碎事要做。然後我還有事要跟卡萊特討論。天哪，我吃完飯就忙得像隻蜜蜂哩！可是請問，您是怎麼猜出我今天到倫敦的呢？」

「我去帕爾默家吃飯，有幸在他家聽來的。」

「哦，這樣子。好吧，他家一切都安好嗎？我女兒夏綠蒂好嗎？她的肚子準是挺個老大了。」

「令嬡看起來很好，有交代我告訴您，明天一定會見到她。」

「是啊，一定會，我也這麼想。好吧，我帶來了兩位小姐，您看，也就是說，您現在只看見其中一位，可是還有另外一位不在，就是您的朋友瑪麗安小姐，知道她來了您該不會難過。我不知道您和魏樂比先生兩人要拿她怎麼辦。對，年輕貌美真好。嘿！我也年輕過，卻從來不算貌美，我沒那個命。不過，我嫁了個很好的丈夫，一等一的美女也不見得有我這等福氣。啊！我苦命的丈夫唷！死了八年多了。可是我說呀上校，別後您都去了哪裡呢？事情處理得怎樣？少來少來，是朋友就別瞞三瞞四的。」

上校以一貫的溫文回答了所有問題，卻都沒切中要害。艾琳諾沏起茶來，瑪麗安也不情願地再次現身。瑪麗安進來以後，上校就越發心事重重，越發沒話講了。珍寧斯太太勸不動他再坐久一點。當晚沒有其他訪客，三位女士一致同意早些就寢。

第二天早上瑪麗安起床後又重振精神，神采愉悅。期待著當天即將發生的種種，似乎把前一晚的失望都忘懷了。早餐吃完沒多久，帕爾默太太的馬車就在門前停下。幾分鐘後，她就嘻嘻哈哈地進來。看見三人實在是太高興了，所以很難說是見到母親還是姊妹倆比較快樂。姊妹倆來了倫敦她好驚訝，雖然她一直就預料她們會來。她們婉拒了她，卻接受她母親的邀請，害她好生氣，如果不來，她一定不會原諒她們哩！

她說：「我先生看到兩位會很高興的。聽說兩位跟媽來了，知道他說出什麼話嗎？我現在忘了，可是好好玩哦！」

聊了一兩個鐘頭珍寧斯太太所謂的家常話後，也就是說，珍寧斯太太那邊問過有關她所有舊識的各式各樣問題，帕爾默太太也笑過她沒來由的哈哈哈之後，帕爾默太太就提議，要大家陪她去幾家當天她要做些採辦的商店。珍寧斯太太和艾琳諾都馬上答應，因為也都有東西要買。瑪麗安雖有婉拒，後來也答應一起去。

她們一行無論走到哪裡，瑪麗安總是東張西望得很明顯。尤其在龐德街，大夥兒很多事要辦，她的眼神更是東找西找個不停。無論在哪家商店，她的心總是不在眼前，不在別人所關心注意的那一切。在每個地方，她都焦躁不快，姊姊要買什麼都聽不到她的意見，也不管買來後會不會關係到她倆。她從什麼東西都得不到快感，只是急著想回去。帕爾默太太拖拖拉拉，搞得她更是肝火難抑。帕爾默太太看見什麼漂亮、昂貴、新穎的東西都要端詳老半天，樣樣都渴買欲狂，卻沒一樣可以決定，只是又著迷又猶豫，把時間浪費了。

下午很晚，一行人才回到家。一進屋，瑪麗安就急急登階衝進客廳，艾琳諾跟在後頭，卻看見妹妹苦著臉從桌子轉過身來，可見魏樂比沒有來過。

瑪麗安問提著大包小包進來的男僕道：「我們走後沒我的信嗎？」答案是否定的。她又問：「你很肯定嗎？你確定沒有僕人或門房送來什麼信件或便條嗎？」

男僕答沒有。

瑪麗安轉身向窗外，洩氣小聲說道：「真奇怪。」

艾琳諾也暗忖：「真的很奇怪！」不安地看著妹妹。「如果不是知道他在倫敦，就不會把信那樣寄了。她會寄到岸然谷去。如果他在倫敦卻人不來，信也不寫，就太奇怪了！哎，親愛的媽媽啊，您竟然允許年紀如此輕的女兒和一個身分如此不明的男子，訂下這種可疑神祕的婚約，您一定是錯了！我好想問問她，只是由我來干涉，妹妹怎麼吃得消哩！」

考慮過一番，她決定如果再過幾天，情況還是這麼不妙，她就要萬分強硬地要求母親，一定要認真過問起這件事。

跟她們一起共餐的有兩位上了年紀的女士及帕爾默太太。兩位女士是珍寧斯太太的舊識，白天碰見邀請來的。帕爾默太太在用完茶點後很快離開，去赴她當晚的約。艾琳諾不得不跟別人一起湊牌局。瑪麗安拒絕學打四人牌，在這種場合是一無是處。這一來，雖然她的時間可以自由支配，當晚的她卻不見得比艾琳諾過得更愉快。原來她整晚都等得好心焦，都失望得好痛苦。偶爾她會努力讀幾分鐘的書，卻又很快丟開書，回去忙她更有意思的踱來踱去那件事，踱到窗前就停一下，盼著要聽見久等多時的敲門聲。

譯註：兩便士是當時的倫敦內埠郵資。

27

翌日早晨大家吃早餐碰面，珍寧斯太太道：「如果一直不降霜，爵士下星期就不會離開巴頓了。獵人少享一天的樂子是很難過的。真慘唷！我總覺得他們沒獵可打的時候好可憐。好像會傷心得很。」

瑪麗安愉快地叫道：「對呀，」走去窗前審視天氣：「我偏沒想到。這種天氣會把很多獵人留在鄉間的。」

瑪麗安幸好想到這一點，精神又完全抖擻起來，於是一臉喜氣坐回餐桌前，接口道：「對他們呀的確，是個大好天氣。他們一定受用得正高興哩！可是，」又有點焦急了：「好天氣卻不該會長久下去。在這種季節，又曾經雨水連綿過一陣子，無霜日子一定不多了。很快就會降霜，八九還會很凌厲。也許再過一兩天吧，反常的暖天氣差不多是不可能再延續了。搞不好今晚就要降霜哩！」

艾琳諾不希望珍寧斯太太跟自己一樣，把瑪麗安的心思全看進眼底，就說：「無論如何，爵士夫婦是一定會在下周末以前來到倫敦的。」

「對呀，我擔保他們到時候會到。我那大女兒一向是要怎樣就怎樣的。」

艾琳諾暗忖道：「現在，妹妹應該會趕今天的郵車送信去岸然谷。」

如果真有這回事的話，瑪麗安寫信寄信一定都很祕密，讓艾琳諾無從眼見以確定真有其事。不管真相為何，縱使艾琳諾老是不太相信，當她看見妹妹精神勃勃的樣子，卻也不會很不舒服。瑪麗安精神勃勃，為風和日暖而高興著，更高興寒霜即將降臨。

她們走訪珍寧斯太太的舊識，留下名片，通知說她來了倫敦，如此度過白天的大部分時間。瑪麗安總是忙著觀察風的方向，審視天色陰晴，想像天氣起了變化。

「姊姊不覺得比早上冷了些嗎？我覺得氣溫好像明顯不一樣。手放在護手套中都暖不起來。我記得昨天不是這樣的。雲朵也似乎正在消散，太陽很快就要出來了，下午將會很晴朗。」

艾琳諾一下子覺得有趣，一下子痛苦。瑪麗安卻這樣下去，夜夜的爐火輝煌，日日的天色，都讓她看出即將降霜的徵候。

珍寧斯太太對姊妹倆和氣有加，姊妹倆對她的態度、生活氣派和來往友人都沒什麼好挑剔的。她的起居用度本來就大方得很 。她去造訪的友人也沒有誰在介紹姊妹倆認識時會害姊妹倆尷尬。例外的只有幾位市街老友，讓米道敦夫人一直以母親不肯疏遠而遺憾。艾琳諾很高興在這方面，實際比當初預期的還要好過。儘管，晚間的聚會不管在家在外總是只有對她並不娛樂的打牌一項，她卻非常願意跟其中的無歡乏味去妥協。

珍寧斯公館隨時都歡迎上校來，他也幾乎天天都來陪她們，來看瑪麗安，來找艾琳諾聊天。艾琳諾和他談談，常常比日常其他大小事更心曠神怡。可是看他對妹妹依然一往情深，她卻又惴惴不安，擔心上校正用情越來越深。他望著瑪麗安的認真眼神，看在艾琳諾眼裡相當難過。上校的心境比起在巴頓時一定更糟。

三人到達倫敦一星期後，就確定魏欒比也到了。她們白天外出，驅車回來時，他的名片已在桌上。瑪麗安喊道：「我的天！我們出去的時候他來過了。」艾琳諾很高興能確定他人在倫敦，於是大膽說道：「毫無疑問，他明天還會來。」瑪麗安卻好像沒聽見似的，趕珍寧斯太太還沒進來就拿著珍貴的名片溜走。

這件事振奮了艾琳諾的心，也完全恢復了瑪麗安的騷動不安，還變本加厲。從此她就靜不下心來，當天的時時刻刻都在預期跟他見面，什麼事也不能做。翌日，其他人出門，她卻堅持看家。

艾琳諾滿腦子都在想，她們不在時，柏克萊街發生了什麼事。可是回到家只看妹妹一眼就知道了，魏欒比並未再次登門。這時僕人送來一張便條，放在桌上。

瑪麗安喊道：「給我的！」衝上前去。

「不是，是給我家太太的。」

瑪麗安卻不相信，馬上拿起來。

「果然是給珍寧斯太太的，真惱死人！」

艾琳諾無法再沉默下去了，道：「你是在等信嘍？」

「對呀！有一點，呃，也沒什麼。」

無言片刻：「妹妹有話瞞著我。」

「才沒有，有話瞞著每個人的姊姊，怎麼！來跟我說這種話！」

「我！」艾琳諾莫名其妙，答道：「真的，我沒瞞什麼。」

瑪麗安強硬地答道：「我也沒有。你我處境略同，都沒什麼事要表白。你是因為你都說了，我是因為毫無隱瞞。」

艾琳諾遭妹妹指控說有隱瞞卻無從開脫，相當苦惱。在這種情況下，她不知該怎麼勸妹妹坦白。

珍寧斯太太很快就現身，拿便條起來念。是米道敦夫人寫來的，說前一晚到達了水渠街寓所，希望母親及兩位表親能在翌日晚上光臨。爵士有事要辦，她本人則罹患重傷風，所以沒能來柏克萊街請安。珍寧斯太太接受了邀請。時間到了，儘管姊妹倆都應該陪著去才算尊重珍寧斯太太，艾琳諾卻不太能勸得動妹妹。瑪麗安還未跟魏樂比碰面，提不起出門玩的勁，更不想冒著人來她卻不在的危險。

晚間聚會終了，艾琳諾就發現，本性並不會因為遷居而變質。原來爵士來倫敦都還沒住定，已經設法搜集了將近二十名青年男女過來，辦一場舞會娛樂他們。夫人卻不同意。在鄉下，沒經過籌畫的舞會還很可以搬上檯面。可是在倫敦，優不優雅的口碑比較要緊也比較不簡單，光為了滿足幾位小女生，就傳出去米道敦夫人辦了場舞伴八九對、小提琴兩支、點心僅僅一櫥的小舞會，實在太冒險了。

當晚帕爾默夫婦也有到。三人一行來倫敦後就沒見過的帕爾默先生，在她們進場時並沒有表現出認識的樣子。原來他刻意不想表現出眼中有丈母娘，所以從來不會走近她。他只瞄她們一眼，好像不認識似的，只在廳堂的另一端向珍寧斯太太點點頭。瑪麗安進來時環視廳堂一眼，夠了，那人不在——於是坐下，既不想受人娛樂，也不想娛樂人。眾人齊聚了一個鐘頭左右，帕爾默先生才閒步走向姊妹倆，表示很驚訝在倫敦同兩人見面。縱然，上校得知姊妹倆來了就是在他家。縱然，他聽說她們要來，曾說過好好玩的話。

他說：「我還以為兩位是在德文郡。」

艾琳諾答道：「是嗎？」

「什麼時候回去呢？」

「不知道。」對話於是結束。

瑪麗安這輩子從來就沒有像當晚那樣缺乏跳舞的意願，那樣對該項運動膩煩。回到柏克萊街時，她抱怨起來。

「是是是，」珍寧斯太太道：「原因我們明白得很。如果哪個名字不該說的人兒有在場的話，您就絕不會累了。說實在地，他有受到邀請，卻不來跟您會個面，真不爽快。」

瑪麗安叫道：「有受到邀請！」

「我大女兒米道敦告訴我的。好像爵士今天白天在街上哪個地方有見到他。」

瑪麗安沒再說什麼，一副傷透心的模樣。艾琳諾迫不及待想做點什麼讓妹妹寬心。因此決定第二天寫信給母親，希望能引發她為妹妹的健康而擔憂，開口問那些延誤太久的問題。翌日吃完早飯，艾琳諾看見妹妹又在寫信，除了魏樂比不可能還會寫信給別人，她就更篤定要稟告母親了。

中午時分，珍寧斯太太一人出去辦事，艾琳諾馬上動筆。瑪麗安毛毛躁躁什麼事也不能做，心焦得什麼話也不能說，只是從一扇窗到另一扇窗來回走著，要不然就在爐火邊坐下，悶悶想著心事。艾琳諾求母親求得非常懇切，為她形容發生的種種，說她擔憂魏樂比負心，再三懇請母親看在責任和母愛的分上，索問出瑪麗安同他到底情況如何。

信才剛寫完，聽見一陣敲門聲，表示有訪客，僕歐就通報說上校來了。討厭任何人來陪的瑪麗安在窗口看見他，沒等人進來就先離開了客廳。上校看來比尋常更悶悶不樂，口裡雖說很高興見到艾琳諾一人，卻好像有什麼心事要說似的，坐半晌沒說一句話。艾琳諾相信他要說的話與妹妹有關，急著等他開口。她這麼相信已不是第一次了。以前就有不只一次，他曾起個頭說：「令妹好像今天不太舒服」，或「令妹好像無精打采的」，明明是要透露或探問些什麼跟瑪麗安有關的事似的。兩人無言好幾分鐘，上校才打破沉默，以些許不安的口氣問她道，什麼時候可以恭賀她喜獲妹夫呢？艾琳諾沒料到他會問這種問題，不知道要答什麼，只好尋個既簡單又普通的方便，問他這話怎講。他勉強笑道：「大家都知道，令妹和魏樂比先生已經訂婚。」

艾琳諾答道：「不可能是大家都知道。她自己的家人就不知道。」

上校神色詫異，道：「抱歉，恐怕是我問得無禮。可是他們倆公開通信，到處又都有人在談論他們的婚事，所以我沒想到他們還在保密。」

「怎麼可能呢？您聽誰說的？」

「很多人，有的您不認識，有的跟您很熟，例如珍寧斯太太、帕爾默太太、爵士夫婦等。本來我還是不太相信的，因為，只要內心十分不情願相信，人總是能找到疑點來繼續懷疑下去的。可是今天，僕人領我進來時，我卻碰巧看見他手中拿著一封信，是令妹的筆跡，收信人寫的是魏樂比先生。我來問您，卻還沒問就相信真有其事了。終於成定局了嗎？不可能再，呃，我沒有權利，也成功無望。原諒我，我相信我說太多不對，卻不知道該怎麼辦。而且，我也極度信賴您的謹慎。請告訴我一切都已經敲定，剩下的只是想辦法，可以瞞就再瞞一些時候而已。」

這些話在艾琳諾聽來，等於承認了他在愛著妹妹，深深感動了她。當下她什麼話也說不出來，等回過神來，心內還要推敲一陣，不知答什麼最妥。她不太清楚魏樂比和妹妹之間的真正情況，若要勉強解釋，說太多或太少都有可能。她卻確信，憑瑪麗安對魏樂比的感情，不管將來結果為何，上校都不會有成功的希望。同時，她也不希望他人批評妹妹的所作所為，想了一陣，覺得還是比她實際知道或相信的說多一點，才比較謹慎也比較好。所以就承認說，雖然沒有親耳聽他們說關係如何，卻不疑心兩人兩心相許，得知兩人魚雁往返，她也不吃驚。

上校靜靜專心聽她說完，馬上起身，激動地說：「祝令妹幸福美滿，也祝魏樂比好自為之，才配得上她。」說完就告辭離去。

這次對談後，艾琳諾的情緒並沒變得好過，也沒消滅內心不安。相反地，上校的不幸還留給她很抑鬱的印象。既然，她等得很急的那件事勢必會化上校的不幸為確定，她也就連想要他別再不幸，都不去想了。

28

接下來的三四天，並沒發生什麼要讓艾琳諾後悔向母親求助的事。魏樂比人沒來，信也沒寫。然後，米道敦夫人約姊妹倆陪著同赴一場晚宴，珍寧斯太太因為小女兒身體不適，所以無法與會。瑪麗安根本就提不起勁赴宴，無心儀容，去還是不去都同樣無所謂。裝扮之際既無希望的眼神，也無一絲愉快的表情，用過茶就一直坐在客廳的爐火旁，在椅子上不起身也不改變坐姿，怔怔想著心事，無視姊姊在旁，一直坐到夫人抵達。總算聽說夫人正在門外等著，她才驀地起身，好像忘了在等人似的。

一行人準時抵達目的地，一等前面成排的馬車都駛走了，她們就下車、上階，聽一層一層的平台朗聲為她們唱名，然後才進入燈火輝煌、擁擠不堪、熱不可當的廳堂，向女主人欠身行過禮，就可以混入人群之中，去領教她們該得的那份熱意和不適。來了她們三人，廳中的熱意和不適當然又有增加。米道敦夫人說話很少，做事更少，些時即坐下玩牌。瑪麗安沒勁地四處走動，幸運地，姊妹倆都坐到了離牌桌不遠的位子。

才坐下沒多久，艾琳諾就看見魏樂比站在幾碼外，正與一位看起來很時髦的小姐相談甚歡。艾琳諾很快就跟他四目對視，他立刻望這邊鞠一個躬，卻沒想跟她說什麼，也沒想過來接近瑪麗安，雖說他一定有看見。他又跟同一位小姐交談下去。艾琳諾不禁轉向瑪麗安，看看可否別讓瑪麗安看見。瑪麗安看見魏樂比的那一刻，卻立刻喜上眉梢，容光都煥發起來，如果不是姊姊捉住，是要馬上奔過去的。

她衝口道：「我的天哪！他在那兒他在那兒。啊！為什麼不看著我？我為什麼不能跟他說說話呢？」

「拜託，拜託你冷靜一下，」艾琳諾喊道：「別在大家面前真情流露。也許他還沒看見你。」說著，卻自己也不相信。在這種時候，鎮靜對瑪麗安來說不僅僅是無能為力，也並非情願。她坐著，整個五官都流露出痛苦的不耐之情。

魏樂比總算又轉過身來，看著姊妹倆。瑪麗安躍身起來，溫柔地喚他名字，伸手過去。魏樂比走過來，卻不向瑪麗安而向艾琳諾說話，彷彿要避開瑪麗安的眼睛似的，就是不看她的姿勢。他匆匆問候過老太太，問姊妹倆來了倫敦多久。他說出這種話來，艾琳諾頓時思想一片空白，什麼話也說不出。妹妹的感受卻馬上都表現出來了，兩頰飛紅，萬分激動地衝口道：「我的天哪！你是什麼意思？沒有接到我的信嗎？不跟我握握手嗎？」

魏樂比非握不可了，觸摸到瑪麗安卻滿痛苦似的，握一下就鬆開來，顯然一直在強自鎮靜。艾琳諾審視他的面容，看見他表情平撫了一些。無言片刻，他平靜開口了。

「上星期二，我有幸去柏克萊街想叨擾二位，很遺憾卻不幸沒遇見二位和珍寧斯太太。希望我的名片沒有遺失。」

瑪麗安心焦欲狂地喊道：「你是沒接到我的便條嗎？一定是有什麼差錯，一定是的，什麼可怕的差錯。什麼意思呢？告訴我，看在老天分上告訴我，是怎麼回事呢？」

他沒回答，臉色一變，又變得尷尬起來，目光接觸到本來一起聊天的那位小姐，好像覺得必須馬上自制似的，又恢復神色說道：「有的，承蒙小姐來信告知進城的消息，我有幸接到了。」說罷就略微欠身鞠躬，匆匆轉身走開，又回那小姐身邊去。

瑪麗安臉色慘白，再也站不住，癱在椅子上。艾琳諾隨時都以為她會暈過去，一面要擋住別人視線，一面又要幫她塗醒腦用的薰衣草精。

瑪麗安一能開口就說道：「到他那裡去！強迫他過來。告訴他我必須再跟他碰面，必須立刻跟他說話。我平靜不下來，不知是什麼可怕的誤解，沒聽到他解釋給我聽，我一刻也別想安寧。啊，現在就找他去。」

「怎麼可能呢？不行，你必須等。這不是解釋的地方。還是等明天吧。」

艾琳諾卻很難阻得住瑪麗安自己去找他，也勸不動她克制一下別太激動，至少，也神色先平靜，等到可以更隱祕、更有效地同他交談再說。原來瑪麗安一直痛苦難抑，低聲叫苦。不一會兒，艾琳諾就看見魏樂比出門，向著階梯走去，於是告訴瑪麗安人已經走了，當晚不可能再同他說話，算是要她鎮靜的新理由。瑪麗安馬上求姊姊央請米道敦夫人帶兩人回家。她心情太糟，一分鐘也待不下去了。

夫人雖說打牌打到一半，聽說瑪麗安身體不適，為了禮貌，片刻也不想違背瑪麗安的離去之意，就將手中的牌交給友人，待馬車備好就動身離開。歸途大家幾乎沒說什麼話。瑪麗安默默受苦，心情惡劣得連眼淚都流不出來。幸好珍寧斯太太還沒回家，姊妹倆可以直接回房。瑪麗安在房中嗅過鹿角精，精神好轉了些，並很快解衣上床。艾琳諾看她很想獨處似的，就離開了她，趁著等珍寧斯太太回家的空檔，把發生過的事思量一番。

艾琳諾無法懷疑，瑪麗安和魏樂比兩人間確曾維持過某種允諾。同樣明白的是，魏樂比對允諾已經生厭。不管瑪麗安還要怎麼一廂情願，艾琳諾並不能拿什麼差錯或誤解來解釋他的所作所為。唯有徹底變心可以解釋，除此無他。艾琳諾本來是該更生氣的，但是她有親眼目睹到魏樂比的尷尬，好像是明白自己不對似的，因此艾琳諾相信他並沒那麼卑劣，並不是打一開始就在玩弄妹妹的感情，不帶一絲禁得起深究的誠意。感情也許會因為兩地相隔而消滅，人也許會因為現實而決心拋開一段感情。但是艾琳諾卻不能懷疑，魏樂比曾懷抱過那份情。

如此不快樂的相逢，瑪麗安一定很痛苦。事情的可能發展，將來搞不好還會害她更加痛苦。艾琳諾想來難免要憂慮萬分。相較之下，她自己的處境就好多了。論尊重，不管她和愛德華將來要怎麼沒緣，她都能尊重他如故，這點她將永遠可以安心。可是種種的雪上加霜，似乎都結合起來要害瑪麗安在最終的分手之際痛苦得無以復加——兩人將說決裂就決裂，而且無法挽回。

29

翌日女僕尚未進房點燈，陽光也尚未照亮冷森森的元月晨空，衣衫不整的瑪麗安就已經跪趴在靠窗的凳子上，利用僅有的微光，以淚流不止時寫得出的最快速度寫信了。艾琳諾被她的躁動和啜泣吵醒，一開眼就看到這樣子的她。艾琳諾沉默且心焦地觀察一陣，才萬分體貼地柔聲說道：

「妹妹，我能不能問一句——」

瑪麗安答道：「不行，什麼都別問。你很快就會全都明白。」

她強自鎮靜地說著，一說完就回復方才的過度悲痛。信又寫了幾分鐘，頻頻迸出涕淚，不得不幾度停筆，足證她已經感覺到十之八九，這是寫給魏樂比的最後一封信了。

艾琳諾盡可能不打擾又悄悄地注意她，本想再安慰安慰，平撫她的情緒，瑪麗安卻萬分緊張懊惱又激動，懇切求她不管怎樣別再說話。這種情況之下，姊妹倆還是不要相處太久對雙方比較好。瑪麗安惶惶不安，穿好衣服就無法在房中多留一刻，既需要孤獨，又要一直換地方，因此就在屋中上上下下走來走去，躲著每一個人，直到早餐時間。

早餐的時候，她什麼也不吃，也都不想吃。艾琳諾費心的並不是催她吃點，也不是憐憫她或表示關心，而是努力將珍寧斯太太的注意力全引來自己身上。

早餐是珍寧斯太太最喜歡的一頓飯，所以吃很久。飯後大家正要圍著工作桌坐下，一封給瑪麗安的信就送來了。她急忙從僕人手中抓過來，馬上奪門而出。艾琳諾就等於是有看見寄信地址一般，明白這封信一定是魏樂比寄的，一時心驚膽戰，幾乎抬不起頭來，坐著全身發抖，好怕珍寧斯太太注意到。好太太卻只看見瑪麗安接到魏樂比來信，在她看來是很好笑的笑話，就拿來尋開心，呵呵笑道，希望瑪麗安喜歡信的內容。珍寧斯太太正忙著計量織毛毯所需的毛線長度，根本沒看見艾琳諾痛苦的神情，還是放心說她的，等瑪麗安一走，就說：

「相信我，我生來就沒看過哪個女孩子愛得這麼死去活來的！我生的女兒簡直不能比，但是她倆以前也是傻愣愣的。瑪麗安小姐則是整個人脫胎換骨。我衷心盼望魏樂比不會讓她再等下去。看她這麼慘這麼難過，還真傷心。請問，他倆什麼時候結婚呢？」

艾琳諾雖然從來就沒有像這時候那麼不想說話，卻不得不回應她這攻擊，因此勉強笑笑，答道：「您當真以為家妹跟魏樂比有訂過婚嗎？我以為只是說笑而已，您卻問得這麼認真，好像不只說笑似的。所以求求您。別再自己唬自己了。說真的，沒有比他倆要結婚更讓我吃驚的事了。」

「不像話不像話！怎麼這麼說哩！不是大家都知道他倆一定會結婚，打一認識就愛得昏天暗地嗎？我在德文郡，難道沒看見他倆天天從早到晚都在一起嗎？我難道不知道令妹隨我來倫敦，就是專程來買婚紗的嗎？少來少來，沒用的，你自己狡猾，就當大家都沒頭腦。我可以告訴你，事情不是這樣。整個倫敦都早知道了。我告訴了每一個人，我小女兒也是。」

艾琳諾正色道：「這就是您的不是了。真的，散布這種消息是件很不好的事。就算現在您不相信，將來也會明白過來的。」

珍寧斯太太又笑了，艾琳諾卻沒興致再多說，只是十萬火急想知道魏樂比到底寫些什麼，就匆匆抽身直奔房間，打開房門卻看見瑪麗安倒在床上，幾乎哽不出氣來，手拿一封信，身旁另外散置了兩三封。艾琳諾奔上前，不說半句話，先坐在床上握住她的手，疼惜地親了又親，忍不住也痛哭起來，那股凶勁兒幾乎不輸瑪麗安。瑪麗安雖然不能說話，也似乎感到姊姊如此的憐惜之意。兩人就這樣同聲痛哭了些時，瑪麗安才將所有的信都交到姊姊手中，然後以手帕摀臉，椎心刺骨厲聲嚎啕起來。艾琳諾明白，這種傷心儘管親眼看到很可怕，卻一定有緣故，所以在旁看她把大悲大慟發洩掉一些了，才急急轉身去讀魏樂比的信，內文如下：

瑪麗安小姐台鑒：

頃接手札，萬分感激。聞昨夕舉動有疏，未能盡合尊意，甚慮！惟在下愚鈍，至今不知冒犯之處何在，實出無心，尚乞海涵。於德文郡曾辱承閣下闔府慨然賜交，念之莫不感激稱快。亦慶幸雖有一時不逮，交誼當不致絕喪焉。在下秉至真至誠之心，欽仰閣下闔府，倘不幸言行有失，予閣下偏離事實之想，輕慢之處必當惶愧自咎。倘閣下洞悉，在下早已文定他人，旬日即將完婚，必體諒在下萬萬不敢存逾分之意也。如今深以為憾，謹依尊命將瑤緘三紙，並往日承閣下不棄而厚賜之玉髮一綹，同函奉回。專覆，順頌

台安

僕　約翰．魏樂比元月於龐德街　謹覆

可想而知，艾琳諾在讀信時，心中是何等憤慨。雖然還沒讀就知道信中一定會承認已經變心，確定兩人從此分手，卻沒想到他竟有臉寫出這種遣詞用字！也想不到他竟然有辦法擺出一副既無恥又不替他人著想的模樣，大大違背一般的君子之道，寄這種魯莽殘酷的信過來——一封想分手卻不道歉，不承認背信也矢口否認一切愛意的信，一封字字皆侮辱，表明寫信者心腸狠到透的信。

艾琳諾沒說話，愣愣生了一陣子的氣。然後再把信讀了一遍又一遍，可是每細讀一遍，就讓她更厭惡這個人。她實在討厭這個男人，討厭得不敢開口，怕會把分手說成不但無害，還是最真實的解脫，也是最要緊的祝福，不必去和一個寡廉鮮恥的人廝守一生，等於是逃過最凶險、最沒救的災厄。艾琳諾擔心這麼說，會害妹妹更加傷心。

艾琳諾認真想著信的內容，想那寫得出這種信的險惡心性，大概也想到很不一樣的另一人很不一樣的心性。除了從往事所衍生的聯想，另一人跟這事是毫無關係。想著想著，就忘了妹妹眼前的痛苦，忘了膝上還有三封沒讀的信，也忘了自己在房中到底待了多久。這時，卻聽到有馬車駛到門前，走去窗口看誰會這麼早來造訪，一看才大吃一驚，原來是珍寧斯太太吩咐一點鐘才要坐的馬車。艾琳諾情知眼前不可能平撫妹妹，卻決心不甩下她，就急忙去找珍寧斯太太，以妹妹身體不適為由，拜託別讓自己陪著出去。珍寧斯太太一片好心，也很關切瑪麗安，馬上就爽快答應。艾琳諾親眼看她走遠，才回瑪麗安身邊，正好看見她想從床上起來。她長期睡不好，吃不好，頭暈目眩的，差一點沒跌到地上，姊姊正好及時伸手接住。已經很多天沒有胃口、很多夜不曾合眼的她，如今再沒有焦灼的疑慮支撐，結果就變得既頭痛、又胃弱，整個精神很虛。艾琳諾馬上替她倒來一杯酒，讓她好過一些。總算，她可以說些感激的話了：

「可憐的姊唷！我把你搞得好不快樂呀！」

姊姊答道：「只希望我有能力幫上一點忙，讓你好過一些。」

這句話就跟艾琳諾可能說的其他每句話一樣，直說得瑪麗安無法忍受，只能痛徹心肺地呼喊道：

「啊！我好難過！」又痛哭失聲起來。

艾琳諾目睹她這種哀痛不加節制的涕淚縱橫，再也沉默不下去了。

她喊道：「妹妹，如果不想殺死自己和所有愛你的人，就振作一下。想想媽，想想你自己受苦，會害她多痛苦。為了媽，你必須振作。」

「我不能，我不能，」瑪麗安喊道：「離開我吧，如果我壞了你的心情，就離開我吧。離開我、討厭我、忘掉我，就是別這麼折磨我吧！啊！那些自己並不悲傷的人，談起振作是多麼容易啊！幸福的姊姊你啊，你不可能知道我受著什麼樣的苦。」

「我嗎？你說我幸福嗎？啊！你知道就好了喲！你竟然會相信我看見你這麼難過，還有幸福可言哪！」

瑪麗安雙手抱住姊姊的脖子：「原諒我，原諒我，我知道你為我難受。我知道你是個什麼樣的人。可是你很，你一定很幸福。愛德華愛你，天哪！有什麼可以抵消掉那樣的幸福呢？」

艾琳諾正色說道：「可抵消掉的可就太多了。」

瑪麗安放聲直呼：「不不不，他愛你，只愛你一人。你不可能、不可能有任何悲哀。」

「我看見你這樣，是不可能快樂的。」

「而你再也見不到我不悲傷了。我將會萬劫不復地一直悽慘下去。」

「不許說這種話。你就沒有什麼堪慰之處嗎？就沒有親友嗎？你的損失有嚴重到不留安慰的餘地嗎？

就算你現在很痛苦好了，想想看，如果晚一點看透他，很有可能，你倆的婚約就一直成年累月地維持下去，到頭來他才說要退婚，你又會怎麼痛苦哇！你多錯信他一天，打擊就會更可怕。」

「婚約！」瑪麗安喊道：「我們又沒訂過婚。」

「沒訂過婚！」

「沒有，他還沒你想的那麼卑劣。他並沒做出什麼失信於我的事。」

「可是他有說愛你吧？」

「對，呃，也沒有，呃，從來沒有，沒錯。他每天都有暗示，卻天天都沒明講。有時我以為他說了，其實卻沒有。」

「你卻寫信給他？」

「對，呃，我倆都已經那麼好了，寫信有錯嗎？呃，我說不下去了。」

艾琳諾沒再多說，回頭去念那三封她比原先更想念的信，草草讀過全部內容。第一封是剛到倫敦時，她妹妹寄給魏樂比的，內容如下：

魏樂比：

接到這封信，你會多驚訝呀！我想你知道了我人正在倫敦，一定會不只是驚訝而已。有機會來倫敦一趟，就算是跟珍寧斯太太同行好了，也是我們不能抗拒的誘惑。希望你能及時收到這封信，今晚就過來，我卻不敢抱太大希望。無論如何，明天我會等你來的。收筆了，再見。

M．D 元月於柏克萊街

第二張便條是米道敦府舞會的翌日寫的，內文如下：

魏樂比：

我說不出有多失望，前天你來時我竟然不在；也說不出有多驚訝，一星期前捎信給你，卻毫無回音。時時刻刻，我一直在期待著你的來信，更期待著與你見面。請再來找我，越快越好，把我空等這麼久的理由解釋給我聽。下次最好早一點來，通常我們一點以前就出門了。昨晚去米道敦府參加舞會，聽說你也受到邀請，真的嗎？如果是真的，分手後你的改變一定滿多的，才會沒去參加。可是我不覺得你會改變，所以希望能很快聽你確定說，你真的沒變。

M・D

最後一張便條內容如下：

魏樂比：

你昨晚那種言行，要我怎麼想呢？再一次，我要求你向我解釋。我倆在巴頓那麼親近，見面在我看來就應該要很親切才對，所以我昨晚本來是準備好，要迎向久別重逢該有的歡娛的。可是，我竟然吃了閉門羹哪！我痛苦整夜，努力為你那明明就是侮辱的行為尋個理由出來。雖然我還想不出什麼合情合理的解釋，卻很願意聽你本人說出個正當理由來。你也許聽誰說了什麼有關我的錯誤消息，不然就是有人故意騙你，你才對我觀感變差。告訴我是什麼，解釋你為什麼這麼做。那麼，我可以解釋得讓你安心，我也就安心了。倘使我無奈要將你當成壞人，一定會很痛苦。如果真要我作如是想，想說你並不是我們本來想的那樣，你對我們都是虛情假意，對我只是存心欺騙，你就快快說出來吧。我的心情正忐忑得好難過，希望相信你無辜，可是只要有個確定，不管答案為何，我都會比現在好受的。如果你已經變心，就把我寫的便條，連同你手中的那綹頭髮，統統還給我吧。

M．D

滿紙溫情和信任的這樣三封信，艾琳諾看在魏樂比分上，簡直不敢相信竟會換來那種回信。她對魏樂比譴責歸譴責，妹妹寫得出這種信，其冒失之處，她也不是沒看見。她悄悄替妹妹的不謹慎難過，竟然不先取得保障，自己送上這些情愛的證物，而遭此嚴懲。這時，瑪麗安看她讀完三封信，卻告訴她說，人人在同樣的情況下都會寫出這種信來的。

「我覺得我倆就好像已經在最嚴厲的法律盟約之下結合了一樣，跟他曾訂下過最莊嚴的婚約。」

艾琳諾道：「這點我可以相信，只是很可惜，他並不這麼想。」

「他也這麼想的。連天累月他都這麼想。我知道他有。不管是什麼改變了他，（一定是誰向我施了萬分邪惡的法術才辦得到），他當初曾百般疼惜我，就跟我希望的一樣。他現在說不要就不要的這綹頭髮，當初卻是死求活求討去的。如果你看過他那眼神、他那態度，如果當時你有聽到他的聲音，啊！你忘了我們在巴頓相處的最後一晚嗎？還有分別的那天午後哩！當他告訴我，重逢可能要等好幾星期，他那痛苦模樣，哦，我怎能忘掉他那痛苦模樣哪！」

半晌她不能再說下去。等不再激動了，才語氣堅定地補充道：

「姊，有人在害我，但不是魏樂比。」

「除了他還會有誰？有誰可能教唆他呢？」

「每個人都有可能，但絕不是他自己。我寧可相信，我認識的每個人都聯合起來破壞他對我的觀感，也不要相信他會這麼狠心。也許是他信中提起的這個女人，不管她是誰，也許是任何人。換句話說，除了你、媽媽、愛德華以外，大家都有可能如此凶殘地中傷我。我這麼了解魏樂比，除了你們三個，還有誰讓我不懷疑，卻寧可懷疑魏樂比呢？」

艾琳諾不想和她爭論，只是回答道：「不管是誰那麼可惡和你作對，讓他們看看你明白自己又無愧又善良，精神昂揚堅定，讓他們罪惡的慶祝去落空吧。人要有一副既理智又值得欽佩的傲骨，才抵抗得了這種惡意。」

「不行不行，」瑪麗安答道：「像我這種不幸是沒有傲骨可言的。誰知道我痛苦我都不在乎。大家普天同慶，看著我痛苦吧。姊姊啊姊姊，那些沒受過苦的人要傲骨要自主都儘管去，去抵抗侮辱，去以牙還牙，我卻不行。我必須感覺，必須難受。誰可以從我的難受中得到享受，就請便吧。」

「可是，看在媽和我的分上——」

「我倒寧可看在自己分上。傷心的時候卻要我裝出快樂的模樣，啊，誰會強求我裝呢？」

兩人又沉默下來。艾琳諾忙著從爐火走去窗口，再從窗口走去爐火，沒在爐畔取得暖意，也沒在窗前看到景物。瑪麗安則坐在床腳，頭靠著床架，再次拿起魏樂比的信，句句讀完都戰慄一陣，喊道：

「太過分了！哎呀！魏樂比呀魏樂比，這怎會是你寫的呢？太狠太狠了，你絕不可能是清白的。姊，絕不可能。不管他聽到了我的什麼壞話，難道就不該信任我一下嗎？難道不該先把別人的壞話告訴我，讓我有機會澄清嗎？『承閣下不棄而厚賜之玉髮一綹』，這是不能原諒的。魏樂比呀，寫下這種句子時你心在哪裡？啊，你目中無人得真夠狠哪！姊，他有可能是對的嗎？」

「不，絕對不可能。」

「可是這個女人，誰知道她施了什麼法術，預謀了多久，心機多深哩！她是誰？她會是什麼人呢？我什麼時候聽他說有認識什麼年輕漂亮的小姐呢？啊，沒有的，沒有，他跟我單單就談我而已。」

姊妹倆又無語一陣。瑪麗安萬分激動，後來才開口道：

「姊，我要回家。我要回去安慰媽。我們不能明天走嗎？」

「明天！」

「對，我為什麼要待在這裡呢？我純是為魏樂比來的——現在，有誰在乎我呢？有誰關心我？」

「明天是不可能走的。我們還欠珍寧斯太太禮貌以外的人情。就算是最基本的禮貌也不許走得這麼匆忙。」

「好，也許再一兩天吧。我在這裡卻不能待很久，不能待在這裡，任憑大家發問品評。米道敦夫婦、帕爾默夫婦，我怎麼受得了這些人的憐憫呢？米道敦夫人那種人的憐憫唷！啊！看魏樂比他怎麼說！」

艾琳諾勸她再躺下來。她就躺了片刻，卻怎麼躺都不對勁。身心上惶惶不安的痛苦讓她換了一個又一個躺姿，越來越歇斯底里。姊姊很難讓她躺在床上不起來，一度還擔心非要叫人來幫忙不可。總算勸她塗了幾滴薰衣草精，還算管用。以後一直到珍寧斯太太回來，她就一直靜靜躺在床上不動。

30

珍寧斯太太回到家，馬上就過來姊妹倆的房間，沒等人應門，就一臉衷心關懷地開門進來了。

她非常疼惜地問瑪麗安道：「還好嗎？」瑪麗安卻不想回答，轉過臉去。

「妹妹怎樣了？這小可憐！看起來真糟。難怪，對對，是真的，他就快結婚了。沒天良的東西！我真看不慣這種人。半小時前泰勒太太才告訴我這件事，她是聽格雷小姐本人的好朋友說的，不然我準不信有這回事，聽了我差點沒暈倒。我就說啊，我唯一要說的是，如果事情是真的，他可就很對不起我認識的一位小姐了，還說我全心希望他太太可以好好折磨他。相信我，我會一直都這麼說。真看不慣男人這套。再讓我碰到他的話，一定會給他這幾天都沒受過的一頓好罵。但有一點卻值得安慰。我說啊瑪麗安小姐，天底下值得嫁的男人也不光光他一個。憑你那張漂亮臉蛋，永遠也不缺男人追的。這小可憐唷！我不吵她了。她最好是一口氣哭個痛快，就此打住。幸好派瑞夫婦和山德森夫婦今晚會來，您知道，可以讓她開心點。」

說完就躡手躡腳離房，好像生怕噪音會害瑪麗安更痛苦似的。

艾琳諾很驚訝，瑪麗安竟然決定要跟大家一起用餐。她還勸瑪麗安不要。瑪麗安卻偏偏要下樓來。

她相當可以承受，四周的蜚短流長才會少一些。艾琳諾雖然相信要她撐過整頓飯不太可能，卻很高興她可以憑這個動機自我控制一下。艾琳諾於是沒再說什麼，盡力為躺在床上的她整理衣服，一等人召喚，就可以扶她到餐廳去。

在餐廳裡，瑪麗安儘管一副痛苦的模樣，比起艾琳諾的預期卻食量更大，情緒也更平靜。如果她曾想要開口，如果珍寧斯太太好心卻不明智的關懷有讓她注意到一半，就別想要她這樣平靜下去了。只是她的嘴唇卻沒吐出片語隻字，腦筋恍恍惚惚，眼前的一切都無知無覺。

珍寧斯太太的好意儘管常常惹人苦惱，有時幾乎很可笑，艾琳諾卻都心領了，也代妹妹向她表示感激，並回報以禮貌，兩件事都是妹妹無能為力的。珍寧斯太太見瑪麗安不快樂，覺得凡是可以減輕瑪麗安不悅的，都是她的分內之務，所以就千疼萬寵，猶如為人父母在假期的最後一天寵愛心肝小孩一般。爐火旁最好的位子該給瑪麗安，家中最好的點心都該誘瑪麗安吃，當天的大小新聞都該說給瑪麗安聽。艾琳諾倘不是在妹妹的愁容中看出她老快樂不起來，看珍寧斯太太以各色各樣的甜食、橄欖和一爐好火努力治療失戀，還真覺得逗趣。珍寧斯太太一試再試，逼得瑪麗安也發覺了，再也待不下去，就匆匆叫了聲苦，作手勢要姊姊別跟上來，起身奪門而出。

她一去，珍寧斯太太就喊道：「可憐唷！看她這樣我真難受哩！她如果把酒喝完再走的話就好了！還有櫻桃乾啊！天啊！看來什麼對她都不管用。只要讓我知道她愛什麼，我準會派人跑遍倫敦搜羅去。怪怪，我真搞不懂，怎會有男人這麼對不起漂亮小姐哩！可是一邊有一大筆錢，另一邊是有等於沒有，老天保佑呀！他們就管不著那麼多了！」

「這麼說來，那位小姐，您叫格雷小姐來著那位，是很有錢嘍？」

「五萬鎊，您看過她嗎？據說還滿時髦、滿扮俏的，但是不漂亮。她阿姨我記得很清楚，比蒂．漢蕭，嫁給了有錢人。可是她整個家族都很有錢。五萬鎊哪！大家都說這筆錢來得正好救急。據說他已經一文不名了。難怪唷！駕著馬車，帶著獵狗到處瀟灑哪！好吧，說也沒用了，可是不管是哪個年輕人跑來追一個漂亮小姐，答應說要娶人家，是沒有資格說因為變窮了，又有個富家小姐等著要嫁他，就諾言不算數的。為什麼不賣掉馬車，把房子租出去，解僱僕人，徹底改頭換面呢？瑪麗安小姐是準會好好等著，等他經濟好轉的。現在卻沒有用了。這年頭只要跟尋歡作樂沾上邊的，年輕男人都不會放棄。」

「您知道格雷小姐這個人怎樣嗎？聽說好相處嗎？」

「是沒聽人說過她壞話。事實上，幾乎沒聽人提起過她。只是泰勒太太今天下午有說，有天華克小姐曾向她提了提，說相信艾利森夫婦把格雷小姐嫁掉應該不會難過，格雷小姐和艾利森太太總合不來。」

「艾利森夫婦又是誰呢？」

「是格雷小姐的監護人。可是她現在成年了，可以自己選丈夫。選得還真好哩！現在啊，」頓一頓：「你那可憐的妹妹回到房間，我猜是自個兒傷心去了。我們不能做點什麼安慰她嗎？那小可憐，放她一個人好像滿殘酷的。好吧，不久就會有幾個朋友過來，讓她高興一點。要玩什麼呢？我知道她討厭十點牌，就沒什麼她喜歡的牌戲嗎？」

「夫人就別這麼費心了。瑪麗安今晚準不會再離開房間。我會盡力勸她早點上床，她一定很需要休息。」

「對對，我相信這樣對她最好。讓她自己點說消夜想吃什麼，然後上床。天哪！難怪她這一兩個禮拜來都一副又糟糕又沮喪的模樣，想來一連幾天這件事一直在她心上懸著。原來今天的那封信把整件事都了斷了哪！可憐喲！我以我所有的錢財為誓，我如果早知道的話，準不會去開她玩笑的。但是您也知道嘛，這種事我怎猜得到呢？我以為只是一封尋常情書，您也知道，年輕人都喜歡被人拿情書開玩笑。天哪！爵士和我那兩個女兒聽了會多關切唷！如果我有點腦筋，回家時就該去水渠街一趟，告訴他們這件事才對。但明天我就看得到他們了。」

「我確定，您並不需提醒帕爾默太太和米道敦爵士別在家妹之前提起魏樂比的名字，只要跟剛發生的事有沾到邊的，也都別提。他們憑自己的仁厚心腸，一定明白當著家妹的面表現出知情的模樣會很殘酷。您一定也能輕易相信，越少聽人提起這話題，我的痛苦就會越少。」

「天啊！對對，我都相信。聽人談起這事，對您來說一定很可怕。至於對令妹，我肯定我是說什麼也不會走漏口風的。您也看見了，我在吃晚飯的時候都沒有說。爵士和我那兩個女兒也都不會的，他們都很會著想，顧慮很周全，特別是由我再暗示他們一下的話，我一定會的。至於我本人，我也覺得這事說的是越少就越好也越快煙消雲散，受人遺忘。您知道嘛，多說何益呢？」

「多說只會有壞處而已，會壞得比許多類似的事例更嚴重。看在有牽扯到的每一人分上，許多細節並不適合公共談話。有句公道話我必須替魏樂比先生講出來，他對家妹並沒有背棄什麼明確的婚約。」

「老天唷！別強要替他說話了。什麼叫沒背棄明確的婚約哪！帶她逛遍亞倫罕的大宅院，在兩人以後要住的房間裡面待了老半天哪！」

艾琳諾為了妹妹不能再多講下去，也希望沒必要為魏樂比多說。強調真相是會大大損到瑪麗安沒錯，對魏樂比卻也沒多少好處。兩邊沒話些時，珍寧斯太太才又以她一派與生俱來的喜氣洋洋，冒出話來道：

「也好，俗話說，吹惡風，總有人沾到便宜。這下上校可好了，娶得到瑪麗安了，對對，他娶得到的。如果他倆到仲夏還沒結婚，儘管來找我。天哪！他聽到這消息會怎麼呵呵笑喲！希望他今晚會來。論所有條件，他都更配令妹。一年兩千鎊，沒負債沒抵押的。呃，沒錯，是有個小野種。對對，我都忘了那丫頭了。不過只要花幾個錢就可以送她出去當學徒，所以那又怎樣？德拉福是個好地方，我可以告訴您，正是我說的傳統式那種，又舒適又方便。有高大的圍牆圍起來，種滿郡中第一流的果樹，角落還種了株好棒的桑樹哩！天哪！夏綠蒂和我去的唯一那次，肚子塞得好脹啊！而且，還有鴿房、可愛的魚塘、很美的運河，也就是說，要什麼就有什麼。尤其是離教堂也近，離公路只有四分之一哩，所以從來就不會無聊，只要您去，坐在屋後的紫杉古亭中，就看得見每輛經過的馬車。哦！是個好地方哩！近在村中就有家肉鋪，牧師公館就在一箭之遙。在我想來，比起要買肉還得派人去三哩外，最近的鄰居就是令堂的巴頓園，要好上一千倍。也好，我要趕緊去給上校打打氣，您知道的，肉吃掉一塊，就更想吃下一塊。只要能讓她不想魏樂比就好了喲！」

艾琳諾道：「對，只要這一點能辦到的話，有沒有上校都好辦了。」說完就起身離開，去陪妹妹，發現她果然一如預料，正在房裡偎著一爐殘火悄悄難過著。在艾琳諾沒進房前，那爐殘火正是她僅有的光。

她只招呼姊姊這麼一句：「你最好離開我。」

艾琳諾說：「如果你上床的話，我會離開你的。」瑪麗安因為苦不堪言，一時很任性，拒絕上床了一陣子。姊姊熱切但不失溫柔的勸導卻很快就說得她聽話。艾琳諾看著她把發疼的頭擱在枕上，如願看著她即將安眠，才動身離開。

去了客廳，很快珍寧斯太太也來了，手中拿著一只盛滿什麼的酒杯。她走進來說道：「我剛才想起來，我有些味道嘗來是一等一的陳年康斯坦夏酒，就為令妹帶來了一杯。我那可憐的丈夫唷！好喜歡喝哩！不管何時，只要他那疝氣痛的老毛病又發作了，就說這種酒比天底下什麼都管用。幫令妹拿過去吧。」

這酒據她推薦可以醫治的兩種疾病相差那麼遠，艾琳諾不禁莞爾，說道：「您人好好喲！可是我才把家妹留在床上，也希望她差不多已經睡了。我想對她來說，沒什麼比睡覺更有用了。如果您答應，酒就給我喝好了。」

珍寧斯太太雖然遺憾沒早個五分鐘來，折衷辦法卻也滿意。艾琳諾喝下大半杯，心想這酒對疝氣痛管不管用雖然不重要，對心灰意冷的療效如何，試在她身上卻跟在妹妹身上一樣恰當。

賓主正在用茶時，上校到了。他環視客廳一周看瑪麗安在不在的那副神態，讓艾琳諾馬上就想到，他是既不認為也不希望會見到瑪麗安。換句話說，上校已經知道了瑪麗安缺席的原因。珍寧斯太太卻沒有領會到同樣的想法。上校進來沒多久，珍寧斯太太就走過客廳，來到艾琳諾正在招呼來賓的茶桌低語道：「看，上校看起來就跟平時一樣消沉，他都不知道，您一定要告訴他。」

不久，上校就拉了一把椅子在艾琳諾身旁坐下，眼神令艾琳諾全然相信他果然都知道，並聽他問候起妹妹來。

「瑪麗安人不舒服，」艾琳諾答道：「整天都身體不適，聽勸上床睡了。」

上校猶豫地答道：「這麼說來，也許我白天聽到的沒錯了，其真實性可能大於我本來相信的程度。」

「您聽到什麼呢？」

「我有理由相信，有位紳士，呃，換句話說，我早知道已經訂過婚的某名男子，咦，我要怎麼告訴您呢？您想必都知道了，一定的。就不必講了。」

艾琳諾勉強冷靜答道：「您是指魏樂比先生和格雷小姐的婚姻，沒錯，我們的確都知道了。好像今天傳揚開，我們是今早才第一次聽見的。魏樂比先生真是心思難測啊！您在哪兒聽到的呢？」

「在蓓爾美爾街的文具店，我有事去辦。店中兩位女士正在等待馬車，一位把即將舉行的婚事說給另一位聽，嗓門一點都不收斂，不可能不讓我聽見全部。她把魏樂比的名字約翰．魏樂比提了一遍又一遍，就引起我的注意。再來她就斬釘截鐵說，魏樂比和格雷小姐的婚事現在總算敲定，再也不是祕密了。幾星期後就會完婚，還說了許多籌備事宜等等。我尤其記得一句，因為那句話確定了男子的身分。婚禮結束，新人就要到岸然谷去，也就是新郎在薩姆塞郡的別墅。我好吃驚哪！真無法形容我的感受。問人才知道，原來說話的是艾利森太太，據我聽說，正是格雷小姐監護人的名字。」

「沒錯，但您也有聽說格雷小姐有五萬鎊嗎？如果要解釋的話，就有解釋了。」

「有可能，可是魏樂比是能夠，呃，至少我是以為，呃，」他停止片刻，然後以似乎不太自信的口吻接著說：「令妹，呃，她怎麼——」

「她很痛苦。我只希望她能痛苦得稍微短暫些。到目前為止，這事一直是殘酷至極的煎熬。到昨天為止，她都對魏樂比的感情不疑有他。搞不好她到現在都還信著他。至於我呢，卻相信他從來就沒對家妹用過真感情。這個人真夠陰險哪！在某些方面是心狠了一點。」

上校道：「啊！真對，是心狠！而令妹卻，呃，我想您有說，卻想法和您不同是不是？」

「您也知道她的性格，應該可以相信她正急著在替魏樂比找藉口。」

他沒有回答。沒多久茶具就端走，要分牌搭子了，話題難免要作罷。珍寧斯太太看見兩人說話，她滿開心的，一直在等著消息吐露應該造成的效應，等著看上校立即開懷，有如青年男子似地滿抱希望和喜悅。想不到卻見到他嚴肅了整晚，心事重重更甚於平時，害珍寧斯太太訝異不已。

31

瑪麗安睡得比預期還好些，第二天醒來，悲慘的心境就跟前一晚合眼時一樣。

艾琳諾盡量鼓勵她把感受講出來，在早餐準備好之前，姊妹倆已經把同一個話題談過了一遍又一遍。艾琳諾這邊依然是諄諄勸誘，柔婉地指導她，瑪麗安那邊卻還是感情澎湃，想法搖擺不定。有時她可以相信，魏樂比就跟她自己一樣不幸無辜，有時卻又萬念俱灰，相信他絕脫不了罪。有時她對別人的品頭論足全都無動於衷，等一下又想永遠自我隔絕，再等一下卻又可以頑強力抗外界眼光了。獨獨有件事她是始終如一，那就是：只要碰到珍寧斯太太，她就盡量避開。如果非面對不可，她就硬是不講話。她鐵了心，不肯相信珍寧斯太太也會有惻隱之心。

「不不不，不可能的，」她喊道：「她不會感覺到的。她的好心不算同情，她的好意不算溫情。她只想東家長西家短，現在她喜歡我，只是因為我能提供談助罷了。」

艾琳諾聽她這麼說，心裡也明白妹妹因為心思纖細過敏，把強烈感性的體貼與彬彬有禮的優雅看得其重無比，所以評價他人往往有失公允。天底下如果有不只半數的人是既聰明又善良的話，那麼才德俱佳的瑪麗安就跟這半數中的多數人差不多，是既不講理也不公平。她要別人的意見和感受都跟自己一

INK PUBLISHING

讀者服務卡

您買的書是：＿＿＿＿＿＿＿＿＿＿＿＿＿＿＿＿＿＿＿＿

生日：　　年　　月　　日

學歷：□國中　□高中　□大專　□研究所（含以上）

職業：□學生　□軍警公教　□服務業

□工　□商　□大眾傳播

□SOHO族　□學生　□其他＿＿＿＿＿＿

購書方式：□門市＿＿＿書店　□網路書店　□親友贈送　□其他＿＿＿

購書原因：□題材吸引　□價格實在　□力挺作者　□設計新穎

□就愛印刻　□其他＿＿＿＿＿＿＿＿（可複選）

購買日期：＿＿＿＿年＿＿＿＿月＿＿＿＿日

你從哪裡得知本書：□書店　□報紙　□雜誌　□網路　□親友介紹

□DM傳單　□廣播　□電視　□其他

你對本書的評價：（請填代號　1.非常滿意　2.滿意　3.普通　4.不滿意）

書名＿＿＿　內容＿＿＿封面設計＿＿＿版面設計＿＿＿

讀完本書後您覺得：

1.□非常喜歡　2.□喜歡　3.□普通　4.□不喜歡　5.□非常不喜歡

您對於本書建議：

感謝您的惠顧，為了提供更好的服務，請填妥各欄資料，將讀者服務卡直接寄回或傳真本社，我們將隨時提供最新的出版、活動等相關訊息。

讀者服務專線：（02）2228-1626　讀者傳真專線：（02）2228-1598

舒讀網「碼」上看

廣	告	回	信
板橋郵局登記證			
板橋廣字第83號			
免	貼	郵	票

235-53

新北市中和區建一路249號8樓

印刻文學生活雜誌出版有限公司　收

讀者服務部

姓名：________________ 性別：□男　□女

郵遞區號：________________

地址：________________

電話：（日）________________（夜）________________

傳真：________________

e-mail：________________

INK

樣，她論斷別人動機，憑的是自己的立即反應。於是有一回，姊妹倆用過早餐，正在房間中獨處，就出了一件事，讓珍寧斯太太更討瑪麗安的厭。雖然珍寧斯太太是一片好心，瑪麗安自己卻過於脆弱，這件事就為她生出了好多新痛苦來。

珍寧斯太太伸過來的手中拿著一封信，自以為帶來了安慰，笑咪咪進門道：

「心肝呀，我為你帶來準會讓你好過一點的東西了。」

瑪麗安聽到這裡就夠了。霎時，她想像眼前有一封魏樂比寫來的信，滿紙柔情悔意，將發生的一切都解釋得合情合理又服人；馬上就來了魏樂比本人，急急奪門進來，跪在她腳下以抵得過千言萬語的眼神，再強調一遍他信中的話。轉眼幻景卻全化為烏有，眼前是本來並不會不受歡迎的母親筆跡。瑪麗安在希望過頭的狂喜之後大失所望，彷彿直到這一刻才第一次真正嘗到苦頭似的。

即使在最快樂的時候，瑪麗安的口才也無法把珍寧斯太太的殘酷說個明白。現在她要怪珍寧斯太太，也只能用流勢洶洶奪眶而出的淚水了。可是對象卻完全摸不著她在責怪什麼，所以說完許多憐憫言語後，還是說把信讀讀會比較好過，才離開房間。等瑪麗安平靜得可以讀信了，信卻沒讓她好過多少。頁頁都滿紙魏樂比的。母親依然相信瑪麗安有訂婚，熱情如昔地信賴魏樂比的愛是堅貞不移，只是受了艾琳諾的催請，才拜託瑪麗安再多吐露些。母親在信中對女兒是如此慈愛，對魏樂比是如此柔情，對他倆將來的幸福又不疑有他，害瑪麗安一路讀下來痛哭不已。

現在，她又迫不及待地想回家了，母親對她平時更可親可貴了，大錯特錯地錯信著魏樂比，正是母親更可親可貴的原因，讓瑪麗安想走想得發狂。艾琳諾自己不能決定瑪麗安是在倫敦還是在巴頓比較好，所以除了勸她忍耐，等著聽取母親的意願之外，自己倒沒意見。妹妹總算首肯，願意等母親消息。

珍寧斯太太比平時更早出門，原來，她要等米道敦夫婦和帕爾默夫婦都能跟她一樣痛心疾首才安心。艾琳諾自願作陪，卻遭她堅辭，獨自一人出去就整個白天。心情沉重的艾琳諾心知即將要做的事一定會害母親很痛苦，也從來信得知自己上回是一敗塗地，根本沒讓母親做好要痛苦的準備，卻還是坐下來寫信向母親稟告發生了什麼事，並請示再來要怎麼做。珍寧斯太太走後就進來客廳的瑪麗安，則一直坐在姊姊寫信的桌邊不動，看著姊姊走筆，替姊姊這苦差事感到悲傷，想到母親會有的反應，更是悲傷得好心疼。

姊妹倆這樣過了大約一刻鐘就傳來一陣敲門聲，把神經衰弱得受不了任何突發噪音的瑪麗安嚇一大跳。

艾琳諾叫道：「會是誰呢？這麼早哩！還以為我倆總算是安全了。」

瑪麗安走至窗口。

「是布蘭登上校！」她厭煩地說道：「他哪！我們從來就甭想安心不會見到。」

「珍寧斯太太不在，他不會進來的。」

瑪麗安要回房去：「這就難說了。一個沒有要用自己時間做什麼事的人，不可能知道侵犯到別人的時間。」

雖然瑪麗安的依據是既不對又不公，她卻猜得沒錯。上校真的進來了。艾琳諾相信他是因為擔憂瑪麗安才來訪的，不安且陰鬱的臉上，擔憂全看進艾琳諾眼裡，又聽他簡短卻掛慮地問候起妹妹，所以不能原諒妹妹對他的不屑。

開場的招呼過後，他說道：「我在龐德街遇到珍寧斯太太，是她鼓勵我來的。我想我來，可能只會遇見您一人，這正是我非常想要的。我要找您一人的目的，呃，願望，我唯一的願望，是希望能讓令妹好過些。不不，不能說好過，不是眼前的好過，呃，該說心中篤定，永遠地篤定。憑我對令妹、令堂以及對您的敬意，希望能允許我說出幾件只有一片赤誠才說得出口，呃，我只是急著想替您做點什麼，我想我說出來沒錯，呃，縱使我花了好幾個鐘頭說服自己是對的，但是，難道就不該擔心我可能想錯了嗎？」上校停了下來。

艾琳諾道：「我明白，您是想告訴我一些魏欒比先生的事，讓我們更進一步了解他的為人。說出來會是您對瑪麗安展現友誼的最佳方式。只要是那方面的消息，我一定會馬上就很感激。而有朝一日，家妹也應該會感激才對。就請您告訴我吧！」

「好吧，長話短說，去年十月我離開巴頓，呃，這個您是聽不懂的，我必須再往回講。您等一下就會發現我是個很笨拙的敘事者。我都不知道要從哪兒講起才好。我相信我有必要先短短自我介紹一下，一定一定要短。這種話題，」嘆一口大氣：「我實在不想大談特談。」

他停下來回想了片刻又嘆一口氣，才繼續說下去。

「有一段對話也許您已經完全忘記，呃，不敢說您會有任何印象。呃，有一晚在巴頓園，我們曾有一段對話，呃，是個跳舞助興的晚會，我提到認識過一位小姐，有點像令妹。」

艾琳諾答道：「有有，我並沒忘記。」看她記得，上校好像有點釋懷，就又說下去道：

「如果，不確定且有偏見的甜蜜回憶沒有蒙了我的心，她倆在思想和外表上都像極了，都是一樣地熱情、奔放、活潑。這位小姐跟我是很近的近親，從小無父無母，由家父監護。我倆年紀相仿。打孩提就玩在一起。我不記得我有不愛著伊萊莎的時候。長大後，我對她的那種感情，是您光看我目前的悲慘寡歡，也許會以為我不可能付出過的。我相信她對我用情濃烈，就跟令妹對魏樂比先生一樣。結局雖然因果有異，卻不幸如一。才十七歲，我就永遠失去了她。她嫁了人，很無奈地嫁給家兄，她有大筆財產，我家負債累累。我能為她的舅父兼監護人說的，恐怕就只有這樣而已。家兄卻配不上她，家兄連愛她也不愛。我以為我對她的感情會支持她渡過難關，有段時間我想的並沒錯。可是到最後，我家對她很不友善，她吃不了苦，就死了心，縱使她曾向我保證過她絕不會，呃，我說得好沒頭沒腦啊！我都沒告訴您事情的經過，我倆相約私奔去蘇格蘭（註），卻在臨走前幾個鐘頭讓我表妹不知是陰險還是愚蠢的侍女給洩了密。我被趕去很遠的地方跟親戚住，她則被禁絕一切的自由、社交、娛樂，直到家父達到目的為止。我太依賴她的堅強了，這下的打擊非常殘酷——可是，如果她的婚姻很幸福，當時的我那麼年輕，應該沒幾個月就會看開。至少，如今我也不會太悽愴。情形卻不是這樣。家兄對她沒有感情，他狎邪放蕩，打一開始就沒好好待她。布蘭登太太當時那麼年輕、那麼活潑、那麼少不更事，造成的結局就太自然不過了。首先她是逆來順受，如果沒有活下來承受回憶我所勾起的悔恨的話，人生也許還算幸福。可是，嫁了這麼一個煽動她紅杏出牆的丈夫，又沒有親友可以勸勸她、管束她（他們婚後幾個月家父就過世了，我又隨部隊外派到東印度），有誰會奇怪她要墮落嗎？也許我留在英格蘭的話就好了。可是我卻故意想離開幾年，成全兄嫂的幸福，所以才爭取外調。她結婚帶給我的震驚，」上校以相當激動的口吻說下去：「比起兩年後我聽說她已經離婚的感受，根本就微不足道，不算什麼。是她的離婚，害我現在這麼消沉，即使到現在想起當時的痛苦——」

上校說不下去了，匆忙站起來，在廳中踱了幾分鐘。艾琳諾受到故事感染，尤其是感染了他的痛苦，也說不出話來。上校看見她的關切之情，走過來握住她的手，感激且尊重地握緊吻了一下。又沉默了幾分鐘，上校才勉強打起精神，可以平靜地再說下去。

「我又不快樂了三年，才回到英格蘭。總算到達時，第一件事當然就是要找到伊萊莎。人卻遍尋不著，尋得我好心酸。只能追蹤到她的第一任情夫。一切跡象顯示，她離開這個男的只是去造更深的孽而已。她的合法收入跟她的財產比起來並不搭，也不夠她過好日子。我從家兄處得知，在幾個月前，領那筆年金的權利就已經讓渡給人了。家兄想像，而且還能想像得很平靜，伊萊莎因為揮霍窮了，不得不將年金領用權脫手，換來一筆應急的錢。然而，我回英格蘭六個月之後，總算還是找到她了。我有個陷入窮困的舊僕人因債務關進債犯看守所，我出於關心去探監，卻在同一間看守所看見我苦命的姊妹也關在裡面。變了好多、憔悴了好多，飽嘗千辛萬苦摧殘的人喲！我簡直不能相信，眼前這悽慘孱弱的影子是我疼愛過的，那位可愛、嬌媚、健康的姑娘的殘骸。我注視她時的煎熬，呃，我卻無權形容出來害您難過，我已經說得您太痛苦了。一切徵候顯示，她正害著末期肺癆，這是我的，呃，沒錯，在這樣的情況下，這是我最大的安慰。生命再不能給她什麼了，除了再給些做好死亡準備的時間。時間果然是有給。我看著她移到舒適的住處，受到妥善的護理。在她僅餘的沒幾天，我天天都去看她。彌留之際，我就守在她床邊。」

上校又停下來定定神，艾琳諾溫柔且關切地為他那薄命的朋友感嘆了幾句，一抒胸懷。

上校道：「希望令妹不會生氣，我說她和我那痛失名節的可憐親人很像。她倆不可能會有相同的命運和遭遇。如果伊萊莎有堅強一點的性情或幸福一點的婚姻，來保護她的天生柔婉，也許您如今就會看見她像令妹一樣了。只是，說這些有什麼用呢？我好像在害您白惱一番似的。啊！這話題，呃，我十四年來都沒碰過，呃，應付起來還真危險哩！我該鎮靜一點，呃，扼要一點。伊萊莎留下唯一的小孩託我照顧，是個女孩兒，第一段孽緣生的，當時大約三歲。她很疼這女兒，總是帶在身邊，對我是很重要、很珍貴的囑託。本來，如果情況允許的話，我會樂意以最嚴謹的方式來執行這項囑託，親自教養她的。我卻沒成家也沒住家，所以才送小伊萊莎去住校。我盡量常去看她。大約五年前家兄過世，由我繼承家產，以後她就常來德拉福陪我。我總說她是遠親，心中卻很清楚，大家都懷疑我倆有更親近的血緣。三年前她滿十四歲，我讓她退學，送她去多塞郡，跟四、五名年齡相仿的女孩在一起，給一位很體面的婦人照顧。有兩年的時間，我對伊萊莎的處境相當滿意。但是大約一年前，在去年二月，她突然不見了。我曾應她的熱烈要求，允許她——事後證明是我失慮——跟年輕女友一起到巴斯去。友人是去陪正在養病的父親。我知道他是好人，我對他女兒也印象不錯。那女生我卻錯看了。原來，她即使一定全都知道，卻頑固且不智地保密到家，什麼都不說，也不露一點口風。她父親心是很好，眼睛卻迷糊，我相信他是真的說不出什麼消息。原來他整天足不出戶，任女孩兒在城中蹓躂，隨心所欲結交朋友。他勸我要相信得跟他一樣透徹，他女兒和這事完全不相干。換句話說，除了伊萊莎人走了，我什麼也問不出來。接下來的八個漫漫長月都只能用猜的了。我在想什麼，在擔心什麼，又是怎麼地受苦，都可想而知。」

「我的天！」艾琳諾喊道：「難道，難道會是魏樂比——」

上校又說下去道：「再來的消息是在去年十月，她自己寫一封信過來。信從德拉福轉來我手上，就在我們組團要上白井園的當天早上，我接到信。這就是我行色匆匆離開巴頓的原因。當時一定大家都很奇怪，相信也觸怒了某些人。我猜魏樂比先生正以眼色譴責我無禮破壞團體旅遊的當兒，大概沒想到，我是受召去搭救被他害得又慘又悽苦的人兒。他就算知道又怎樣呢？會因此從令妹的笑容中少得到一點快樂或喜悅嗎？不會的，他已經幹下一樁凡是有能力替人著想的男人都做不出來的勾當。他已經甩掉那個青春和天真都被他拐去的女孩，隨她去痛苦萬狀、無家可歸、無援無助、無親無友，連他在哪兒也不知道！他離開伊萊莎，答應要回來卻沒回來，沒寫信，也沒救濟她。」

艾琳諾驚呼道：「太不可思議了！」

「現在，這人的性格就攤在您眼前了，揮霍、放蕩，而且還有更糟的。我知道這些已經好幾個月了，又看見令妹一心愛著他，一心以為會嫁給他，您以為我心裡怎麼想呢？想想，我當初一定是好替您全家擔心。上星期我來，發現只有您一個人，就決心要把真相做個分辨，縱使，當真分辨要怎麼辦我並不知道。當時在您看來，我的舉止一定很奇怪。可是現在您該全懂了。我讓您全給蒙在鼓裡，眼睜睜看著令妹——我又能怎麼辦呢？要介入，我成功無望。有時，我又以為令妹可以改造他。但是如今，他已經這麼地對不起令妹了，誰還說得出來他本來在打算什麼？且休管他打算什麼，現在還有無疑在將來，令妹拿自己的情況跟我那可憐的伊萊莎相比，都該感到慶幸才對。只要令妹想到那苦命女孩的悲慘無望，想想她那麼愛著魏樂比，如今仍跟令妹一樣一片癡情，想她勢必要飽嘗一生一世的自責和煎熬，這種比較對令妹一定會有幫助，她會覺得自己受的罪根本不算什麼。令妹的苦，既非出自行為不檢，也不會有損名節。相反地，大家都只會因此而對她更友好，關切她的不幸，尊敬她的堅強，情誼一定會加深。不過，要不要告訴她這些，還是您自己評斷吧。效果如何您一定最清楚。可是，如果我不是認真且衷心相信這些話會有幫助，會減輕她的悔恨，絕不敢這樣自述家庭痛史來煩您的，說得長篇大論，好像存心損人以自揚似的。」

上校說罷，艾琳諾就認真且感激地向他致謝，也肯定道，把過去的事告訴妹妹應該會有實質幫助。艾琳諾道：「最讓我痛苦的，就是家妹千方百計要替魏樂比先生辯解。您的話比任何證明他無情無義的最確鑿鐵證都更能刺痛家妹。如今，就算家妹會很痛苦一陣子好了，不久後一定會好過些的。」短暫的沉默之後，又問道：「離開巴頓之後，您見過魏樂比先生嗎？」

「有的，」上校沉著臉答道：「一次。見一次面是免不了的。」

他的態度嚇了艾琳諾一大跳。艾琳諾焦急地看著他，道：

「什麼！您跟他碰面難道──」

「別無他法。伊萊莎儘管很不情願，還是向我供出情郎的名字。魏樂比在我回來的兩周後也回到倫敦，我倆就約好碰面。他維護聲譽，我則是為了制裁。兩人都平安回來，所以沒傳揚出去。」

艾琳諾為這種手段子虛烏有的必要性嘆了一口氣，可是對一個行伍男兒，她想還是別責備算了。

上校半晌無話，才又說道：「這就是母女間不幸的命運雷同之處！我真辜負了託孤之情啊！」

「伊萊莎還在倫敦嗎？」

「不在了，我找到人時已接近臨盆。產後體力一恢復，我就把母子倆送去鄉下了。她現在住鄉下。」

沒多久，上校想起自己也許有礙艾琳諾照顧妹妹，就告辭要走。艾琳諾臨別再次向他致謝，滿心同情和尊敬，目送他離去。

譯註：去蘇格蘭結婚，不必雙方父母或監護人同意。

32

沒多久艾琳諾就把這段對話的細節說給妹妹聽，效果卻跟她原先希望的不盡相同。倒不是因為瑪麗安有絲毫不信的模樣。從頭到尾，她都服服貼貼專心聽，沒有異議，沒有做評語，也不替魏樂比辯白，好像在以淚水表示，心知辯白已不可能了。這樣雖然讓艾琳諾斷定她已經打心底相信魏樂比有罪，瑪麗安在上校來訪時也不再迴避，會抱著一股同情的敬意跟他說話，而且還會主動，看在艾琳諾眼裡是很滿意，也看得出她情緒已不若以往那般暴起暴落，然而艾琳諾卻不覺得她比從前好過。情緒穩定了沒錯，卻穩定在陰沉的沮喪之中。她為魏樂比的名譽掃地比為負心更加難過。想著他拐跑伊莱莎後又遺棄她，想著那苦命姑娘的悽慘，又疑心他當初不知是怎麼算計自己，萬念攻心，連對姊姊也說不出感受來。只是不言不語，靜靜想著憂愁，卻比最坦率、最頻仍的憂愁自白更害姊姊煩惱。

老太太接到來信及回覆來信的感受和言語，跟兩個女兒是如出一轍。她跟瑪麗安一樣失望痛苦，而且比艾琳諾還要憤怒。很快她的長信就一封接一封寄來，吐露她的傷心和想法，表示焦心掛念瑪麗安，請她堅強忍耐。如果連這位母親也說得出堅強兩個字，瑪麗安遭到的苦難一定是很慘嘍！如果連這位母親也但願瑪麗安別太沉溺，那痛苦的原因想必是很殘忍、很侮辱嘍！

老太太寧可不要自己好過，卻決定瑪麗安無論待在什麼地方，都比待在巴頓好。她碰見魏樂比都是在巴頓，巴頓的一景一物會害她時時刻刻都想到伊人身影，勾起她對往事最強烈、最傷感的回憶。因此老太太向女兒建議，無論如何不要縮短在珍寧斯公館作客的行程。大家雖然從沒確實講要作客多久，預料至少也該有五、六個星期。巴頓所欠缺的各式消遣、景物、聯誼，在倫敦會是無法避免。母親希望這樣，也許能引誘瑪麗安偶爾關心一下本身以外的事務，搞不好還可以娛樂一下，縱使她目前，是一切關心和娛樂都不放在眼底。

母親認為，既然所有自稱是瑪麗安朋友的人一定都會和魏樂比斷絕交往，所以誰也不能設計他倆見面，誰也不會疏忽得害他倆不期而遇。熙熙攘攘的倫敦比起僻靜的巴頓，巧遇的機會來得比較小。魏樂比新婚的亞倫罕之行卻可能會迫使瑪麗安和他來個巧遇。母親本來是以為這場面很可能，後來就想成一定會發生。

母親希望兩個女兒留在倫敦，還另有原因。繼子寫信來告訴她，二月中旬以前將偕妻赴倫敦。母親判斷，女兒是該偶爾跟哥哥見見面的。

雖然母親的意見跟瑪麗安的願望和期待是南轅北轍，雖然瑪麗安感到母親全想錯了，論據也錯了，要她在倫敦待下去是害她喪失母親的疼惜，喪失她在痛苦中的唯一慰藉，強迫她去面對不予人一刻安寧的社交場合，可是既然已答應要聽話，也就不加反對地順從了。

她倒是很安慰，自己的損失能有利於姊姊。艾琳諾卻相反，自忖可能無法完全避開愛德華，也自我安慰道，待在倫敦雖然自己不快樂，對妹妹卻強過馬上回德文郡去。

艾琳諾依然小心如故，不讓妹妹再聽見別人提起魏樂比的名字。瑪麗安儘管不知情，卻大獲其利。

珍寧斯太太、米道敦爵士，連帕爾默太太在內，都沒再當她的面提起魏樂比。艾琳諾但願大家對她本人也能一視同仁克制克制，這卻辦不到。所以一天又一天，她必須很無奈地聽大家發脾氣。

爵士覺得不可思議。一直滿心以為魏樂比很不錯哩！性情那麼好的小夥子哪！不相信英格蘭有比他更大膽的騎馬工夫哪！真是莫名其妙。衷心希望他去見鬼。爵士再也不會對他說話了，不管在哪兒碰見，絕對不會！就算在巴頓獵場必須一起枯等兩個小時好了，也不說話。混帳東西！滑頭滑腦的畜生！上次見面才送他一隻笨笨生的寶寶哩！兩人就到此為止！

帕爾默太太以她的方式也同樣氣憤填膺。決定馬上跟魏樂比斷絕往來，也很慶幸自己從未真正跟他往來過，滿心希望岸然谷跟克里夫蘭不是那麼近，可是沒關係，反正已經遠得讓兩家不能走動了。好討厭魏樂比，決定再不提起他名字，還要告訴見到的每一個人，魏樂比是多麼卑劣。

帕爾默太太其餘的同情，則發揮於盡力探聽舉行在即的婚禮細節，並轉告給艾琳諾知道。她可以很快說出哪家車行正在打造馬車，哪家畫匠正在替魏樂比先生畫像，哪家大商鋪又可以看見格雷小姐的婚紗。

艾琳諾受夠了他人吵吵鬧鬧的友善，米道敦夫人平淡有禮的漠不關心反成了一種幸福的精神解脫。艾琳諾大感慶幸，親友圈中總算有至少一人絲毫好奇心也沒勾起。也大感慶幸總算還有一人，見面時既不打探細節，也不替妹妹的健康心焦。

視情況而定，各種德行都有評價看漲、超出實際價值的時候。不時，艾琳諾讓多管閒事的哀悼給搞煩了，就會把好教養看得比好心腸更加體貼。

夫人大約是一天一兩次表達她對此事的看法。如果這話題常常出現，她就說一句：「好可怕喲！」

多虧這種溫和卻有連續的感情宣泄，她不只打一開始見到兩位達士伍小姐就能心平氣和，還可以在不久之後，見面時再也想不起這碼子事。既護衛了女性尊嚴，也出口嚴斥了男性的不是，所以，就自覺可以放手去張羅她的大小聚會了。她不顧爵士反對，以為魏樂比太太既然會優雅和財產兩者兼備，就決定一旦她嫁過去，就把自己的名片留在她家。

艾琳諾從來就不嫌棄上校細心且不尷尬的詢問。上校既親切又勤奮，努力安慰瑪麗安的挫折，已經贏得豐厚的殊遇，可同艾琳諾深入討論瑪麗安的逆境。他和艾琳諾總是互信無礙地對談。把過往的憂傷說出來，他這艱苦的掙扎所賺來的主要報償，就是瑪麗安偶爾的憐憫眼神，以及出於他人或自我勉強，雖不常卻總是語氣溫柔的對他說話。上校於是確定，自己掙扎說出的話已增加自己所獲得的好感，艾琳諾也燃起希望，這好感從此會有增無減。對此一無所知的珍寧斯太太卻只知道上校是陰沉如故，既勸不動他自己求婚，也不來央她代為提親。兩天後就想，婚禮應該不會在仲夏，而是得等到九月底的米迦勒節。過了一星期，又以為兩人根本不會結婚。卻看上校和艾琳諾彼此互相體諒，似乎，坐擁桑樹、運河、紫杉涼亭的榮幸都將歸艾琳諾所有。珍寧斯太太沒想到愛德華已經有一段時間了。

二月初，在魏樂比來信的兩周後，艾琳諾便行使了通知妹妹他已完婚的痛苦任務。艾琳諾早就託人一定要得知婚禮行完就先通知她，由自己來告訴妹妹。看妹妹天天早上都熱切翻查報紙，她很希望妹妹不要從報紙得知這項消息。

瑪麗安聽到，木木的沒說什麼，起先也不流淚。但沒多久眼淚就奪眶而出，整天她的狀況差不多就跟剛剛知道魏樂比會娶別人時一樣悽慘。

魏樂比夫婦一結婚就離開倫敦。既然瑪麗安已經不會再有撞見他倆的危險，艾琳諾於是希望遭受打擊後就沒出過門的妹妹能跟往常一樣，漸漸往外走走。

兩位史提爾小姐新近才住進表親在霍爾本區的巴特雷公寓，大約這時又在水渠街和柏克萊街的顯赫親戚眼前出現，並受到全體的熱烈歡迎。

獨獨艾琳諾一人並不想見到她們。有她倆在場對她總是一種折磨。露西見她竟還待在倫敦沒走，那股喜不自勝的快樂勁兒，她真不知道該怎麼優雅回報才好。

「沒看到您依然還在的話，我會很失望的，」露西說了一遍遍，把依然兩字說得特別重：「我卻老覺得您鐵定還在，幾乎斷定您會過一陣子才離開，縱使，您知道的，您曾在巴頓親口告訴過我，您絕對不會待一個月以上。可是當時我就想，到時候您很可能會改變主意。您沒等令兄嫂來就走是太可惜了。現在想必您不再急著離開了。您沒信守自己親口說的諾言，我真太高興了。」

她的意思艾琳諾全都懂，卻無奈要使勁自我控制，裝出一副真不懂的模樣。

珍寧斯太太道：「我說啊，兩位怎麼來倫敦的呢？」

安妮霎時喜孜孜答道：「絕對不是搭公共馬車。我們租車一路換馬匹來的，還有時髦帥哥作陪。牧師戴維斯博士也要來倫敦，所以我們就同車過來了。他言行很斯文，比我們多付了十到十二先令。」

「哎呀！」珍寧斯太太嚷嚷道：「美極了喲！博士還沒娶媳婦，準沒錯。」

安妮造作地佯笑道：「不知道為什麼大家都拿博士取笑我。我那些表姊妹都說我一定已經把他搞定了。不過我在此宣布，本人絕對沒有時時刻刻都在想他。我表姊前幾天看見他過街回去公館，就說，『天哪！安妮你帥哥來了。』我就說，『什麼我帥哥，什麼話！真不懂你在說誰。博士不是我的帥哥。』」

「說得好、說得漂亮，可是沒用的。原來博士就是準丈夫。」

安妮佯裝認真道：「真的不是，如果聽人這麼說的話，拜託請說不是。」

珍寧斯太太馬上就給她窩心的保證，說自己一定會說是是是，說得安妮心花怒放。

露西道：「我猜，令兄嫂來到倫敦，艾琳諾小姐您姊妹倆該會去他家作客吧。」劍拔弩張的暗示停歇過一陣，如今再度出擊。

「不會吧，我不這麼想。」

「哎唷，會的，我敢說兩位會去。」

艾琳諾不想以進一步的否認來討好她。

「令堂可以放兩位離家這麼久，真好！」

珍寧斯太太插嘴道：「哪裡算久！什麼話，她倆的倫敦之行才剛開始哩！」

露西沒話說了。

安妮道：「真遺憾看不到令妹，真遺憾她身體不適。」原來史提爾家姊妹倆一到，瑪麗安就離開了客廳。

「多謝關心，家妹與兩位緣慳一面，也會很遺憾的。只是她近來常患神經頭痛，見客劇談兩不宜。」

「噢，太可惜了！咱姊妹倆可是老朋友哩！她應該可以見見才對，我們一定半個字也不會說的。」

艾琳諾彬彬有禮地婉拒。妹妹可能已經躺在床上，穿著睡袍不能來見她們。

安妮嚷道：「噢，這樣的話，我們去見她好了。」

她的魯莽有點惹火了艾琳諾。多虧露西厲聲喝斥，就省了艾琳諾按捺脾氣的麻煩。這次喝斥就跟許多場合一樣，雖然並不會為妹妹的言行增添幾分可愛，卻有功於管束姊姊。

33

一天，瑪麗安先抗拒了一陣子，才聽從姊姊力勸，答應同珍寧斯太太出門半個鐘頭。條件卻很明白，只去薩克維爾街的格雷珠寶行，不去任何人家串門子。艾琳諾正同這家珠寶行商量，要把母親的幾件老式首飾換掉。

一行人在店門口停車，珍寧斯太太就想起同條街另一端住了位她該去拜訪的女士。既然她在格雷珠寶行沒事要辦，大家就說定姊妹倆辦事，她則訪友去，回頭再來找她們。

姊妹倆登階進店，卻發現顧客盈門，根本沒人有工夫招呼她倆，只好等著。能做的，就是坐在櫃台的一端，看來這裡只站著一位紳士，會最快輪到她倆。艾琳諾想激他看在禮貌分上早早把事辦完，也許並非無望。無奈，此紳士眼光之正確，品味之細膩，卻凌駕禮貌之上。他正給自己挑選牙籤盒，一一審閱並推敲過店中所有牙籤盒，一刻鐘後才憑自己推陳出新的想像力將牙籤盒的大小、形狀、雕飾都發落完畢。沒發落好之前，除了大膽瞪三四眼過來之外，都沒空注意到姊妹倆。留給艾琳諾的印象，這人儘管衣履光鮮，卻是誇張天生又一等一地其貌不揚。

這人無禮打量姊妹儀容，月旦各盒之醜的自負嘴臉，瑪麗安都全然不覺，省了她許多不快的輕蔑及憤慨之情。她在格雷珠寶行就跟在自己房中一樣，很會自想自個兒的，無視周遭一切。

牙籤盒總算講定，象牙、黃金、真珠都各得其位，紳士也指明了他還能活著不擁有那只牙籤盒的最後一天，才悠悠將手套小心戴上，又瞥了姊妹倆一眼，以要人欣賞而非欣賞人的那種眼神，帶著一副真自負和假冷漠的愉快神情出門。

艾琳諾把握時間辦事，快辦完時身旁卻出現了另一位紳士，轉眼看臉，驚覺來者竟是哥哥。

兄妹相逢的溫馨和愉快是剛剛好可以在珠寶行中掩人耳目。約翰．達士伍見到妹妹的確是一點都不難過，姊妹倆也相當滿意。約翰．達士伍問候繼母，是尊重且關切有加。

約翰．達士伍道：「昨天很想去造訪你們，卻沒能成行，因為要帶兒子到艾塞特動物園看野獸，看完就去陪丈母娘。我兒子相當快活。總算今早，如果分得出半小時的話，我是一心想造訪你們的。可是初來倫敦，要做的事總是好多好多喲！我來這裡是要幫太太刻一枚封印戒指的（註）。不過明天，我絕對可以去柏克萊街找你們，也要認識一下你們的朋友珍寧斯太太。聽說她很富有。還有米道敦夫婦，你也非介紹我認識不可。他們是我繼母的親戚，我一定很樂意向他們致敬。聽說他家在鄉間是你們很好的鄰居。」

「很好沒錯，我無法形容他家對我們的生活有多體貼，大小事情上又有多親善。」

「我真高興聽你這麼說，真高興，真是高興極了。但本來就應該這樣。他們是有錢人，又是你親戚，凡是能替你們改善生活的種種禮數和招待，由他們做都很應該。既然這樣，你們在小築中住得就滿舒服了，什麼也不缺。愛德華把那房子形容得滿別致的，說是類似房屋中最完善的一棟，你們好像都再喜歡不過。我們聽了都非常滿意，真的。」

艾琳諾有點替哥哥不好意思。她並不遺憾珍寧斯太太的僕人這時正好過來說主人已在門外等候，省下她回答的必要。

約翰陪妹妹拾級而下，由她在車外介紹給珍寧斯太太認識。約翰把第二天要登門拜訪的希望又說過一遍後才告辭。

他按時來訪，並假意替妻子道歉不克前來：「內人必須花好多好多時間陪母親，真的沒空去任何地方。」珍寧斯太太卻馬上保證道，大家都是親戚，就算不是也差不多是，她是不會拘泥禮數的，一定會很快帶姊妹倆登門去拜訪嫂嫂。哥哥對妹妹的態度雖然平淡，卻相當和氣，對珍寧斯太太則是殷勤有禮到了家，對不久後也到訪的布蘭登上校卻只盯了很好奇的一眼，似乎在說，只要知道這人有錢，他對待人家自會一樣有禮。約翰小坐半個鐘頭就要大妹陪他去水渠街，介紹他給米道敦夫婦認識。天氣很晴朗，艾琳諾就爽快答應了。一出大門，約翰就問起來，

「布蘭登上校是什麼人？有財產嗎？」

「有的，他在多塞郡有一塊不錯的莊產。」

「聽起來我很高興。這人看來滿紳士的，我想我可以恭賀你，即將擁有非常體面的歸宿。」

「我！哥哥是怎麼說呢？」

「這人喜歡你。我仔細打量過他，確信無誤。他財產有多少？」

「相信是一年大約兩千。」

「一年兩千，」語歇即將自己的慷慨之情鼓至最激昂處，又接口說：「為了你，我全心希望他的收入是兩倍大。」

「我是相信你，」艾琳諾答道：「只是我非常肯定，上校壓根並不希望娶我。」

「你錯了，大大錯了。你只稍使一點小工夫就可以把他弄到手來。也許他目前還在猶豫。看你財產寡少，他可能會裹足不前。親友也可能會群起反對。可是女孩子家輕輕鬆鬆就給得起的那種小關懷和小鼓勵就可以逮到他了，管他有多少不情願。你也沒理由不打他主意。不該去想你有一段舊情——換句話說，你也知道我在指什麼，那是絕不可能的，有無法克服的阻力——憑你的理性，一定看得很清楚。你要嫁的，必須是上校。只要能讓他喜歡你和你家人，我是不會缺禮數的。會是一樁皆大歡喜的姻緣。換句話說，這會是——」聲音放小，變成鄭重其事的悄悄話：「各方各造，都極度樂觀其成的一件事。」正色一番又說道：「我是指親友大家，尤其是芬妮，都急著要看你找到歸宿。說真格的，芬妮相當在乎你的利益。我丈母娘費拉斯太太也是，她心腸很好，知道了也一定會很開心。幾天前她才說過的。」

艾琳諾不想以任何回答相賜。

約翰繼續說道：「這就很了不起了，也有點好玩，倘使芬妮的弟弟和我妹妹要同時嫁娶的話。這並非不可能。」

艾琳諾平心靜氣道：「愛德華．費拉斯先生要結婚了嗎？」

「還沒講定，不過正在談就是。愛德華有的是最好的母親。費拉斯太太慷慨得很，主動提出如果好事成真，就要把每年一千鎊的收入撥給他。女方是貴族摩頓小姐，已故摩頓侯爵的獨生女，有三萬鎊的財產，對兩家來說都是金玉良緣。我不懷疑，這門親事有天一定會成。要一個做母親的撥出一年一千鎊永遠割捨，可是一大筆錢。但我丈母娘情操很高貴。再舉一個例子談談她的慷慨吧。她知道我們夫妻現在不會很有錢，前幾天我們一進城，她就把多達兩百鎊的鈔票塞進芬妮手中，我們在城中開銷一定很大，這筆錢給得真好。」

他停下來等人家的同意兼同情。艾琳諾只好逼自己說道：

「你在城裡鄉間的開銷一定都很浩繁，但你收入也算滿大的。」

「我敢說並沒有許多人想的那麼大。但我不是要抱怨。我收入無疑還算安逸，也希望將來還會增加。諾蘭公有地正進行圈地，整治起來還真耗錢。這半年來我也買了些地，你一定記得東金罕農莊，吉布森老頭住過的，就緊鄰我的地產，各方面都很吸引我，我覺得買下它是我的責任。如果落入別人手中，我會良心不安的。男人家為了自己方便是必須付出代價的。果然那農莊就花了我一大筆錢。」

「花得比那塊地在你心目中的實質價格還要多嗎？」

「當然不，這倒沒有。我可以在隔天就以更高的價格賣掉它。只是那筆購地費差一點就害慘了我。當時股價很低迷，如果不是我碰巧在銀行有一筆足夠支付的款子，我就得賠本賣股票了。」

艾琳諾只能笑笑。

「還有剛剛搬去諾蘭勢必無法避免的開銷。你也相當清楚，我們尊敬的父親把史坦岡舊宅所有的家私（滿有價值的）都遺贈給你母親。我不是想抱怨他這麼做。他當然有權憑一己之意處理財產。可是這樣一來，我們就不得不花很多錢買床單、瓷器等來填缺了。想想看，我們花掉這麼多錢之後，離富裕當然就很遙遠了，所以我丈母娘的恩惠施得真好。」

艾琳諾道：「當然，有她慷慨相助，希望你可以輕鬆度日。」

約翰沉著臉答道：「一兩年後也許會大有進展，目前要做的事卻還有很多。我太太的花房一塊磚也還沒砌，花圃也只畫好格局而已。」

「花房會在哪兒呢？」

「在屋後小山上，核桃老樹都已經砍下，好挪出空間來。從園中許多方位看去，景觀都極佳。前面正好是花圃的斜坡，會很漂亮。坡頂上大片大片的荊棘舊叢已經都剷除乾淨了。」

艾琳諾沒有把關切和譴責之情講出口，也很慶幸妹妹並不在場，不必跟她有氣同受。

約翰的話已足夠把自己的貧窮闡釋得殆無疑義，也把下次上格雷珠寶行為妹妹各買一雙耳環的必要性打發掉，思想就轉了個快樂的彎，恭賀起大妹交到珍寧斯太太這樣的朋友。

「她看來非常有價值。她的房子、她的生活都表明收入很大，結交她不只將來對你們很有利，到頭來搞不好還會有物質上的好處。請你倆來倫敦，真是做了好大的人情給你們，將來臨終很可能也不會把你們忘掉。她遺產一定很大。」

「我倒覺得不會有什麼遺產。她有的只是孀婦產，將來都要給女兒的。」

「不要以為她開銷有收入那麼多，普通不太節省的人也很少會花那麼多錢。不管她存多少下來，將來都可以留下。」

「你不覺得她留給女兒的可能性會大於留給我們嗎？」

「那兩個女兒都嫁得很好。我不覺得將來分派財產時有必要記得她倆。在我想來，凡是有良知的人都不會不注意到，這樣關心又這樣款待你們，等於是說將來分財產應該要把你們考慮進去才對。她對你們是再和善不過了。她這麼做，不可能沒意識到自己所勾起的期待。」

「可是，她並沒有勾起與這件事最切身者的期待。真的，哥替我們的福分富貴擔憂，是想太多了。」

他彷彿正色一番，又說：「本來就是，財產少的人，能盡的力本來就很小。不過我說呀艾琳諾，瑪麗安是怎麼了？她看起來身體很差，容光盡失，身子瘦多了。是病了嗎？」

「她不太舒服，患神經痛已經好幾個禮拜了。」

「真遺憾。在她這種年紀，隨便一個病都會永遠糟蹋美貌哪！她美得好短暫喲！去年九月，她還是我看過最漂亮的女孩，最吸引男人的。她的美貌帶了點什麼，特別討男性歡心。我記得芬妮常常說，她會嫁得比你早也比你好。芬妮是很喜歡你沒錯，只是她碰巧這麼想而已。不過她想錯了。如今我猜，瑪麗安頂多也只能嫁到個五、六百鎊的男人。你如果嫁不到更好的話，我可就看走眼了。多塞郡啊！我對多塞郡知道得很少，但會樂於再多知道一點。我想，你家最早報到也最開心的訪客之中，準會有我和芬妮兩位。」

艾琳諾非常認真地想說服哥哥，她跟上校不可能會有嫁娶可言。期待這樁婚事對約翰來說卻太快樂了，不忍就此死心。他心意甚堅，要多多跟上校交往，盡一切心力促成好事。他自己沒為妹妹做過事的悔恨，是剛剛好夠他一心急著要別人都做很多。要上校求婚，要珍寧斯太太給遺產，正是他彌補遺憾的最容易方式。

兩人很幸運，抵達米道敦府時夫人正在家，離去前爵士也回來了。大家都禮貌來禮貌去的。雖然約翰不像很懂馬，能喜歡任何人的爵士卻馬上認定他是非常好性情的傢伙。夫人也在他的儀容上看出足夠的時尚氣派，認為此人值得一交。約翰則是對夫妻都懷有好感離去的。

陪妹妹走回家的路上，他說道：「我有最動聽的形容要說給芬妮聽。米道敦夫人真是高雅極了！我肯定芬妮會很樂意認識她的。珍寧斯太太沒有女兒高雅，舉止卻相當好。你嫂嫂要造訪她這人倒不必有顧慮。說實話，芬妮本來是有點顧慮的。很自然嘛，我們原本只知道她前夫的錢都是以做買賣這種低級方式賺來的。我太太和丈母娘都懷有強烈成見，以為珍寧斯家母女都不是我太太會想交往的那種女人。如今，我卻可以在太太面前為她倆說出最好聽的形容了。」

譯註：當時人寫信很少用信封，多用一種三摺式紙張，內面寫信，外面寫住址等。上下摺合起處則以熔蠟封緘，在蠟汁冷卻但尚未完全凝固時，把戒指印蓋下去。印紋可能是家徽，也可能是個人的姓名或格言。

34

芬妮相當信任先生的判斷，第二天就登門去拜訪珍寧斯太太和她女兒。信任所得到的報償，是發現連珍寧斯太太，連兩小姑正陪著住的那女人，也不乏幾分值得重視之處，至於米道敦夫人，更是她眼中天底下最有魅力的女人。

夫人也同樣喜歡芬妮。兩人都有一副自私的冷心腸，有助同類相吸。兩人都舉止端莊乏味，都悟性缺缺，正好同類相憐。

芬妮賴以博得夫人好感的言行態度，卻不太順珍寧斯太太的眼。在她看來，芬妮只是個外表大牌，見到小姑沒有感情也不太有話講的小女人。她來珍寧斯公館小坐的一刻鐘裡面，至少有七分鐘半不發一語。

艾琳諾雖然不問，卻很想知道愛德華人在不在倫敦。可是，除非是能說弟弟和摩頓小姐的婚事已敲定，或先生對上校的期望已經有了回音，不然是甭想要她在艾琳諾面前主動提起弟弟的名字。芬妮相信他倆依然情深意篤，要大小場合都隔開兩人，言行上她再費心也是應該的。不過芬妮不願給的消息馬上就從別處透露了。露西很快跑來爭取艾琳諾的同情，說愛德華雖然已同達士伍夫婦一起來到倫敦，他倆卻無法相見。他怕東窗事發。儘管兩人要會面的不耐之情是盡在不言中，他卻不敢到巴特雷公寓來。目前只好通信了。

不久愛德華就來柏克萊街走了兩趟，親身傳來他在倫敦的確切消息。兩次姊妹倆從外頭的約會回來，都見到他的名片留置桌上。艾琳諾高興他來之餘，更高興自己錯過了他。

達士伍夫婦實在是喜歡米道敦夫婦至極，雖然一向沒有給東西的習慣，卻決定給他們，嘿，一頓晚飯。兩家結識沒多久，就邀他們來哈爾里街這棟租期三個月的上好樓房中共餐。姊妹倆和珍寧斯太太也有受邀，約翰也費心請來上校。總是樂意和達士伍小姐相處的上校，接到約翰的熱情相邀是有幾分驚訝，快樂卻猶有過之。大家將見到費拉斯太太。兩個兒子是否與會，艾琳諾則不得而知。不過，能見到費拉斯太太就夠她覺得這頓飯有意思了。雖然她現在見愛德華的母親已經不需再抱著當初勢必難免的惶惶焦慮，也可以完全無視人家對自己的觀感，但她想跟費拉斯太太共處，想了解她這人的好奇心卻強烈一如往昔。

不久後，聽說史提爾家姊妹也會出席，她就更想赴宴了。期待之情與其說是欣喜，不如說是激昂。史提爾家姊妹實在是有夫人的緣，把夫人迎合得以為她們實在好相處，雖然露西真的不算優雅，她姊姊甚至連斯文都不算，夫人卻跟爵士一樣樂意請她倆來小住一兩周。一得知達士伍夫婦的邀宴，姊妹倆就覺得過去住相當便利，於晚宴的幾天前搬過來。

她倆憑著舅舅曾照顧過芬妮之弟多年這層關係，並不見得有資格在她的宴桌旁贏得兩張座位。但是作為夫人的住客，芬妮卻非歡迎她倆不可。露西老早就想跟費拉斯一家面對面結識，就近看看這家人的性格和她自己的艱難，並取得努力取悅他家的可乘之機，所以一輩子很少有像收到請帖時這麼快樂過。

艾琳諾接到請帖的反應卻相當不同。她立時認定，既然愛德華的母親會赴這場他姊作東的晚宴，住在母親家的他一定也會赴宴才對。要在發生這麼多事之後第一次見到他，竟然還是當著露西的面哪！真不知該如何是好！

擔憂的依據也許並非完全理性，卻絕無半點事實。後來幫她解憂的，卻並非她自己的定力，而是多虧露西好意。露西自以為重挫情敵，過來告訴艾琳諾道，星期二愛德華絕對不會去達士伍公館。露西還希望害艾琳諾更痛苦點，要她相信愛德華就是因為太愛她，碰面一定掩飾不了，才不能與會的。

她倆要結識那位可怕婆婆的重要星期二來了。

米道敦爵士夫婦就緊隨珍寧斯太太之後抵達，所以一行人都由僕人帶著拾級進屋。露西對艾琳諾道：「可憐我吧！這裡只有您可以同情我。我都快站不住了。天可憐見！待會兒就要看見我一生幸福所繫，我那準婆婆了。」

艾琳諾可以馬上替她解憂道，即將看到的人也許是摩頓小姐的準婆婆，而不是她的。她卻沒這麼說，只是很誠懇地保證道，真的很同情她，說得人出露西意料之外。露西雖然很不自在，卻指望起碼能勾起艾琳諾的醋火中燒。

費拉斯太太長得瘦瘦小小，身材筆直得近乎拘泥。外表嚴肅得近乎刻薄。她面帶菜色，五官又小又不美，當然是面無表情。幸好雙眉若蹙，強烈展現出傲慢乖戾的性格，算是把容貌從乏味之恥中拯救回來。她話不多，原來，她不比一般人，口中言辭和腦中想法竟然是數目相稱的。當真有從她口中滲出的少許話語，卻無一曾針對艾琳諾說過。她看艾琳諾的眼神就表明，已經鐵了心，無論如何都不要喜歡她。

事到如今，艾琳諾已經不會為此不悅了。若在幾個月前，一定會十分傷心。費拉斯太太現在卻不會再有憑此傷害她的能力。她看費拉斯太太以另一種態度對兩位史提爾小姐，尤其覺得好笑。費拉斯太太好像是專為了羞辱艾琳諾，才對人家那麼不一樣。母女倆對露西更是特別有禮。就是這個人，如果母女倆知道的跟艾琳諾一樣多，一定會拚命想去羞辱的。反而是相對上比較無力為害的艾琳諾，卻要坐受刻意的輕慢。艾琳諾看她倆對露西斯斯文文，真不禁要莞爾。她笑母女倆表錯斯文的同時，想到背後作祟的愚蠢刻薄，以及露西姊妹倆為求人斯文下去而做出的百般殷勤，更是非徹底輕蔑這四人不可。

露西看人家待她彬彬有禮，自是興奮莫名。安妮則是只要聽人拿戴維斯博士取笑，就開心透頂。

晚宴辦得很盛大，侍僕眾多，在在展現女主人素愛爭榮誇耀，男主人則有的是從旁支持的能力。儘管諾蘭的莊產正在大興增建改良的土木，儘管主人曾經只差幾千鎊就得賠本賣出股票，他曾據此推論出來的貧窮在晚宴中卻徵候全無。宴中出現的貧窮只有會話一項，不過這項的捉襟見肘倒是真嚴重。約翰沒有什麼值得一聽的話可說，妻子那邊更少。但是這並不算特別丟人，因為大多數的來賓也差不多。他們各自都患有下列難相處型人格缺陷之其中一種：沒理性（先天或後天的）、沒風範、沒興致、沒修養。

餐後，眾女士進入客廳，這貧窮就更彰顯了。原來眾男士已供應過各式各樣的話題，諸如政治、圈地、馴馬等，這時卻都已經說完。因此在咖啡端來之前，眾女士只有一種話題可講，那就是哈利和年齡相仿的米道敦家次子威廉之間的身高比較。

如果兩個小孩有在場的話，就可以馬上量身高，輕易分出高下。在場的卻只有哈利一個，兩造就只好全憑臆測出意見了。人人都有權堅持己見，高興講幾遍就講幾遍。

兩造立場如下：

兩位母親雖然都確信自己的兒子比較高，卻禮貌地決定替另一方說話。

兩位外婆的偏心並不稍減，卻有多一點誠實，支持起自己的後代來是同等地懇切。

露西是兩位母親都一樣想取悅，覺得兩個男孩在這種年紀算來都滿高的，看不出兩邊有毫釐差別。安妮的發言更冗長，盡快連珠說出有利雙方的言辭。

艾琳諾的意見是向著威廉那邊，得罪了費拉斯太太，更冒犯到芬妮，並不覺得有必要多說下去，以免雪上加霜。大家要瑪麗安給意見時，她卻宣布從沒想過這件事，所以毫無意見，把所有人都得罪光了。

艾琳諾搬離諾蘭之前，曾畫過一對很漂亮的爐罩子送給嫂嫂，現在剛裱好帶回家，在客廳中當擺飾。約翰隨眾男士進入客廳時正好看見，就殷勤遞給上校欣賞。

他說：「是我大妹畫的，有品味的您一定喜歡。不知道您有沒有看過她的作品，大家都覺得她滿會畫的。」

上校雖然自謙並不具鑑賞之才，對畫作卻盛讚有加，只要是艾琳諾作的畫他都會如此盛讚的。當然，別人的好奇心都給勾了起來，於是這對爐罩子就傳給大家審視。費拉斯太太不知道是艾琳諾畫的，特地要求一睹，在米道敦夫人發表完動聽的認可證詞後，芬妮就轉遞給母親，同時並盡責地告知，這是艾琳諾畫的。

「嗯，」費拉斯太太說：「很漂亮。」沒看半眼就還給了女兒。

芬妮一下子大概是覺得母親太過粗魯了，臉紅一紅，立刻接口說：

「很漂亮，不是嗎？」然後也許是擔心禮貌過頭，太長他人志氣，就隨即補充道：

「媽不覺畫風有點像摩頓小姐嗎？摩頓小姐的畫真是可愛。她最近那幅風景畫真美啊！」

「很美沒錯。但摩頓小姐做事本來就樣樣都好。」

瑪麗安受不了這態度。本來就已經不喜歡費拉斯太太了，現在聽她讚美別人不看時候，侮辱到艾琳諾，儘管不解用意何在，還是立刻火大，激動地說：

「這種讚賞還真奇特呢！摩頓小姐干我們什麼事呢？有誰知道又有誰在乎她是誰呢？我們哪，想談的是艾琳諾。」

說著，就從嫂嫂手中拿爐罩子過來，以恰當的態度讚賞一番。

費拉斯太太看來生氣極了，身子挺得比平時更僵硬，以一句尖酸回嘴譴責道：「摩頓小姐是摩頓侯爵的女公子。」

芬妮看起來也非常生氣。她先生則為妹妹的放肆驚恐萬分。艾琳諾的難堪為妹妹的激動比較多，為其前因反而比較少。目不轉睛看瑪麗安的上校，眼神卻表明他只注意到激動背後的溫婉處，只注意到那顆不忍見姊姊受到絲毫侮辱的友愛之心。

瑪麗安的激動卻沒有告歇。她已經從創傷中學會擔心，費拉斯太太對姊姊的冷傲似乎在預示姊姊以後還有很多的艱辛和挫折要嘗。於是片刻後，她在友愛之情的強烈衝動驅使下，跑去坐姊姊旁邊，摟著她頸項，貼頰熱切地呢喃道：

「姊別管她們，別讓她們害你不快樂。」

她說不下去了，精神整個失控，把臉埋進艾琳諾的肩膀，眼淚奪眶而出。大家都注意起她來，差不多人人都很關切。上校起身走來卻不知該如何是好。珍寧斯太太脫口一句相當了解內情的「啊！可憐寶貝」，就遞來自己的嗅鹽。爵士對這起精神折磨的肇事者感到怒不可抑，馬上挪到露西身旁去坐，呢呢喃喃將可怕事件的始末簡短敘述給露西聽。

幾分鐘後，瑪麗安就平息得差不多了，可以終結這一團亂，並在眾人中坐下來。縱使整晚，她的情緒還是都籠罩在剛才那事的陰影之中。

約翰一能引起上校的注意，就立刻對他低聲說道：「可憐的瑪麗安喲！很神經質，沒有姊姊那麼健康，也沒有姊姊的體質。必須承認，對一個曾經具備相當姿色的少女來說，喪失嬌媚是一種很嚴酷的折磨。您也許想不到，才幾個月前，瑪麗安還是非常俊俏的，就跟艾琳諾一樣俊俏。現在您看，都成過去了。」

35

艾琳諾滿足了她要見費拉斯太太的好奇心。凡是可以讓她對兩家親上加親倒胃口的，她都在那婦人身上看到了。她所看到的傲慢、刻薄、對自己的固執成見，也夠她領悟到，就算愛德華有自由跟她訂婚好了，也一定會有重重困難來糾葛這婚約，將婚期一延再延的。她為自己差不多要慶幸多虧還有更大的障礙，才免她吃到費拉斯太太從中作梗的苦頭，不必仰她善變的鼻息，為她的喜惡憂心。艾琳諾就算還不能衷心高興愛德華有露西綁住好了，起碼也已經確定如果露西溫婉一些的話，她應該真會替愛德華高興的。

她很奇怪，費拉斯太太的禮貌竟會讓露西那麼興奮。她竟然會受利欲和虛榮心如此蒙蔽，把人家因為她不是艾琳諾所以才表現出來的殷勤看成是恭維，把人家因為不知道她真實處境才產生的好感當成是鼓勵。露西卻真是這樣沒錯，不只當場就以眼神宣布，第二天更用明講的再宣布一次。原來應她個人要求，夫人於是放她在珍寧斯公館下車，讓她有機會單獨跟艾琳諾會晤，形容自己有多麼快樂。

她運氣果然不錯，人才到沒多久，珍寧斯太太就讓小女兒所捎來的短信給引出門了。

兩人一獨處，露西就喊道：「我來告訴您我有多快樂。有什麼能比費拉斯太太昨天對我的態度更讓我窩心呢？她好平易近人哪！您知道我想到要見她，心裡好擔心。可是就在結識的那一剎那，她的舉止就好平易近人，好像是真的在說，她已經喜歡我了。不是嗎？您全都看見了，不覺得很驚奇嗎？」

「她對您的確很有禮貌。」

「何止！您只看見禮貌而已嗎？我卻看到好多好多，那麼地友善，只針對我一個人哩！沒有傲慢，沒有架子，令嫂也是，都好和藹，好平易近人哦！」

艾琳諾希望能談談別的，露西卻一直強人承認她快樂是應該的。於是艾琳諾不得不談下去。

「無庸置疑，如果她們已經知道您倆有訂婚的話，」她說：「您就該對那種態度感到很開心。可是，情況卻不是這樣——」

露西答得很快：「我早猜到您會這麼說。但費拉斯太太絕對沒理由要明明不喜歡我，卻表現出喜歡的樣子，而有她喜歡就代表一切了。您別想說得我敗興。我肯定結局會皆大歡喜，將來會沒有任何我本以為會有的困難。費拉斯太太真迷人，令嫂也是，真是一對討人喜歡的人兒啊！您從沒說過令嫂很好相處，真太奇怪了！」

艾琳諾答不出話來，也不想答。

「您是病了嗎？看來無精打采的。您都不說話，想必是不舒服。」

「我健康得很。」

「我衷心高興。真的，您看起來卻不像。您要是病了，我可會難過的。您是天底下最能安慰我的人哪！天知道沒有您的友情我該怎麼辦。」

艾琳諾縱使自忖勝算不大，還是勉強答她一句禮貌的話。露西聽了卻似乎很滿意，馬上答道：

「真的，我完全相信您關心我。僅次於愛德華的愛，您的關心就是我最大的安慰了。可憐的愛德華喲！現在卻有一樁好事了。我倆可以相會，常常相會。米道敦夫人對令嫂很有好感，我們準會常常上達士伍公館去。愛德華有一半的時間都待在姊姊家。而且，夫人和費拉斯太太以後也會互相走動。承費拉斯太太和令嫂不棄，都說了不只一遍，說她倆隨時都高興見到我。她們好迷人哪！我肯定，如果您要告訴令嫂我對她的看法，是不可能會說得太過火的。」

艾琳諾卻不想說什麼，鼓勵露西去希望她真會告訴嫂嫂。露西繼續說道：

「費拉斯太太要是對我沒好感的話，我一定會馬上發現的。例如，她如果對我只行個禮應付，不說話也不再理會我，從不善意地看我一眼——我的意思想必您很清楚——我一定會絕望地放棄一切。我會受不了的。我知道她只要不喜歡什麼，一定會恨之入骨。」

她這席合乎禮貌的慶功辭，因為房門洞開，有僕歐唱出費拉斯先生的名字，就省下了艾琳諾應答的工夫。馬上，愛德華就走了進來。

很窘的一刻。三人的表情都窘，一副蠢相。愛德華似乎是想出去又想進來。三人都極力想迴避的場面，以最不愉快的形式發生了。三人同處一室不說，還連個緩衝的第四者都沒有。兩位小姐先恢復正常，露西既然還是得裝出有在保密的樣子，主動發言就不是她的事了，所以只能憑眉目傳一傳情，稍微打過招呼就沒再多說。

艾琳諾要做的事可就多了。為愛德華也為了自己，她是萬分急切地想言行合度。所以，只定神片刻就勉強自己以近乎輕鬆、近乎坦率的臉色態度，歡迎他的光臨。再一番掙扎，再一番努力，輕鬆坦率更添幾分。她不要因為有露西在場，也不要因為情知人家對自己不公平，而說不出見到來客很快樂，上次光臨時自己不在很遺憾。她更不要讓露西炯炯的眼神嚇住，不給這既是朋友也幾乎是親人的來客應有的招待。縱使，她很快就感受到露西兩眼正仔細注視著她。

艾琳諾的態度稍稍安撫了愛德華，有足夠的勇氣坐下來了。可是他的窘狀卻依然凌駕兩位小姐之上，程度依情況還算合理，依性別則似有稀罕之嫌。原來他心性並不及露西麻木，良知也不及艾琳諾心安理得。

儀態端莊、氣定神閒的露西，似乎故意絕不為他人的舒服自在貢獻任何心力，半個字也不吐。在場有說出來的字字句句，差不多都由艾琳諾提供，她不得不主動報告母親的健康狀況及姊妹進城等事之原委始末。這些，都是愛德華該問卻沒問的。

艾琳諾盡的心力尚不止此。原來沒多久，她就自覺竟有一顆英雄膽，竟然決定以去喚妹妹過來為藉口，留下兩人獨處。她真的做了，還做得非常漂亮，原來她還以最高貴的堅忍情操，在樓梯口消磨幾分鐘才去找妹妹。然而，等她找到妹妹，就是愛德華的銷魂狂喜該告終的時候了。瑪麗安立時乘著大喜勁頭奔進客廳，見到愛德華的歡樂就像她一向的感受一樣，在心中強烈，表現出來也強烈，語氣中滿含兄妹之情，伸出要人握的手迎向他。

「親愛的愛德華！」她叫道：「真是無比快樂的一刻哪！一切幾乎都可以彌補了！」

愛德華是很想得體地回報這友善，在那兩位目擊者之前卻不敢說出真正感受的一半。大家全又坐下，四人沉默了片刻。瑪麗安以盡在不言中的溫柔一下子看看愛德華，一下子看看艾琳諾，只遺憾有露西惹人厭的插一腳，牽制了三人相逢的喜悅。第一個開口說話的是愛德華，說發覺瑪麗安形容憔悴了些，擔心她在倫敦水土不服。

「哦！你不必想到我！」瑪麗安眼眶飽含淚水卻回答得又抖擻又認真：「都別想我的健康。艾琳諾好好的，你看。對我倆來說這就夠了。」

這話不是說來讓愛德華或艾琳諾更自在的，也不是要討露西的歡心。露西以不太友善的表情抬眼看了瑪麗安一眼。

「喜歡倫敦嗎？」只要能改變話題，說什麼話都願意的愛德華說道。

「一點也不。本來以為會非常快樂，卻都落空了。看見你，愛德華，是我來倫敦的唯一安慰。感謝天！你都沒變！」

她停下來一陣，沒人應聲。

瑪麗安隨又接口說：「我想啊姊姊，我們回巴頓途中一定要託愛德華照顧我們。我猜再一兩個星期我們就該走了。我相信，愛德華受託不會很不情願才對。」

可憐的愛德華嘟嘟囔囔幾個字，卻沒人知道他在說什麼，他自己也不。有看見他很慌的瑪麗安卻可以輕易羅織一個她自己喜歡的原因，所以對他的答覆是完全滿意，並很快說起別的來。

「昨天在我兄嫂家過了好糟的一天哪！無聊透了，無聊得好慘哪！我還想跟你講好多，現在卻不行。」

於是，她以這種了不起的謹慎態度，準備要等到沒外人時才告訴愛德華，他們的共同親人變得比以前更難相處，而他母親是尤其討厭。

「可是你當時為什麼不在呢？為什麼沒來呢？」

「我別的地方有約。」

「有約？有我們這些摯友要碰面，你還會有什麼約？」

急著要報仇的露西叫道：「也許瑪麗安小姐以為，不分約大約小，只要年輕人不想信守，就可以不履約了。」

艾琳諾非常生氣，瑪麗安卻好像不痛不癢，只平靜答道：

「不對不對。認真說，我相當確定，愛德華一定是為了良知，才沒去赴宴的。我真的相信，他是天底下良知最敏感的人。不管約有多小，不管會不會賠掉自己的利益或快樂，他一定都細心履約的。他是我所看過最擔心害人痛苦、害人失望、最沒法自私的人。是真的，愛德華，我要說出來。怎麼！不肯聽人讚美你嗎？那你就不是我朋友了。讓我愛、讓我欣賞的那些人是一定要屈服在我坦率的讚美之下的。」

不過，她這次讚美的性質，不巧正是聽眾中三分之二最不中聽的。愛德華聽了實在不痛快，馬上就起身告辭。

瑪麗安道：「這麼快走！我可不依。」

於是將他拉到一邊，低語說她確信露西不會待很久。這鼓勵卻也失敗了，他還是要走。即使愛德華一坐就兩個鐘頭，也會比他待更久的露西不久後也離去。

她離開後，瑪麗安道：「她實在太常來了吧！竟然看不見我們都要她走哩！真憋壞愛德華了！」

「怎麼這樣說呢？大家都是朋友，露西還是他認識最久的。他想見露西就跟想見我們一樣，很自然嘛。」

瑪麗安定定瞅著姊姊，說道：「你知道，我最受不了你說這種話。我必須以為，你只是要別人反駁你而已。倘若真是如此，你必須記住，我是天底下最後一個會這樣做的人，我不可能放下身段，給人家哄哄就說些其實不需要的主張。」

語罷就離開客廳。艾琳諾既曾允諾露西要替她保密，就不能對妹妹說出什麼她可以置信的消息，所以並不能跟在後面多說。將錯就錯的後果儘管可能會很痛苦，艾琳諾卻不得不忍下來，只希望愛德華不要常常陷她及他本人於聽瑪麗安表錯情的苦境，或重蹈這次會面之其餘苦處——而重蹈，已完全在艾琳諾的預料之中。

36

四人相逢的幾天後，報紙即刊載道，湯瑪士·帕爾默先生的夫人已安然產下一子，將是家產的繼承人。至少對所有已經知情的往來親友來說，這是一段很有趣討喜的文字。

這件事對珍寧斯太太來說更是幸福攸關，不只日程表上暫作改變，對姊妹倆的行事約會也同樣大有影響。原來珍寧斯太太希望能盡量多陪小女兒，每天一大早打扮好就往她家去，晚上很晚才回來，姊妹於是應爵士夫婦的特別要求，整天都去待在米道敦府中。為了自在，姊妹是寧願待在珍寧斯公館的，至少也待整個白天，卻拗不過大家全體的願望，於是把時間都撥給了米道敦夫人和兩位史提爾小姐。其實，這些人重視她倆過來作陪的心非，正好跟表面上的口是成正比。

她們太懂事，做不得米道敦夫人的好伴侶。史提爾家姊妹則以嫉妒的眼光看她們，認為地盤受到侵犯，分去了她們原想獨佔的友善。雖然夫人待艾琳諾和瑪麗安是再有禮不過，骨子裡卻一點也不喜歡她們，她們不捧她也不捧她小孩，所以不相信她們心地善良。她們愛讀書，所以她覺得她們冷心薄舌，也許冷心薄舌是什麼意思她並不知道。這卻不重要，反正這句批判很常用，用起來也簡單。

有她倆在場，對夫人和露西來說都礙事，妨到一人的懶，也妨到另一人的忙。夫人在她倆面前不好意思不做事。露西本來拍起來很驕傲的馬屁，現在也會擔心她倆瞧不起。三人中就數安妮受到的干擾最少。艾琳諾姊妹倆完全有討回她歡心的能力。雖然人家一來，她就必須犧牲掉晚餐後最好的爐畔座位，但只要她倆中有一人把瑪麗安和魏樂比之間的故事始末源源本本說給她聽，她也會覺得非常值得代價。這種和解之舉卻一直沒賜給她。她不只常在艾琳諾跟前窮嚼說很同情她妹妹，也曾在瑪麗安面前吐露過她對負心帥哥的感覺。可是，除了艾琳諾淡淡及瑪麗安悻悻的眼神以外，卻效果全無。其實，小一點的工夫也是能賺得她這個朋友的，只消拿博士笑笑她就好了嘛！姊妹倆卻並不比他人更想遂她的心。所以，如果爵士不在家用晚餐的話，也許就得整天，除了她自我惠賜的以外，任何針對此題目的嘲笑都聽不到了。

然而，珍寧斯太太卻完全沒想到這些嫉妒和不滿，只覺得四個女孩齊聚一堂是件好事。她每晚都賀喜達士伍家姊妹道，躲過她這無趣老太太躲過這麼久。她有時是在米道敦府，有時則在自家寓所中同姊妹倆會合。不管在哪裡，她一到總是精神奕奕、開開心心、鄭重其事地將夏綠蒂良好的復元狀況歸功於自己的照顧，滿嘴又精確、又細微的產婦狀況要報告，只有安妮一人有足夠的好奇心想聽。有件事卻害她很惱，拿來大發牢騷，帕爾默先生一直堅持著他那男性中很普遍、卻很沒父愛的看法，說天下嬰兒全都是一個樣。雖然珍寧斯太太在不同的時間可以清清楚楚看見，寶寶長得和父母兩邊所有的親人都各有最不可思議的相像之處，做爸爸的就是無法相信。就是說服不了他，這寶寶並不是跟所有的同齡小孩一模一樣，也勸不動他承認，兒子是天底下最好的小孩這個簡單命題。

現在，我要說說一樁大約在這時發生在芬妮身上的不幸了。兩個小姑第一次同珍寧斯太太來哈爾里街造訪時，不巧有位友人剛好進來。這情形表面上並不算壞事。可是，他人的想像力既然會東馳西騁，以一些芝麻現象就誤斷吾人行為，所以人的快樂在某種程度上，總是得任由機會擺布的。目前這例，最後到達的女士竟然放隨神思揚長如此之遠。把事實和可能性拋在後面，光聽到達士伍小姐的名字，知道人家是達士伍太太的小姑，就以為人家是住在達士伍公館中。一兩天後，這個誤解就生出了幾張請帖，邀姊妹倆同兄嫂聯袂共赴她家舉辦的小型音樂會。結果，達士伍太太不只得忍受極大的不便，派馬車去接小姑，尤有甚者，更得妄自委屈，表現出一副很關懷她們的樣子。誰能說小姑以後不會第二次隨她同行外出呢？沒錯，她必須總是持有掃她倆興的權力。這卻不夠。原來，人在決心要明知故犯的時候，別人若料想他會有好一點的行為，就會傷到這人的心。

如今，瑪麗安已逐漸習慣天天外出，去不去已經無動於衷了。雖然，她並不指望在每晚的約會中有絲毫歡娛可享，往往也要等到最後一刻才知道要去哪裡，卻總能機械地靜靜整裝待發。

瑪麗安對裝扮和儀容已經變得完全無動於衷，化妝時從頭到尾所花費的斟酌還比不上妝罷安妮和她共處頭五分鐘的一半。什麼都逃不過安妮明察秋毫的法眼和從頭到腳的好奇心，每樣都看，每樣都問。要把瑪麗安身上每一件服飾的價錢都弄清楚了，也把瑪麗安的禮服數目猜得比擁有者本人更明智了，她才放心。姊妹倆出門之前，安妮也不是沒抱著希望想發現，瑪麗安每周的洗衣費到底多少，每年又有多少錢治裝。尤有甚者，在仔細打量的冒犯之舉過後，還常有一句恭維話作結，本意是想取悅沒錯，在瑪麗安耳中卻是最過分的冒犯：活受一番衣價、布料、鞋色、髮式的審察之後，幾乎總確定要聽見安妮說：「發誓您看起來非常時髦，敢說絕對會搞定很多男人。」

於是，這種鼓勵把瑪麗安打發上車。哥哥的馬車才在門前停下五分鐘，姊妹倆就準備好可以上車了，這麼守時，並不很稱嫂嫂的意。她已經先到了友人公館，正巴望著姊妹能耽誤些時辰，才可以造成她自己或車夫的不便。

當晚節目並無特殊之處。就如其他的音樂會一樣，具有許多對演出有品味的來賓，沒品味的則更多。樂手自己也一如尋常，在本人及至親好友的評價中都是英格蘭第一流的業餘樂手。

艾琳諾既不懂音樂，也不想裝懂。所以並不忌諱隨時將眼光從大鋼琴抽離，也不因豎琴及大提琴在場而有所拘束，隨性盯住客廳中任何物體瞧瞧。一次眼光正游移，就在眾青年中看見格雷珠寶行中曾為姊妹講過一堂牙籤盒課的那名男子。艾琳諾很快就發覺那人也正瞧著自己，並親切地同她哥哥交談。才下決心要從哥哥問出他的名字，兩人就向她走來，由約翰介紹，說這人是勞勃．費拉斯先生。

勞勃以隨便的禮貌同她說話，點個頭算是鞠躬，跟言辭一樣清楚地點明她道，這人正如露西形容，是隻花稍公雞。倘使艾琳諾喜歡愛德華，是看在他家人更甚於他本人分上的話，這一來她可就該快樂了哪！母姊的懷性情所發動的，正好由弟弟鞠的這躬來一記終結打擊。可是，兄弟間的差異雖然令她奇怪，弟弟的空洞自大卻不妨礙她體恤哥哥的謙沖才德。勞勃和她談了一刻鐘，親自將兄弟間大相逕庭的原委解釋給她聽。他談起哥哥，為他嚴重的粗蠢無文咳聲嘆氣，真心相信哥就是因為這樣，才不能有正當的社交。還正直又厚道地，並不太歸咎於哥哥天生的缺陷，而是以私家教育的不幸為頭號罪魁。至於他本人，生來雖然不見得有具備任何特殊或實質上的優勢，卻享過學校教育的好處，因此就相當能在社交界中優游自如了。

他補充道：「我發誓，原因就是這樣而已。家母為此事惋惜時，我就常這麼告訴她。我都是這麼說的：『我說母親大人呀，還是別難過好了。反正如今也沒救了，都是您自作自受。為什麼要聽舅舅勞勃爵士說說，就違背您自己的判斷，把哥哥在人生最緊要的關頭送去受私家教育呢？如果當初不送他去普拉特家，而是跟我一樣，也送他去西敏學校就讀，就不會有這些煩惱了。』我一直作如是想，家母也徹底相信自己做錯了。」

艾琳諾不想反駁他，不管她對學校教育的整個評價為何，反正想到愛德華住過普拉特家，她就是無法滿意。

勞勃再來的評語是：「我想，您是住在道里士附近的一棟小築裡。」

艾琳諾把地點糾正過來。他似乎很驚訝，竟然有人可以住德文郡卻不是在道里士附近。不過他還是對住屋的種類盛讚有加。

他說：「我個人是非常喜歡小築的，住起來那麼舒服，又那麼閒雅。我要聲明，只要我有零錢的話，就會在倫敦附近買一小塊地自己蓋它一棟，隨時可以駕馬車去，召來些朋友一起快樂一番。我勸每個想蓋房子的人都蓋棟小築。幾天前我的朋友寇特蘭侯爵專程來聽我指教，拿了三張建築大師波諾米的設計圖給我看，要我決定哪一張最好。我馬上把三張都扔進火中，道：『你這三張都不要用，你一定要蓋小築不可。』想來我一說，事情就這樣敲定了。

「有人以為小築中不能待客，沒有場地。他們都想錯了。上個月我去達特福附近的朋友艾略特爵士家。艾略特夫人想辦場舞會。她說：『要怎麼辦呢？我說費拉斯啊，請告訴我要怎麼辦。小築中沒有一間可容下十對男女的房間，消夜要在哪裡呢？』我這明眼人卻一看就知道不會有問題，我就說：『放心放心，餐廳簡簡單單就容得下十八對，牌桌可以放在客廳，書房可以開放供人用茶及其他點心，消夜就擺在會客室中。』艾略特夫人很喜歡這主意。大家丈量過客廳，果然正好可容十八對，舞會就照我的計畫辦成了。所以您看看，只要知道怎麼安排，什麼巨宅大院的一切舒適，在小築都可以享受到。」

艾琳諾完全同意，因為她覺得這人不配受到合理反駁這種恭維。

約翰並不比大妹更喜歡音樂，所以精神也是同樣地隨意留心別的事情。晚會中他突生一念，回到家就問妻子可不可行。想到丹尼生太太誤以為妹妹正住他家，於是提醒了他既然珍寧斯太太在別處有事不能回家，是真該邀妹妹來住才對。不會花到什麼錢，也不會有什麼不便。他敏銳的良知指出，若想從當年給父親的承諾徹底脫身，這項關懷之舉就是必要的了。芬妮卻對提議感到愕然。

她說：「我看這樣一定會冒犯到夫人。你妹妹每天都陪著她，不然我就很樂意接她們過來了。你知道的，我隨時都在盡我所能照顧她們，就好像今晚，我就有帶她們出去。可是她倆是夫人的客人，怎能要她們離開夫人呢？」

她先生謙卑至極，沒察覺出她的反對很強烈，道：「妹妹已經這樣在米道敦府待一星期了，來我們這種近親家也住個同樣天數，夫人該不會在意才對。」

芬妮停了片刻才又抖擻精神道：

「如果我能夠，一定會誠心誠意邀她倆過來的。可是我才打定主意，要史提爾家兩位小姐來小住幾天。她們是很端莊賢淑的女孩，我想，愛德華又曾經承她舅舅照顧得那麼好，邀她倆過來也是應該的。我們可以等到明年再邀你妹妹，你知道，史提爾家小姐卻可能不會再來倫敦了。我想你一定會喜歡她們的。沒錯，你本來就已經非常喜歡她們了，你知道的，我母親也是。她們好討哈利歡心哪！」

約翰心服口服。他察覺到馬上邀兩位史提爾小姐來住的必要性了。在良心上，則是以明年再邀妹妹過來的決定自我安慰。暗自卻又疑心明年應該沒必要再邀她們，既然到時候艾琳諾將會以上校之妻的身分來倫敦，瑪麗安當然就會是上校公館的客人了。

慶幸逃過一劫、也為自己的隨機應變感到驕傲的芬妮，第二天就寫信給露西，請她在可以搬離夫人那邊時同姊姊過來住幾天。這邀約足以讓露西快樂得又真心又合理。達士伍太太果然是在幫助她，也懷抱著她的希望，在促成她的願景哩！與愛德華及其家人共處的這樣一個機會對她是大大地利害攸關。這種邀請更是讓她好窩心哪！多了這層優勢，她就是再怎麼心懷感謝，再怎麼迅速地利用也不為過。在米道敦府本來並不確切的客住期限，現在馬上發覺原來已經說好會在兩天後到期。

邀請箇函送來才十分鐘，就拿給艾琳諾看了。第一次，艾琳諾也有了一點露西那種認知。嫂嫂才認識露西這麼短就表現出不尋常的友善，似乎意味著並非完全是為了討厭艾琳諾才對人家有好感。藉著時間和言談，露西的一切希望也都可能達成。露西拍的馬屁已經征服了米道敦夫人的驕傲，開啟了達士伍太太慳吝的心扉。藉著這些效應，更大的效應也變成可能了。

兩位史提爾小姐搬去了哈爾里街，在達士伍公館的影響力傳進艾琳諾耳裡，更加強了她對露西那樁好事的預期心理。曾不只一次去達士伍公館拜訪的米道敦爵士，回來形容她倆所受到的那種優遇，是大家一定要驚奇的。達士伍太太生來從沒這麼喜歡過任何女孩子家。她送她倆各一只法國移民做的針線夾，對露西只喚名不稱小姐，渾不知將來沒有了她們倆到底該怎麼辦。

37

兩星期後帕爾默太太狀況已經大好，她母親覺得不必再把時間都花在她身上了，一天只去看一兩次即可，於是回到自家，恢復原來的作息，並發現兩位達士伍小姐已等著要配合再過從前那種日子。

大家在珍寧斯公館重新安頓的三四天後左右，珍寧斯太太照例探視過小女兒，回來進入艾琳諾獨坐的客廳，卻一副又性急又要緊的態度，艾琳諾就做好要聽一段奇聞的心理準備。主意方成，珍寧斯太太立即就開腔證明她想的沒錯：

「天啊！你聽說了嗎？」

「沒有，什麼事呢？」

「怪事哩！但你會全聽見的。我到帕爾默公館去，就發現夏綠蒂正為小孩著慌，以為寶寶想必是病得很厲害，又哭又鬧，全身出疹子的。我就看了一眼，說，天啊！只是在出牙而已。保母也這麼說。夏綠蒂卻不信，派人去叫藥師唐納文先生。好巧他剛從達士伍公館過來，所以就馬上到了。一看見小孩，說的也跟我們一樣，說是在出牙，夏綠蒂這才放心。這樣，藥師正要走，我就突然想到，怎麼會想到的我真不知道，反正就是突然想起來問他有沒有什麼新聞。聽我這麼一問，藥師就又苦笑又假笑又沉著臉的，好像知道什麼似的，老半天才低聲道：『怕正由您在照顧的達士伍家小姐會聽到嫂嫂病倒的壞消息，我還是在這裡說說好了，沒大礙的。希望達士伍太太很快就會復元。』」

「什麼？芬妮病了？」

「我說的正是這句話。『天哪！』我就說：『達士伍太太病了嗎？』事情始末就都講出來了。我能知道的來龍去脈似乎是這樣：我從前常常拿來開你玩笑的那位愛德華．費拉斯先生（哦，事情原來如此，我真高興沒那回事），愛德華．費拉斯先生跟我表親露西好像已經訂過不只一年的婚哪！你聽聽看！除了安妮，沒半個人知道這事吔！你難道能相信這事可能嗎？他倆相愛是沒什麼好大驚小怪的，可是竟能不讓人發覺進展成這樣，可就太奇特了！我都沒看過他倆在一起，不然一定會馬上發覺的。好吧，就說整件事瞞得這麼厲害，是怕費拉斯太太知道，你兄嫂也渾不知覺的。但是那可憐的安妮，你知道她心地不錯，只是不太機伶，今早就全招出來了。她腦袋裡想道：『天哪！他們全都這麼喜歡露西，當然是不會阻礙那檔子事才對。』所以就跑去找你嫂嫂。你嫂嫂正獨坐著織地毯，五分鐘前才對你哥說，要把愛德華和那位侯爵的女公子，誰我忘了，配成一對，都沒想到會發生什麼事。所以你可以想像，這事對她的虛榮和驕傲是什麼樣的打擊。她馬上狠狠發起狂來，大嚷大叫的，連樓下的你哥都聽見了。你哥正坐在自己的更衣室裡，想著要寫信給鄉間的管家，馬上飛奔上樓，可怕的場面就發生了。原來露西也來到跟前，做夢也沒想到怎麼回事。可憐的丫頭！我真同情露西。我必須說，他們對她真壞。你嫂嫂罵得像個女煞星，很快就把她罵暈倒了。安妮跪在地上痛哭，你哥在房中走來走去，說不知道要怎麼辦。你嫂嫂宣布，不准她倆在屋中多待一分鐘，這下子連你哥也跪下來了，求太太讓姊妹留到衣服打包為止。你嫂嫂卻又發起狂來，你哥嚇得要叫唐納文先生過來。唐納文先生到時，他家就這麼一團慌亂。馬車正在門前等著要載走我表親。藥師出來時她倆正要上車。他說，可憐的露西幾乎都無法舉步了。安妮也差不多是一樣糟。我宣布，我真受不了你嫂嫂，衷心希望那小兩口會不甩她照樣結婚。天哪！可憐的愛德華先生聽了一定要激動死嘍！意中人受到這等欺負哪！大家說他喜歡露西喜歡得要命，能多喜歡就有多喜歡。我不會奇怪他大發雷霆的！唐納文先生也是這麼想。他和我有一大堆話可談。好在他又回達士伍公館去了，費拉斯太太知道時，他才可以隨時待命。我表親一出門，就有人去叫費拉斯太太了。你嫂嫂相信，她母親一定也會發狂的。要發就去發吧，我管她。我對那兩個女人都不同情，真看不慣有人把金錢地位看得這麼重要。愛德華先生和露西壓根就沒理由結不得婚。我想費拉斯太太是絕對有能力讓兒子非常富裕的。露西自己雖然沒什麼財產，卻比誰都懂得把一切都利用到極致。我敢說就算費拉斯太太只給兒子每年五百鎊好了，露西用起來一定會跟別人用八百鎊一樣風光。天哪！小兩口在你家那種小築裡，或一棟大點的，請男女傭人各兩個，可以住得十分舒服。我一定可以幫他倆找到一個女傭，我那貝蒂就有個妹妹沒工作，正好適合他們。」

珍寧斯太太停了下來。艾琳諾既然剛才已經有足夠的時間好好定神想過，所以可以就此事說出別人聽起來很自然的回答和評語。她很高興珍寧斯太太並不懷疑她有異常的好奇心，也高興珍寧斯太太一如她近來所常常希望的，已不再想像她對愛德華有絲毫感情。她最高興的，卻是瑪麗安正不在場，讓她可以免於尷尬地侃侃而談，自信並不偏袒任何一方地說出她對每個人的評斷。

雖然，除了愛德華會娶露西以外，其他的可能她都盡量不去想，卻不知道該怎麼去預期結果。雖然費拉斯太太會說出什麼話、做出什麼事是毫無疑問，她還是非常急著想聽。更急著要知道愛德華會怎麼做。她非常同情愛德華。對露西，同情則只有少許。那少許卻讓她給得好費力。對其他人，她則一絲同情也沒有。

既然珍寧斯太太成天只能談這件事，很快艾琳諾就覺得有必要幫妹妹做好議論此事的心理準備。為她揭開蒙蔽，讓她認清真相，力促她在聽人談起時別為姊姊露出絲毫的不安，也別針對愛德華表示絲毫怨恨。如今，已事不宜遲。

艾琳諾要做的是件苦差事。她即將剝奪據她確信是妹妹最重要的安慰，講一些怕會害愛德華在妹妹心目中永遠人格掃地的事，並害妹妹為她所看來姊妹間十分神似的際遇，再嘗一遍所有舊恨。但差事儘管傷感，卻還是非做不可。所以，艾琳諾就趕忙開腔了。

她非常不想多談自己的感受，也不想自承受過很多苦，一如她得知愛德華訂過婚以後就一直奉行的自我克制，她的自制曾暗示過多少，現在就流露出多少。她敘述得又清楚又簡單。雖然講著難免情傷，卻不暴猛也不狂悲。這些，反而是由聽者流瀉出來。原來瑪麗安聽得好惶恐，痛哭不已。艾琳諾即使是自己遭逢逆境，也好像別人遭逢一樣，都得做別人的安慰者。她再三聲言自己心靈安詳，並為愛德華力辯，撇清不謹慎除外的一切罪名。

瑪麗安卻有一陣子什麼都不相信。愛德華就像魏樂比第二。姊姊既然承認確曾愛過愛德華，感受怎可能少於自己呢？她還認為露西這人實在惹人厭，絕對不可能吸引有理智的男人。她本來是不能相信，後來則是不能原諒愛德華竟曾對她動過心。她甚至不願承認兩人的感情曾是自然而然。艾琳諾只好留待將來，讓那個唯一能說服她的辦法來說服她：對人類更進一步的認識。

艾琳諾最先講的，僅止於陳述訂婚的事實以及婚約已存在的時間。瑪麗安卻情緒爆發，不讓姊姊平鋪直敘下去。有一陣子，艾琳諾能做的只是為她撫平傷感，減輕擔憂，消弭恨意。妹妹那邊引出其他情節的問題第一句是：

「你知道多久了呢？愛德華寫過信給你嗎？」

「四個月了，是露西去年十一月剛來巴頓園時，偷偷把婚約告訴我的。」

瑪麗安聽到這話，眼睛流露出口中所無法表達的驚異之情，愣愣無言片刻，喊道：

「四個月了！你知道四個月了嗎？」

艾琳諾確認無誤。

「什麼！你照顧著痛苦中的我，心裡就一直放著這件事嗎？我竟然還怪你幸福哪！」

「當時的你並不適合知道我有多麼不幸。」

「四個月了！」瑪麗安又喊道：「卻這麼平靜！這麼開心！你是怎麼撐過來的？」

「我是想，我正在盡責。我向露西承諾要保密。因此，我對她該盡的義務，是絕不可走漏風聲。對家人、對朋友，則是不要為他們製造我並無力解決的掛慮。」

瑪麗安似乎很吃驚。

艾琳諾補充道：「我常想為你和媽解開蒙蔽，也試過一兩次。可是除非背信，卻不可能說得你倆當真。」

「四個月了哪！你卻曾愛過他！」

「沒錯，但我愛的不只是他。我既然重視他人的心情好不好過，所以就很高興能不讓他人知道我有多難受。如今，我想起這事、提起這事，已經可以不太傷感了。我不願連累你們為我受苦。我向你保證，我自己也不再十分痛切了。有很多想法可以支持我。我不覺得自己有過什麼失態，招惹來這種挫折，也一直盡量忍著，不連累他人。我不認為愛德華有犯什麼大過，也希望他會幸福。我相信，既然他總是很盡責，儘管暫時可能懷有悔意，到頭來他還是一定會幸福的。露西並不是不理智，這就是幸福美滿的基礎。畢竟，我說啊妹妹，專情不渝這種想法再怎麼魅惑人心，幸福只繫一人這種論調再怎麼洋洋灑灑，這種指望畢竟還是不應該、不妥當、不可能的。愛德華會娶露西，會娶一個才貌優於半數女性的女人。而且，時間和習性將教會他忘記，心中曾有過比露西更好的女人。」

瑪麗安道：「如果你的思考模式是這樣，如果失去最珍惜的東西可以如此輕易地由其他補償，那麼你的決心和自制也許就沒什麼好大驚小怪了。我已經比較了解。」

「我明白你的意思。你不認為我曾怎麼傷心過。四個月來，這事一直盤桓我心，不能放懷一吐。我知道，不管我要在什麼時候解釋給你和媽聽，都會害你倆非常難過。可是，我卻又絲毫不能讓你倆做好心理準備。我得知這事，正是由那個訂婚在先、毀掉我一切遠景的女人親自強說給我聽的。我認為，還說得洋洋得意。因此，我必須在最痛切處努力表現出沒事的樣子，消弭這女人的疑心，而且還不只一次。我已經一次又一次忍著，聽取她的希望和歡喜。我明知自己和愛德華將永遠無緣，卻從沒風聞過什麼可以讓我少一分想嫁給他的事由。沒有他惡劣無情的證明，也沒有形跡表明他對我寡情。我必須對抗他姊姊的不友善和他母親的侮蔑，徒受愛情的刑罰之苦，卻無愛情的善果可嘗。同時這段日子以來，你也很清楚，這還不是我唯一的不幸。如果你認為我有一絲感受力的話，你絕對就會以為，我如今是受過苦的。我目前之所以學會了心平氣和來思量此事，之所以願意認命，都是持續且痛苦的努力才換來，不是自己冒出來的。我並沒一開始就心情舒坦，妹妹，我沒有。也、就、是、說，如果我沒承諾保密，那麼就算我再怎麼為自家人著想好了，也阻不了我昭示，我是非常非常痛苦的。」

瑪麗安心服口服了。

她喊道：「啊！姊，你說得我要永遠憎恨自己了。我對你好殘忍啊！唯一能安慰我，一直陪我渡過難關，好像只是在陪我痛苦的你啊！這就是我的感激嗎？我就只給得起這種回報嗎？因為你以優點響亮地指出我的不是，我才會一直不願相信。」

自白之後是最深情的擁抱。以瑪麗安目前的心態，不管要她的什麼承諾都可以不費力地得到。應姊姊要求，她就答應跟誰談起這事都絕不表示絲毫怨恨，見到露西也不要流露出一絲厭惡加深的意思，甚至，如果有機會再跟愛德華本人會面的話，也不減一分向來的親切之情。這是重大的讓步，可是在瑪麗安自覺虧欠的時候，沒有補償有過分之嫌。

瑪麗安果然履行諾言，謹言慎行到令人激賞的地步。神情不變地聽珍寧斯太太就此事說完她要說的那一串話，而且還應了三遍「說的是」毫無異議。聽珍寧斯太太誇獎露西，也只換張椅子坐而已。珍寧斯太太談到愛德華的感情時，只逼得她喉嚨抽一下。艾琳諾看妹妹向著英雄式作風如此精進，也自覺什麼都辦得到了。

翌日早晨，更進一步的考驗來了。她們的哥哥面色凝重，過來談談這可怕事件，也帶來妻子的消息。

一坐下來，他就一本正經說道：「我猜各位已經聽說了舍下昨天的驚人發現。」

三人都一副承認的表情。此時似乎太過尷尬，不宜說話。

他又說道：「你們嫂嫂吃了不少苦，我丈母娘也是。換句話說，是不幸得很複雜的一幕。我卻希望我們可以沒有誰被擊倒，風暴就過去。可憐的芬妮喲！昨天發狂了一整天。你倆卻不必太緊張。唐納文說沒什麼真正要擔心的。她體質不錯，意志力又堅強無雙，以天使般的毅力承受這一切。還說，以後再也不當誰是好人了。也難怪，受過這種欺騙哪！她對人家那麼好，那麼信任人家，人家卻這麼忘恩負義。出於一片好心，請兩位小姐來住，只因為覺得她倆該受到一些關懷，又端莊又無害的，相處起來很愉快。要不然趁這位友善的珍寧斯太太在別處照顧女兒，我倆都很想邀你姊妹倆來住的。她們卻以怨報德！可憐的芬妮就以她那溫馨的方式說，衷心希望當初請來的是我妹妹而不是她們。」

他停下來接受感謝，等謝過了，他才又說下去。

「芬妮透露消息給母親知道，我可憐的丈母娘是無法形容地難過。她以最真摯的母愛為兒子計畫好最適當的姻緣，哪裡想到兒子老早就偷偷跟人訂過婚呢？她萬萬也沒有過這種懷疑哪！如果曾經存疑也許，也許兒子已心有別歡，也壓根沒想到那種地方去。她說：『我還以為那邊，那邊是準安全的。』她相當痛苦，但我們還是一起商量要怎麼辦，最後決定把愛德華找來。人來了，後來的事我要描述就很遺憾了。費拉斯太太說好說歹勸他退婚，你可想而知，我就幫著提論點，芬妮則幫著懇求，卻都是白說。責任、親情都聽不進耳。我從不知道他這麼頑固、這麼無情。母親解釋給他聽，娶摩頓小姐的話，她打算怎麼慷慨。說，會把諾佛克的莊產給他，每年付過土地稅後，可賺進一千多鎊。場面更僵時她更提出，要加為一千兩百鎊。反之，如果還是堅持娶這門低賤的親，婚後就勢必一貧如洗，並挑明他原來那兩千鎊就會是他所有的財產，也不想再看到兒子。她萬萬不會提供分毫援助，就算兒子想找份工作改善經濟好了，她也會竭盡所能從中作梗，讓他不得發展。」

此時，氣得忘形的瑪麗安擊掌叫道：「老天在上！哪有這種事！」

哥哥答道：「連這種話也聽不進去，也難怪你要納罕他的冥頑。你咄咄稱怪是很自然的。」

瑪麗安才要回嘴，卻想起自己的承諾，忍了下來。

約翰又說下去道：「一切都白勸了。愛德華說得很少，卻都說得斬釘截鐵。絕不退婚，不計任何代價，都要堅持下去。」

珍寧斯太太再也沉默不下去，魯直地率性叫道：「那麼，他的作為就像個正人君子了。抱歉，可是我要說如果他不這麼做，我就覺得他混球一個。我就像您，和這事也有些小牽扯，因為露西．史提爾是我表親，我相信世上沒有比她更好、比她更該嫁個好丈夫的丫頭了。」

約翰大吃一驚。但他天性溫良，不易激怒，從不得罪人，尤其是有錢人，因此就不慍不火答道：「我絕對無意在言語上冒犯貴表親。我敢說露西．史提爾小姐非常賢良。可是您知道的，這門親事卻絕不可能。跟舅舅的入室弟子偷偷訂婚，對方還是費拉斯太太這等大富太太的公子，整個看來，恐怕略嫌不太尋常。換句話說，我不是想多說那位您看重的人的所作所為。我們全都希望露西非常幸福。費拉斯太太對整件事的處理，一直都和每個有良知的好母親在類似情況中的作為如出一轍，一直都處理得又高貴又大方。愛德華已經抽出他那支運籤，我怕，是支壞籤吧。」

瑪麗安為類似的擔憂嘆口氣。艾琳諾為愛德華的感受心痛不已。他要為一個不能給他什麼的女人扛起母親的恐嚇。

珍寧斯太太道：「好吧，結果呢？」

「說來遺憾，結果是不幸至極的一刀兩斷。愛德華的母親永遠不會再理他了。他昨天離開母親的房子，至於去了哪裡，如今在不在倫敦，我就不知道了。我們外人當然是不能問的。」

「可憐的年輕人哪！將來要怎麼辦哩？」

「問得好，沒錯！想來傷心，生來就有大富大貴的前程哩！想不出有更可悲的情況。兩千鎊的利息要怎能維生哩！又想起如果不是自己失算，本來是能在三個月後拿到每年兩千五百鎊的，因為摩頓小姐有三萬鎊（註）。我不能想像還有什麼比這更悽慘的境遇。大家都該同情他。就因為我們都幫不上忙，所以更應該同情。」

珍寧斯太太喊道：「可憐的年輕人唷！我一定會很歡迎他來我家吃飯睡覺的。讓我碰到他就這麼告訴他。他現在不該自己出錢租房子或住客棧。」

艾琳諾雖然禁不住為珍寧斯太太的這種好法莞爾，內心卻還是感激她對愛德華好。

約翰道：「愛德華為自己，如果也跟親友大家有心為他做的一樣多的話，現在早就享有他該有的際遇，什麼都不缺了。照這情形看來，勢必誰也幫不了忙。還有一件更不利於他，最糟的一定就在這裡：他母親出於非常自然的心情，已經決定要馬上就把諾佛克那塊本該屬於愛德華的莊產讓渡給勞勃。今早我離開時，她正與律師談這碼事。」

珍寧斯太太道：「哎唷！這就是費拉斯太太那種人的報仇。每個人都有每個人的手段，但我不覺得我會一個兒子惹火我，就賞另一個經濟獨立。」

瑪麗安站起身來，在客廳中走來走去。

約翰接口道：「眼睜睜看著弟弟擁有本來可以歸他自己的莊產，還有什麼比這個更折磨男子氣概的嗎？可憐的愛德華喲！我真心同情他。」

約翰又這樣嘆惋了幾分鐘就要告辭，並再三保證，真的相信芬妮的病情並無大礙，所以妹妹不需太擔憂，說完人才走，留下對此事感受一致的三位女士。至少，對費拉斯太太、達士伍夫婦、愛德華四人的行為，她們是一致的。

約翰一走，瑪麗安就大發雷霆。有她在怒氣沖沖，艾琳諾要壓抑就不可能，珍寧斯太太則沒必要了。於是三人就異口同聲，批評起那幫子來。

譯註：除了《傲慢與偏見》為四分利外，奧斯汀小說中的財產都是以總值乘以百分之五，即等於年收入。當年的英國政府基金，付的正是五分利。例如本章的「金玉良緣」，陪嫁的三萬英鎊每年可得一千五百鎊利息，費拉斯太太賞的不動產每年又可收一千鎊的租金，加起來就等於每年兩千五百鎊了。

38

珍寧斯太太讚美起愛德華的行為是很熱情，卻只有艾琳諾和瑪麗安才清楚其背後真正的價值。只有她倆才知道，他違背母意的誘因多渺小，失去家庭和財產以後，除了自知做的沒錯以外，能得到的慰藉又多稀微。艾琳諾欽佩他的仁義，瑪麗安則同情他的受懲，忘了他的一切過錯。只是，雖然東窗事發以後，姊妹就重新相知互信，兩人獨處時卻都不喜多談這話題。艾琳諾是故意，因為怕妹妹會又熱情又確定地，把她很不願妹妹再相信的事說出來，說愛德華一定還在愛她，反害她越想越不能自拔。勇氣很快已經喪盡的瑪麗安，則是一想要談，就一定要比較姊妹間的行為，於是悔恨更深。

這一比令她感慨良多，卻不是姊姊要的那種可以矢志振作的感慨。瑪麗安感到持續自責的痛苦，尤其悔恨自己之前竟然從不振作，卻徒具悔恨之痛，而不抱著改進的希望。她感慨得實在是精神脆弱，自認目前還是欲振乏力，因此就更加沮喪了。

接下來的一兩天，達士伍公館或史提爾姊妹那邊都沒傳來什麼消息。可是，雖然已經知道這麼多了，就算沒新聞，光舊聞也夠珍寧斯太太四處傳揚了，她卻第一天就下決心，要盡早去探視表親，致上安慰及問候之意。只因日來訪客多於尋常，才無法成行。

三人得知細節後的第三天，正是個風和日麗的星期日，雖然只是三月的第二星期，卻引出許多男女上肯辛頓花園去。其中就有珍寧斯太太和艾琳諾。得知魏樂比夫婦已回倫敦來的瑪麗安卻因為怕見到他倆，選擇待在家中，不敢貿然到那麼公開的場所去。

兩人進入花園之後不久，珍寧斯太太就有位好友過來加入。那女士一直不走艾琳諾倒不遺憾，既然有人陪著珍寧斯太太說話，她就能靜靜想自己的事了。沒看見魏樂比，沒看見愛德華，半晌都沒看到半個讓她覺得，不管有幸或不幸，還有點意思的人。後來卻吃了小小一驚，竟撞見安妮過來打招呼。安妮看來雖然很害羞，卻說見到她倆相當開心，見珍寧斯太太特別友善，就鼓起勇氣離開同伴，暫時過來她們這邊。珍寧斯太太馬上對艾琳諾低語道：

「向她問出個完全吧。你一問，她一定什麼都說。你看，我是離不開克拉克太太的。」

珍寧斯太太還有艾琳諾本人的好奇心都還滿走運的。什麼都不必問，安妮就自顧全盤托出了。不然就什麼也甭想得知。

安妮親熱地挽住艾琳諾的手道：「真高興碰見您，我想見您想得要命。」放低聲音：「我猜珍寧斯太太已經全聽說了。她生氣嗎？」

「我相信，對象絕不是您。」

「真好。米道敦夫人她呢，她生氣嗎？」

「我不認為可能。」

「那我高興死了。天可憐見！這段日子真夠我受的！我這輩子從沒看過露西這麼生氣。本來她是發誓，有生之年絕不再幫我多修改一頂新帽子，也不會再幫我做別的事。她現在卻已經很清醒了，我們又言歸於好。看，她昨晚為我帽子做了這只蝴蝶結，還縫上羽毛。糟糕，連您也要笑我了。但我為什麼不該繫粉紅色緞帶呢？我才不管它當真是博士最喜歡的顏色呢。我保證，倘不是他碰巧這麼說，我絕不會知道他真就最喜歡這顏色。我那幫表姊妹真煩！有些時候，我在她們面前真不知要把眼睛擺哪裡。」

她已經離題講到艾琳諾無言可答的話去了，因此自覺還是掉頭講回第一個話題為妙。

她得意洋洋說道：「好吧，大家可以隨意去說費拉斯先生宣稱不願娶露西，但我可以告訴您，沒這回事。這種惡毒的謠言竟傳揚開來真不像話。您知道的，露西自己怎麼想是她的事，別人是沒資格信以為真的。」

艾琳諾道：「我一直沒聽人暗示過這種話，真的。」

「啊！沒有嗎？我卻很清楚真有人這麼說，還不只一個人。葛璧小姐告訴史帕克斯小姐說，沒有神志清醒的男人會為一無所有的露西．史提爾放棄摩頓小姐這種財產三萬鎊的女人，我是親耳從史帕克斯小姐聽來的。除此之外，我表哥理查也說，他擔心費拉斯先生到時候會退婚。愛德華三天沒有找我們，我自己也不知道該怎麼想。我暗自相信，露西已經全死心了。我倆星期三離開令兄家，星期四、五、六都沒看到他的人，不知道他是怎麼了。露西曾想寫信，後來卻寫不下去。不過，今早我們剛從教堂回來，他人就來了。然後，從他星期三是怎麼被叫去達士伍公館，他媽及其他人又是怎麼地勸他，他又是怎麼對眾人宣稱只愛露西一人，非她不娶。他離開母親寓所後又是怎麼煩惱這些事。人翻身上馬，騎去不知鄉下哪裡。又是怎麼在客棧中待了整個星期四和五，專為撫平情緒。他說，想過了一遍又一遍，自覺如今身無財產也身無長物，還是訂著婚似乎很不厚道。他只有兩千鎊，也不能指望其他財源，露西一定會吃虧的。就算他如願取得神職資格好了，頂多也只能當個副牧師，兩人要怎麼過活呢？他不忍想露西的前途就僅僅如此，所以乞求露西只要有一絲意願，就立刻取消婚約，讓他自己一個想辦法。我聽他說得再清楚不過了，他說要取消婚約，全是為了露西好，為露西著想，而不是為他自己。我發誓，他都沒吐出厭倦露西、想娶摩頓小姐或類似的半個字。露西卻萬萬不依，馬上跟愛德華說一大堆，您知道嘛，情啊愛啊那套話，唉唷喂！您知道嘛，這種話是不能學的。她馬上告訴愛德華，絕不取消婚約，可以用很少的錢和他一起過日子。不管愛德華有多少錢，她都會知足，您知道嘛，如此如此，愛德華高興得要命，說了半晌以後的打算。兩人都同意，愛德華應該馬上取得神職資格，等他當上牧師，兩人再結婚。到這裡我就不能再聽了，表妹在樓下叫我，說理查森太太乘車來了，要帶我們姊妹中一位去肯辛頓花園。我只好進門打斷他倆，問露西想不想去。她卻不想離開愛德華。我就跑上樓，穿好絲襪，同理查森一家出來了。」

艾琳諾道：「我不懂您打斷他倆是什麼意思。您三位都在同一個房間，不是嗎？」

「當然不是，我們沒有。唉唷喂！小姐您以為有誰會當著別人的面談情說愛嗎？啊！太不像話了！您一定也清楚不會有這種事。」哈哈矯笑兩聲：「不對不對，他倆關在客廳裡，我是在門外聽來的。」

艾琳諾叫道：「什麼！您學給我聽的都是門外聽來的嗎？真遺憾我剛才不知道。我絕不會委屈您把自己不該知道的會話細節學給我聽。您怎可以這麼對不起令妹呢？」

「唉唷喂！沒什麼啦。我只不過是站在門外，聽得見什麼就聽什麼而已。我想露西對我一定也會做出同樣的事。兩年前，瑪莎．夏普和我有好多好多祕密，露西躲在壁櫥裡或煙囪壁板後偷聽，也沒三心二意過。」

艾琳諾想轉移話題，安妮卻沒法不講她心頭最緊要的事超過兩分鐘。

她說：「愛德華說要很快去牛津，現在他則是住在蓓爾梅爾街 X 號。他母親真壞不是嗎？令兄嫂也沒友善到哪裡！不過在您面前，我就不說他倆壞話了。他倆倒是有派自家馬車送我們回家，這點絕對有超出我的指望。我自己還滿擔心令嫂會討回一兩天前給我的針線夾，卻全沒提起，反正我就是小心藏著我那只不讓看見就是。愛德華說他在牛津有些事，所以必須去一段時間。再以後，只要他能撞見哪位主教，就能取得神職資格了。不知道他會去哪個教區呀！天可憐見！」格格笑道：「以生命押注，我知道我那幫表姊妹聽見會說什麼，一定會叫我寫信給博士，託他幫愛德華弄個副牧師的俸位。我知道她們會這麼說。可是我鐵定再怎樣也不會寫的。我會馬上說，唉唷喂！真奇怪你們會說這種話。『我』寫信給博士，什麼話嘛！」

艾琳諾道：「好吧，做好最壞的打算總是安心些。您心裡已經有譜了。」

安妮正想答，同伴卻來了，不得不轉移話題。

「唉唷喂！理查森夫婦來了。我還有好多話要跟您講，但我不能離開他們太久。我向您保證，他們是很斯文的人家，先生賺大把大把錢，家裡有自用馬車。我自己沒時間跟珍寧斯太太說話，可是請告訴她我很高興聽說她並不生我們的氣，也請告訴米道敦夫人。如果您和令妹有什麼事要離開，珍寧斯太太缺人陪的話，我們姊妹倆一定會很高興來陪她住的，她高興多久，我們就住多久。我猜這種時候了，夫人該不會再請我們去住才對。再見，真遺憾瑪麗安小姐沒來。麻煩代向她問好。唉唷喂！您不是穿這件花底薄棉裝的話就好了唷！奇怪您竟然不擔心它會破。」

這就是她臨別的關切之事。此後，在理查森太太要她歸隊之前，她就只有時間向珍寧斯太太致上告別敬辭而已。雖然艾琳諾得知的消息就跟她原先預見及預想的差不多，卻也夠她思量多時了。一如她當初的結論，愛德華和露西的婚姻還是必然如舊，婚期也還是飄渺如舊。一如她的預期，萬事依然要視愛德華是否取得神職優先權而定。在目前看來，機會是渺茫得很。

一回到車上，珍寧斯太太就急著打聽，可是，艾琳諾卻盡量不想把來路不當的消息張揚出去，因此就節制地只學寥寥幾句簡單的細節，只說那些她確定露西為了自己名聲，會願意公開的部分，只說出他倆還是訂著婚，以及準備結婚的途徑等。於是，珍寧斯太太自然就品評道：

「等他當上牧師哪！對對，到頭來會怎樣大家都曉得。會等一整年都白等，然後認命去當個副牧師，年俸五十鎊加上他兩千鎊的利息和史提爾先生和普拉特先生能給露西的一點小錢。然後，年年都生個小孩！天可憐見！他倆會多窮啊！我一定要看看我能不能給他倆一點家私。我前幾天還說要男女傭人各兩名哩！不成不成，必須找個十八般活兒都一肩挑的壯丫頭。如今一來，貝蒂的妹妹是絕對不夠用了。」

翌日早晨，艾琳諾接到露西本人用兩便士寄來的一封信。信文如下：

達士伍小姐如晤：

冒媢寫信給親愛的您，敬請多多包含。承蒙小姐抬愛，吾與親愛的愛德華已經劫餘無怏，特此秉告，以慰小姐雅懷。在此且不多墜言，謝天謝地哉！大難之後，吾倆已回復你濃我濃，幸福快樂矣。雖曾遭逢大考驗、大迫害，幸蒙小姐等眾好友隆情剩誼，感動備至。愛德華告訴吾，他亦然。為博小姐及親愛的珍寧斯太太開懷，請容吾在此秉告，昨日吾倆曾歡聚兩小時。吾仗義促他三思，只要他首肯分手，吾就馬上首肯，分個乾淨。他卻門都沒有，只要有吾的情意，母親發火儘管發也。吾倆前途誠然無光，如今唯樂觀以待也。他不日將取得神職資格，小姐若能向有俸位可贈者舉薦，必不忘記吾倆才是。親愛的珍寧斯太太想必也會對米道敦爵士、帕爾默先生等一干有力人等美言才對。家姊誠然該罵，卻是一片好意，所以吾不多說哉。萬望珍寧斯太太可不吝賜駕光臨。倘今白天能來，將是大功德一樁。能結識貴人，敝表親將感棚蔽生輝。信紙將寫滿矣，煩代向她叩表吾最感激最恭謹之請安。若遇見爵士、夫人及親愛的小孩等，也煩代請安，並代問瑪麗安小姐好。

知名不具三月於巴特雷公寓

艾琳諾一讀完，就把她所推斷的筆者真正意圖付諸實現，把信交給珍寧斯太太。她出聲念信，間雜著許多欣喜讚美之詞。

「好吔好吔！信寫得真美妙啊！對對，他願意的話就讓他退婚，這樣做真對。正是露西的作風。可憐人！但願我真有辦法幫他謀到牧師的俸位。露西叫我親愛的珍寧斯太太，你看。真是個心腸最好的丫頭。好極了，我說真的。句子造很好。對對，我肯定會去看她。每個人她都想到了，真細心哪！謝謝你讓我看信，是我看過寫得最好的一封信，讓人對露西的賢惠刮目相看。」

39

達士伍家姊妹在倫敦已經住兩個多月了。瑪麗安想離去的不耐之情是與日俱增。她渴望鄉間的空氣、自由、安靜，以為如果哪裡可以讓她好過的話，必非巴頓莫屬。艾琳諾差不多跟她一樣想走，只是卻沒那麼想立刻上路，因為她意識到，這樣長途跋涉必有不少艱難，卻說不動瑪麗安心服。艾琳諾已經向珍寧斯太太提過幾次心意，這位友善的女主人卻一番好意，千言萬語就是不依。後來，卻出了個方案，艾琳諾才動心，認真做起上路的打算。這個方案雖然還是得再等好幾星期才能回家，在艾琳諾看來卻總強過其他辦法。三月底左右，帕爾默夫婦將搬回克里夫蘭過復活節。夏綠蒂很熱情地邀請母親及艾琳諾姊妹倆同行。受邀本身並不足以消除艾琳諾的顧慮。帕爾默先生本人卻也真心殷殷相邀，加上他自從得知瑪麗安不幸後，態度就大有改善，艾琳諾才欣然應允。

告知了瑪麗安，她起先的回答卻不像能去得成。

她激動地喊道：「克里夫蘭哪！不行，我不能去克里夫蘭。」

艾琳諾柔聲道：「你忘了，克里夫蘭並不在，呃，鄰近並不是……」

「它卻是在薩姆塞郡。我不能去薩姆塞郡。我曾期待要去，呃，不行不行，別指望我會去。」

艾琳諾不想把撇開這種感受講得有多應該，只是努力勸她以別種感受相抵。因此她就把克里夫蘭之行說成訂下時間回到朝思暮想的慈母身邊的一種手段，比任何辦法都合適舒服，也許不必再多耽擱。離布里斯托只有幾哩之遙的克里夫蘭雖然是漫漫一整天的跋涉，離巴頓行程卻不會超過一天。母親也可輕易遣僕人來，沿途照顧回去。她倆沒理由要在克里夫蘭待超過一星期，搞不好從今天算起不出三星期，就能回到家。既然瑪麗安思慕母親是一片真誠，這番話就不太費勁克服了她無中生有的恐懼。

珍寧斯太太卻對兩位客人一點也不生厭，極盡熱誠地邀請她倆離開克里夫蘭再跟她一起回倫敦。艾琳諾很感激她這番心意，卻不想變卦。又徵得母親欣然同意，於是盡量將回家的相關事宜安排妥當。瑪麗安畫過回巴頓去的時間表，心中也寬慰一些。

姊妹倆決定要走之後上校第一次來，珍寧斯太太就道：「啊！不知道您我少掉她倆，該怎麼辦才好。人家可是下定決心了，要從帕爾默家直接回去。我回來後，我倆該多寂寞唷！天哪！我倆會像兩隻貓一樣，枯坐著互相乾瞪眼。」

或者，珍寧斯太太是希望把他倆來日的淒涼大力形容一番，才可激他提出那個可以擺脫淒涼的求婚之請。她若真作如是想，那麼很快，就有很好的理由可想說目的已經達成。原來，艾琳諾正要為珍寧斯太太臨摹一幅版畫，走去窗前丈量長寬，上校卻也跟過去，一副有特別話要講的表情，跟她對談了好幾分鐘。小姐那邊的反應也沒逃過珍寧斯太太的觀察。她雖然相當知恥，不會偷聽，還專為了不想聽而換椅子坐到瑪麗安正在彈的鋼琴附近，卻還是難免要看見艾琳諾臉色一變，惶惶不安，聽得入神而手停下來。上校的一些話在瑪麗安換曲目的中段無可避免地傳進珍寧斯太太耳中，好像是在為房屋的簡陋道歉。聽起來是無庸置疑了。她倒很奇怪，上校竟覺得有必要道歉。權且就當它是正當禮儀吧。艾琳諾答什麼她聽不見，可是讀唇看來，是說她覺得簡陋並不會真正礙事。珍寧斯太太打心底讚賞她的誠實。兩人又談了好幾分鐘，珍寧斯太太都聽不見，才又拜瑪麗安再度暫停之賜，聽見上校以平靜的語氣說道：

「恐怕是無法馬上實現。」

珍寧斯太太聽到這種不像愛人的言談，又驚訝又詫異，差點要喊道：「天哪！會給什麼礙住呢？」可是卻忍下來，只節制地暗暗稱奇：

「怪了！上校總不必再等更老吧。」

不過，上校這邊的拖延卻一點也不像冒犯或侮辱到他那女伴。原來兩人一停止商議，才要分兩路走開，珍寧斯太太就清清楚楚，聽到艾琳諾以心口如一的語氣說道：

「我會一直很感激您的。」

珍寧斯太太很高興艾琳諾說感激，只是奇怪上校聽到人家這麼說以後，竟可以冷靜至極，馬上告別大家，都不回答艾琳諾哩！她從沒想過，這位老友竟是個如此麻木的求愛者。

兩人的實際對話如下：

上校非常同情地說：「聽說您的朋友費拉斯先生受到家人不仁義的苛待。如果我知道的沒錯，他因為堅持和某位很賢淑的小姐維繫婚約，已經被趕出家門了。我消息沒錯吧？是這樣嗎？」

艾琳諾告訴他沒錯。

「心狠手辣，不講理地心狠手辣去拆開，」上校義憤填膺地說道：「去動手拆開一對相戀已久的青年男女，是可鄙的。費拉斯太太並不知道她在做什麼，並不知道她可以把兒子逼到什麼田地。我曾在哈爾里街見過費拉斯先生兩三次，還滿欣賞他的。他不是那種短時間可以深交的年輕人，可是我對他的認識，已經夠我願他如意了。他既然是您朋友，我就更希望他順心如意。我了解他想任神職。您可否轉告他，我今天才從來信得知，德拉福的牧師俸位剛剛出缺，如果他覺得還可以，那俸位就歸他了。他如今狀況那麼困難，擔心他無法接受也許是荒謬了點。我只是希望，俸位能更值錢些。是個教區牧師職，但俸祿滿薄的，相信已故的前任年俸並沒超過兩百鎊，是有改善的可能，怕卻無法達到優厚的水平。不過，我能呈送這樣的俸位給他，還是倍感欣喜。這點煩您向他確定一下。」

就算上校真的是向她求婚好了，艾琳諾的驚訝之情也不見得能勝過這項委託。才兩天前她還以為愛德華沒希望得到的神職優先權，現在竟然有人提供，讓他可以成家了。而且，天下芸芸眾生，被挑出來傳遞佳音的，偏偏是她！她激動得讓珍寧斯太太想到別種理由上去。不管激動中攙雜了什麼較不純正、較不愉快的小情緒，她還是強烈地感受到尊敬和感激，並且熱情地表達出來。她尊敬上校對每個人的好心腸，感激他對自己的友情，是好心腸加上友情，一併促使他送出這俸位。她衷心謝謝上校，並對愛德華的情操性格讚賞有加。她知道這種讚賞愛德華是當之無愧，並答應說，如果上校真願將如此優渥的俸位送出，她樂意執行這項囑託。同時她又難免以為，還是上校自己去說最好。換句話說，她並不願連累愛德華以為欠她一份情，這種工作她還是喜歡能免則免。上校卻以一樣體貼的考慮加以婉拒，還是希望由她轉告，希望她別再提理由反對下去。艾琳諾相信愛德華依然人在倫敦，幸好曾從安妮處得知住址，因此可以當天就寫信相告。敲定後上校就講起，得到又體面又好相處的鄰居，於自己也是件益事，再來才遺憾地提提，牧師公館略嫌侷促破舊。艾琳諾一如珍寧斯太太猜測的，至少在侷促那方面並不當是什麼缺失。

她說：「侷促點，正合乎他家人口及收入。我不能想像有什麼不便。」

上校卻吃了一驚，發現她竟然以為愛德華得了俸位就一定會結婚。他不認為有誰過慣愛德華那種日子，會憑著德拉福牧師的收入去大膽成家。上校就這樣說了。

「這份薄俸僅夠他過安康的單身生活而已，還不夠娶妻。很抱歉我必須說，我的牧師授與權只有這樣，不能再使更多的力。不過，如果還有什麼意想不到的機會可再效勞的話，我若不如現在誠心願望地這般爽快出力，那一定是我對他觀感大改了。的確，我現在所做的看來不算什麼，對他想必最主要的那個唯一幸福目標是效益很小。婚事想必還是遙遙無期。起碼，恐怕是無法馬上實現。」

最後一句，就是在會錯意的當下，讓珍寧斯太太的善感心靈難免動氣的話。但形容過他倆站在窗前的談話實情，總的看來，艾琳諾所流露出來的感激之情，也許就跟受人求婚一樣合理，言語也一樣恰當。

40

上校一出門，珍寧斯太太就故作聰明地笑道：「我不問上校對你說些什麼。我發誓，雖然我盡量不想聽見，還是難免聽到他來意的一些端倪。我向你保證，我生來就沒這麼開心過，全心祝你快樂。」

艾琳諾道：「謝謝您。對我來說的確是十分快樂。上校的好意我很感動。能像他這麼做的人並不多。像他這樣有惻隱之心的人好少唷！我生來從沒這麼驚訝過。」

「天哪！你太謙虛了吧！我一點都不驚訝。最近我就常在想，這件事是再可能不過了。」

「您知道上校這人一向與人為善，才這麼以為。不過，起碼您並沒想到機會這麼快就有了吧。」

珍寧斯太太道：「機會哪！啊！這種事男人家一旦下了決心，總會有法子很快尋到機會的。好吧，我要再三祝福你。天底下若真出了一對幸福佳偶，我很快就知道要去哪裡找了。」

艾琳諾擠出一絲笑意道：「我猜，您是指去德拉福找他倆。」

「是啊，我指的沒錯。至於房子不好，我就搞不懂上校是什麼意思了。那是我看過最好的房子。」

「他說是年久失修。」

「唉，怪誰呢？他怎麼不修一修？該修理房子的，除了他還會有誰？」

僕人進來，宣布馬車已到門前，打斷她倆的談話。馬上要走的珍寧斯太太說：

「好吧，想說的話都還沒說一半就該走了。不過晚上只有我們倆，我可以說個暢快。我敢說，你一定滿腦子都在想著這件事，無心陪別人，所以我不要你跟我去。何況，你一定正急著要一五一十說給妹妹聽。」

兩人還沒對談瑪麗安就已經走了。

「當然，我會告訴瑪麗安的。可是，暫時我不會對任何人提起。」

珍寧斯太太相當失望，說道：「啊！也好吧。那麼，你也不要我告訴露西嘍，今天我也想往霍爾本區走一趟。」

「不要吧，也請不要告訴露西。晚一天不會怎樣的。我寫信告知費拉斯先生前，還是別對人提起才好。我馬上就要動筆了。很要緊的，他應該分秒必爭。當然，他要取得神職資格，還有很多事要做。」

珍寧斯太太本來是聽得一頭霧水，一時無法理解為什麼要急著寫信通知愛德華。想一想卻欣然開了竅，就喊道：

「啊哈！我懂了。是要給費拉斯先生做那件事。好吧，對他是好事一樁。對對，沒錯，他必須取得神職資格。你倆進展這麼神速，我真高興。不過，這不太妥當吧？不該由上校自己寫信嗎？當然他才是該寫的人。」

這番話的起頭艾琳諾聽得並不很懂，也不覺得值得深究，所以只揀後半段回答。

「上校這人十分體貼，寧願由別人轉達心意。」

「所以就不得不由你來寫信了。好吧，這種體貼倒是滿奇特哪！但我不打擾你了，（見她正準備寫信）

你才最清楚自己的事。再見吧，我打夏綠蒂生寶寶後，就沒聽過比這個高興的事了。」

珍寧斯太太說完就出門去，片刻卻又回頭來說：

「剛剛想到貝蒂的妹妹。我很樂意幫她找個這麼好的女主人。但她適不適合做貼身丫鬟我就真不清楚了。她當傭人倒滿優秀的，針線活兒極佳。不過，你可以等有空時再好好想一想。」

艾琳諾答道：「當然。」珍寧斯太太的話她並沒聽很清楚，只急著想獨處，無心搞懂她的意思。她如今關心的，只是信該怎麼開頭，該怎麼遣詞造句。對別人來說本該是天底下最容易的事，卻因為他倆關係特殊，橫生不少困難。說太多太少，她都同樣擔心。正握筆坐著對紙絞腦汁，就進來了愛德華本人，打斷她的思緒。

他來送辭行卡，在門外見到正要上車的珍寧斯太太。珍寧斯太太為自己不能回步致歉，卻慫恿他進門，說艾琳諾正在樓上，有樁特別的事想跟他談談。

茫茫然的艾琳諾猶在慶幸，寫一封詞意恰當的信不管有多難，總比當面親口講還要好，卻來了這麼位客人，強迫她必須去做最為難的事。愛德華遽然現身，艾琳諾很驚訝也很困惑。自從他的婚約傳開後，也就是自從愛德華知道她已知情後，她就再沒見過愛德華。她想到這些天來的心事，又想到必須要說的話，窘了好幾分鐘。愛德華也是一副苦惱相，兩人坐下，尷尬得不知要何時方休。愛德華想不起來，自己進門時是否有為貿然闖入道過擾，卻為了安全起見，坐下後一能說話，就決定合乎禮法地道歉。

他說：「珍寧斯太太告訴我，您希望找我說話。至少，我以為她是這麼說的。不然，我絕不會這樣闖進來。不過在同時，我若沒見您及令妹一面就離開倫敦，也會很遺憾。何況，我可能會離開一陣子，不太可能會很快就有榮幸見到兩位。我明天就去牛津。」

鎮靜下來的艾琳諾決定要長痛不如短痛，說道：「就算不能當面，我同家妹在您走前也是會去信祝福的。珍寧斯太太說得沒錯，我是有件重要事正要寫信告訴您。有人託我執行一件最愉快的任務（呼吸比平時加快不少）。布蘭登上校十分鐘前還在這裡，拜託我說，他了解您有志以神職為業，他非常榮幸，想把新近出缺的德拉福俸位呈交給您，只但願俸位能更優厚些。請容我向你致賀，有一位這麼體面賢達的朋友，並容我也跟他一樣，但願這年頭入兩百鎊的俸位可以更優渥些，讓您可以，呃，不只是自己暫時棲身，呃，換句話說，還可以贏得您要的一切幸福。」

愛德華說不出自己的感受，也不指望誰可以幫他說。這項突如其來、大出意料的消息難免會挑起的震驚之情全都寫在他臉上。說出口的，卻只有這幾個字：

「布蘭登上校！」

最壞的已經過去，艾琳諾更加堅定了，又說下去道：「沒錯，上校是想表示一下他對近來這些事的關心，呃，您因為家人的不仁之舉而陷入苦境，我肯定，他的關心就跟家妹、我，以及您所有的朋友一樣。同理，上校也是想證明他非常尊重您的整個人格，也讚許您就這件事的所作所為。」

「上校竟然送俸位給我！可能嗎？」

「您因為自家人薄情寡義，連帶對別人的友情都要大驚小怪了。」

愛德華突然回過神來，答道：「不對，您的友情就從來不會讓我驚訝。我不可能不知道，這一切都是拜您之賜，都是您的好意。我感覺到這一點，如果可以，我也會這麼表達。只是，您也很清楚，我不是演說家的料。」

「您搞錯了。我向您保證，這全是，幾幾乎乎全是拜您本身的品德及上校的慧眼之賜，跟我無關。我不明白他的打算之前，甚至不知道那俸位有出缺。我也從沒想過，他會有個俸位可以送人。他既然是我及我全家的朋友，把俸位送給您也許，呃，是肯定會送得更加愉快。不過，相信我，您並不欠我什麼人情。」

明明是事實，她不得不承認自己在餽贈中是有扮演一角。同時，卻又萬分不願顯露出有恩於愛德華，所以才承認得有點猶豫。她的猶豫，也許正好加深愛德華那份新近浮現心頭的懷疑。她說完以後，愛德華坐著沉思片刻，最後，才很勉強似地說：

「上校似乎人品聲譽都相當好。我總是聽人家這麼說他，也知道令兄很欣賞他。他無疑是個重情重理的男士，言行態度都十分紳士。」

艾琳諾答道：「的確。相信您再多認識他，就會發現這人就跟您聽到的形容一樣。我明白，牧師公館差不多就緊鄰著園府。您倆將來既然會住那麼近，他的人品聲譽就相當重要了。」

愛德華沒答話，卻在艾琳諾轉身之際，以又認真、又專注、又憂怨的眼神望著她，彷彿在說，寧願牧師公館能離園府遠一些。

不久，愛德華就從椅子上站起來，說道：「我想，上校是住在聖雅各街吧？」

艾琳諾告訴他門牌號碼。

「那麼，我必須趕快告辭，把您偏偏不願接受的感謝給他，我要對他說，他讓我變成非常非常，呃，幸福得不得了的男人。」

艾琳諾沒留他。兩人道別時，艾琳諾這邊很熱誠地保證道，將來他的狀況不管如何變化，自己都永遠會祝他幸福。愛德華那邊則是徒具回報同一份祝福之心，卻沒表達能力。

他出去門一帶上，艾琳諾就自語道：「下次見面，他就是露西的丈夫了。」

於是，艾琳諾就懷著這樁喜事的期待之情，坐下來重溫往事，回憶兩人間的言語，並努力去了解愛德華的感受。當然，也落落寡歡地思索自身感受。

珍寧斯太太回到家，雖然在外頭才見過好些她從未見過，所以想必有一籮筐話可以形容的人，滿腦子卻裝不下別的，只有那件她知道的重要祕密，所以等艾琳諾一出現，她就重回老話題了。

她嚷道：「怎麼，我把那小夥子送上來給你，沒做對嗎？我猜該不費你什麼力，沒覺得他不情願接受提議吧？」

「沒有，不太可能會有這種事。」

「好吧，那他什麼時候會好呢？好像整件事都看他了。」

艾琳諾道：「真的，我對那種儀式所知甚少，幾乎沒法猜會費時多久，準備工夫又有哪些。但我猜，兩三個月該跑不掉，才能取得神職資格。」

珍寧斯太太喊道：「兩三個月！天哪！你說得還真平靜。上校竟能等上兩三個月！天可憐見！我可準會跳腳的。幫可憐的費拉斯先生一個忙是件好事沒錯，但也犯不著為他等兩三個月吧。找個已經是牧師的人也可以吧。」

艾琳諾道：「您想到哪裡去了？嘿，上校的唯一目的只是想幫費拉斯先生一個忙而已。」

「老天呀！你不會要我相信，上校娶你光就為了付十枚金幣給費拉斯先生吧！」

雞同鴨講到此就無以為繼了。很快解釋明白，雙方開心一陣，實際都沒掃到興，原來珍寧斯太太只是以一種快樂交換另一種，卻依然可以繼續期待原來的那一種。

珍寧斯太太滔滔發洩完最初的詫異和欣喜，就說道：「對對，牧師公館滿小的，很可能真是年久失修沒錯。當時聽一個男人家為一棟據我以為樓下就有五間起居室，女管家還告訴我可以擺上十五張床的房子道歉，而且還是對著住慣巴頓小築的你，聽來真可笑哪！不過，我們必須慫恿上校在露西過門前就為牧師公館做點工，讓小兩口在裡面住得舒舒服服。」

「上校卻不覺得俸位足夠他倆結婚。」

「上校是傻瓜，就因為他自己一年有兩千鎊，他以為別人就不能以更少的收入結婚。相信我的話，只要我還活著，我就會在九月底米迦勒節前去造訪德拉福牧師公館。露西如果還未過門，我準是不會去的。」

艾琳諾也有同感，認為他倆可能不會再多等了。

41

愛德華去感謝過上校，又將喜氣帶至露西處。人到巴特雷公寓時的喜氣想必已十分洋洋，所以第二天珍寧斯太太找露西道喜時，露西已經可以向她保證，這輩子從沒看愛德華這般高興過。

起碼，露西本人的欣喜和興奮是殆無疑義。她萬分熱情地附和著珍寧斯太太，也期待米迦勒節前大家將舒舒服服地在德拉福牧師公館團聚。同時，她一點都不保留愛德華對艾琳諾的感謝之情，談起艾琳諾對他倆的友誼是無比感激地熱情，滿口說要把所有的人情都記到艾琳諾頭上，還坦然宣稱，相信艾琳諾可以為她所真正敬重的人做任何事，所以在現在和將來，艾琳諾無論是幫他倆再出什麼力，都不足為奇。至於上校呢，她不只準備好要當他如聖人膜拜，更巴巴望著要在萬般俗務中都視他如聖人，巴望他繳交給教會的賦稅能加額到極致，並暗下決心，將來要多多利用他的僕歐、馬車、乳牛、養雞場。

如今距約翰來珍寧斯公館造訪已時隔一星期，期間她們除了口頭上的問候以外，都沒再關心過他妻子的病況。於是，艾琳諾覺得該去走一趟了。此項義務不僅她本人是出於無奈，同伴也都不鼓勵。瑪麗安自己絕不去還不夠，還急切著要阻撓姊姊去。馬車隨時都能給艾琳諾用的珍寧斯太太也是對芬妮厭之入骨！儘管很好奇想看看她在東窗事發之後模樣如何，也很想當面替愛德華出口怨氣，卻都抵消不掉她百般不想再跟這女人同處的心情。結果艾琳諾一個人出門，去造訪那個誰都不能比她更不想造訪的女人，還要冒著撞見另一個女人的危險。這另一個女人，艾琳諾比同伴倆都有更多理由該不喜歡。

芬妮謝絕會客。馬車還沒駛走，約翰卻碰巧出門來，見到大妹表示很欣慰，說正要去走訪珍寧斯公館，保證芬妮一定會很高興見到她，請她進門去坐。

兩人上樓來到客廳，裡頭卻沒人。

約翰道：「我猜芬妮是在自己房裡。我這就找她去。見見你，我肯定她一定不會有一絲一毫的不願意。真的，絕對不會。現在尤其不可能。不過，你和瑪麗安本來就一直是她寵兒。瑪麗安怎麼沒來呢？」

艾琳諾替妹妹隨便找個藉口。

約翰答道：「跟你一個人見面也好。我有很多話要跟你說。布蘭登上校的這個牧師俸位，呃，是真的嗎？真的要給愛德華嗎？我昨天無意中聽見的，正專程要去找你打聽明白。」

「千真萬確。上校已經把德拉福的牧師俸位送給愛德華了。」

「這樣啊！哪，真是奇怪哩！非親非故的！俸位現在可以賣到很好的價碼哩！年俸多少呢？」

「大約一年兩百鎊。」

「還真不賴。這種年俸，如果薦舉一位繼任者，呃，假設前任正又老又病，可能很快就空出位子，我敢說，上校也許就能賺個，呃，一千四百鎊。為什麼不在人死前敲定呢？現在才要賣是太晚了，虧上校還是個有理性的人！奇怪他在這種很自然的尋常事上，竟會這麼沒遠見！好吧，我確定，幾乎人人都有性格反常的時候。不過又回想起來，我猜情形也許是這樣：這俸位只是暫時歸愛德華所有，等到真正的買方年紀夠大，能當牧師為止。對對，事實是這樣，準沒錯。」

艾琳諾卻反駁得斬釘截鐵，說上校的餽贈正是託自己轉告，所以贈與條件她一定明白，逼得哥哥不得不折服她消息可靠。

約翰聽她說完，喊道：「太驚人了吧！會是什麼動機呢？」

「非常簡單，希望能幫上費拉斯先生的忙。」

「好吧好吧，不管如何，愛德華真是個幸運兒哪！但請不要對你嫂嫂提起。雖然我已經透露給她，她也安然處之，卻不會喜歡聽人多說的。」

此時艾琳諾差點克制不住想說，又不會窮到芬妮母子，有錢財送給她弟弟，她本來就應該處之泰然。

約翰將聲音壓低成十分要緊話題該有的語氣，補充道：「我丈母娘目前是一無所知，相信是瞞她瞞得越久越好。婚禮辦完，恐怕她就勢必得全知道了。」

「何必這麼小心呢？費拉斯太太得知兒子有了足夠的錢維生，是不該假設她有一絲欣喜沒錯，這一點是絕對不用問的。不過，她最近都做出那些事了，為什麼該有任何感受呢？她已經跟兒子斷絕往來，永遠不再認他，也教所有聽她話的人都跟著不認。這麼做之後，當然就不能想像她會再為愛德華感到絲毫悲歡，也不可能再對愛德華的任何遭遇感興趣才對。她總不會那麼脆弱，既捨棄有子承歡的快樂，卻把為人母親的憂慮保留下來吧！」

約翰道：「啊！你的推理非常好，論據卻對人性很無知。將來愛德華結成那門不幸親事時，請相信他母親會好像從沒拋棄他似地感慨良多。因此，凡是可以促成那可怕事件的每個情況，都必須盡量瞞著她。我丈母娘絕不會忘記愛德華是她兒子。」

「您說得我好吃驚。我還以為事到如今，她一定差不多忘乾淨了。」

「你錯怪她了。我丈母娘是天底下最慈祥的母親。」
艾琳諾沒應聲。
「現在，」短暫沉默之後，約翰道：「我們想的是勞勃和摩頓小姐之間的親事。」
哥哥又嚴肅又鄭重其事的聲調令艾琳諾莞爾，於是她平靜答道：
「想來那位小姐對親事是毫無選擇餘地。」
「選擇！怎麼說呢？」
「我是說，從你講話的方式猜測，嫁給愛德華還是勞勃對摩頓小姐來說是一樣的。」
「當然沒什麼不同嘍。勞勃如今從各方面看來都是實際的長子了。何況，他們兄弟倆都是極好相處的年輕人。我不覺得誰有強過誰。」
艾琳諾沒再說什麼，約翰也暫時無話，然後才以這些話結束思索：
「我說親愛的妹妹啊，」友愛地握住她的手，肅然悄聲道：「有件事我可以向你保證。因為我知道你聽了一定會很開心，所以我一定要說。我有不錯的原因以為，呃，我真的是從最可靠的消息來源聽來的，否則我說出來就是大錯特錯，不該學給你聽才對。可是，我卻是從最可靠的消息來源聽來的，呃，我是沒親耳聽我丈母娘自己說，但她女兒卻有，是她講給我聽的。長話短說吧，有一樁姻緣，我指哪一樁你應該清楚，不管當初有什麼反對理由，卻總比這一樁更合她心意，她絕不會惱這樁的一半多。我聽我丈母娘這麼想真太高興了。你知道，聽來對我們大家都滿可喜的。她說，兩害相權取其輕，而且這兩害根本就不能比。為了躲掉更糟的這一害，她寧願跟另一害妥協。不過，這些都絕無可能了，不必想也不必提了。至於感情，你知道嘛，是從來就不可能的，呃，早都成明日黃花了。但我還是想告訴你，因為我知道你聽了一定相當開心。我不是說你該有遺憾的理由。無疑你現況是好得很，呃，從多方衡量，是和本來一樣好，或者更好。最近見過上校嗎？」

艾琳諾聽著聽著，就算沒滿足虛榮心，沒提升自負感好了，也夠她情緒緊繃，心事重重了，所以很高興勞勃此時進來，既省了她回答一長串話的必要，也解除她再聽哥哥說下去的危險。三人聊了一會兒，約翰想起妻子尚不知道妹妹來訪，就走出客廳找她去，把艾琳諾留下來增強她對勞勃的認識。這人憑著自己的放蕩形跡和兄長的正直為人，竟然大享特享母親的寵愛和慷慨，害遭貶謫的兄長都享不到，那副輕佻無憂沾沾自喜的態度，正好確定了艾琳諾對他才智性情本就壞透的印象。

兩人才獨處沒兩分鐘，勞勃就談起了哥哥。他也聽說了俸位的事，相當好奇。艾琳諾把已經說給約翰聽的細節再說一遍，勞勃聽後的反應雖然相當不同，卻跟約翰一樣奇特。他放聲大笑，想到愛德華去當牧師，住在小小的牧師公館中，讓他樂不可支。再加上哥哥穿一襲白色法衣念禱文，公布張阿貴和李阿珠的結婚預告，他想不出有什麼比這幅奇景更滑稽的。

艾琳諾沒應聲，肅然不動地等他說完蠢話，眼神卻難免流露出這人所勾起的一切鄙視之情，定定看著他。這眼神卻鄙視得相當好，既抒發了她的感受，又不讓對方察覺。勞勃是憑自己的感性，而不是她的譴責，才從機智回歸明智。

勞勃半天才笑完比他的實際快樂超時甚久的假笑，總算說道：「我們可以當是個笑話，可是我發誓，這事還挺嚴重的。可憐的愛德華喲！他這下就永遠毀了。我是相當難過，因為我知道他是好人，心腸比天底下任何人都好。小姐，您不能憑您倆的點頭之交就對他下斷語。可憐的愛德華喲！他天生的言談舉止絕對不是一流的，您知道嘛，我們並不是人人生來都具備同樣的才智及談吐。可憐的傢伙喲！

想想他舉目無親的樣子吧！實在可憐透頂哪！但我發誓，他心地絕對是四海之內最善良的。我要鄭重聲明，我生來從沒像東窗事發時那樣震驚過。我無法相信。是我媽第一個跟我說的。當時我自覺有義務果斷行動，馬上對她說，我不知道母親大人碰到這事會怎麼做，我自己呢，我必須說，只要哥真娶那女的，我就絕不再見他。這就是我馬上說的話。我這一驚真是非同小可哩！可憐的愛德華喲！把自己整個都毀了哪！永遠自絕於上流社會之外嘛！可是就好像我馬上告訴我媽的，我是一點都不驚訝。他受那種教育，本來就該出這種事。我媽都氣炸了。」

「您看過那位小姐嗎？」

「有的，看過一次。她客住這裡的時候，我碰巧進來小停十分鐘，好好打量過她。傻愣愣的鄉下姑娘，沒氣質，不優雅，也不算漂亮。我記得很清楚，正是可憐的愛德華會迷上的那種女的。我媽一把事情告訴我，我馬上就自告奮勇要去找他談，勸他打消娶那女人的念頭，卻發現為時已晚。真不幸沒一開始就讓我插手，等斷絕關係後才知道，您知道的，這時就不是我該干預的時候了。如果早讓我知道幾個鐘頭，我想是極有可能讓我想出點辦法來的。我絕對會以說服力最強的方式分析給他聽。我會說：『老兄啊，想想你在做什麼吧。你要娶的這門親非常丟臉，家人都一致反對。』總之一句話，我忍不住想當時也許還有辦法。現在卻都太遲了。您知道的，他將來勢必要挨餓了。鐵定的，他絕對要挨餓了。」

他才心平氣和把這一點說完，就進來了芬妮，中止這個話題。她雖然是絕對不同外人談起這事，但進來時有點茫然的神情，以及彷彿有意對小姑友善的舉動，還是讓艾琳諾看出這事對她的情緒影響。聽說艾琳諾將和妹妹很快離開倫敦，她竟然還關切起來，彷彿一直就想多看看她倆似的。她的一言一語全讓陪她進門的丈夫聽得如癡如醉，好像一切最溫柔最高雅的情意，他都在妻子勉強講的話中聽見了。

42

艾琳諾又走訪了一趟達士伍公館，短短小坐的時間中，哥哥向妹妹賀喜說她可以不花一文錢向著巴頓走那麼一大段路，又有布蘭登上校在一兩天後跟隨過去，如此才結束兄妹間在倫敦的交際。芬妮冷冷地邀請小姑說，隨時順路就往諾蘭來，會順路的可能性卻是微乎其微。約翰則較為熱情卻較不公然地向妹妹保證，會很快到德拉福去看她。這些，就是來日雙方將在鄉間再度聚首的僅有前兆。

艾琳諾覺得很有趣，似乎眾親友都有志要把她往天底下她最不想去也最不想住的德拉福送。不只哥哥和珍寧斯太太當那個地方是她將來的家，連露西在道別時也力邀她去德拉福看她。

四月初的大清早，兩幫人分頭自漢諾瓦廣場及柏克萊街的寓所出發，約好在馬路上碰頭。為了夏綠蒂母子的安適，她們要在路上走兩天，帕爾默先生和上校的行程較迅速，要在女眷抵達後不久，才趕到克里夫蘭和她們會合。

瑪麗安在倫敦好過的時候儘管很少，老早就很想走，但她那如今已告永遠破滅，對魏樂比曾有過的憧憬和信任，就是在這屋中讓她最後一次享受到，臨走在即，難免要大大難過。要離開魏樂比尚在盤桓，忙著她沒份的那些新約會和新活動的城市，也難免令她潸潸淚下。

艾琳諾臨別的快意就比較踏實了。她沒有心思縈繞的對象，不會拋下任何永別會造成絲毫悔恨的人兒。她很高興能擺脫露西的友情迫害，也滿意在魏樂比婚後，妹妹都沒讓他見到，自己就可以把妹妹帶走。她懷著憧憬，預期回巴頓過幾個月的平靜日子，就可以恢復妹妹的安詳心靈，也可以讓自己更加篤定。

她們一路平安，第二天就進入瑪麗安的想像中時而可親、時而可懼的薩姆塞郡。第三天早上，一行人抵達了克里夫蘭。

克里夫蘭大宅是棟寬敞的現代建築，坐落在小坡上的草茵之中。宅外沒有花園，遊獵場卻滿廣的。就像顯赫程度類似的其他房子，有敞天的灌叢和枝葉扶疏的林間小徑。滑石鋪成的曲徑環繞著種植林，直通屋前。草茵上林木參差。大宅有幾株冷杉、花楸、刺槐環護。蓊蓊鬱鬱的這幾種樹，間或點綴著幾株隆巴地白楊，把廄房遮覆起來。

瑪麗安進門，想到八十哩外就是巴頓，三十哩外不到就是岸然谷，心裡好生激動。進屋才五分鐘，就趁著別人都忙著幫夏綠蒂把寶寶抱給女管家瞧時走出大門，躡腳穿過風姿方成的灌叢，登上遠處的高崗。在仿希臘聖殿的亭榭，她目光掠過大片原野，眺望東南方，眷戀地凝視地平線上最遠的山崗，幻想站在彼方就可以看到岸然谷。

在如此珍貴難得的淒清時分，她流著悲哀的眼淚，為自己身在克里夫蘭而歡欣喜悅。打另一條路回屋，她感受到鄉間特有的逍遙快樂，以及隨意四處漫行那種自由且豪華的孤獨，於是決定在客居帕爾默府期間，要每天每小時都沉迷在這種獨步之中。

回到大宅，別人正好要出門，瑪麗安於是隨行去屋前屋後走走。這天白晝的其餘時候就消磨在閒逛菜圃、檢視牆上的花朵、傾聽園丁悲嘆種種病蟲害上頭。橫穿花房時，夏綠蒂見到自己最鍾愛的花草因為疏於照料，凍死於連日霜害，樂得哈哈大笑。去看養雞場時，聽見女工失望道，母雞有的逃了，有的給狐狸叼走，一窩本來有望長成的雞雛紛紛暴斃，又成了夏綠蒂全新的開心泉源。

白晝的天氣晴朗乾燥，瑪麗安計畫她的戶外活動時，並沒意料客居期間會變天。因此，晚餐後再出門，發現自己給傾盆大雨阻住去路，她大吃一驚。她曾滿心以為，黃昏要再走去聖殿亭榭，也許在四周逛逛，晚上即使又冷又濕，她也不會罷休的。下的卻是傾盆大雨，連她這個人也無法當是乾燥適意的散步天了。

屋中人很少，時光悄然流轉。帕爾默太太抱著小孩，珍寧斯太太則織她的毛毯。她倆聊起沒有來的親友，設想米道敦夫人正有什麼樣的交際應酬，納罕帕爾默先生和布蘭登上校當晚能否趕路趕過里汀。艾琳諾儘管毫不關心，卻也加入談話。不管房主如何冷落書房，到誰家都有本事把書房找到的瑪麗安，則很快就拿到一本書。

帕爾默太太素性和悅親切，只要是能讓客人賓至如歸的，她什麼都不缺。儘管不太莊重、不太優雅，以致常有失禮之嫌，卻有坦率熱誠的態度可大加彌補。友善的態度有漂亮的臉蛋襯托，非常動人。雖然愚笨得很明顯，卻不討人厭，因為她並不自負。除了她的笑聲，艾琳諾別的都能通融。

兩位紳士於第二天到達，趕上很晚的晚餐，屋內喜添兩人。長長的整個白晝雨水連綿不絕，大家早有話講到沒話，多虧兩人為屋中的會話注入十分可喜的新意。

艾琳諾本來跟帕爾默先生很少會面，他對姊妹倆的言談態度在那很少的會面中卻有很大的變化，所以猜不出他在自家會怎樣。後來卻發現他對客人的態度是完全紳士，只偶爾才對妻子和丈母娘凶一下。

還發現，這人有的是愉快與人為伴的能力，只因為太常幻覺高人一等，正如他在妻子和丈母娘面前一定會有的那種感覺，才有礙他發揮。至於他在其他方面的性格和習性，就艾琳諾能看見的，並沒有絲毫異於性別及年齡的跡象。他吃食挑剔，上床起床時間不定，雖然佯裝不放在眼裡，卻很疼小孩，把應該用來做正經事的白天浪費在打彈子上面。不過總的說來，她喜歡這人卻超過預期，心內也不遺憾對這人的好感只有如此。她並不遺憾，這人的好逸惡勞、自私自負看入她眼裡時，總令她欣然回味起愛德華的大方、樸實、自謙。

如今，她從新近去過多塞郡的布蘭登上校聽到愛德華的近況，至少，是聽說了他的一些事務。上校視她為愛德華的普通朋友，也當她是自己的友好知己，跟她說了德拉福牧師公館的不少情況，描述屋子的缺陷，以及自己打算要做的修葺。上校就此事對她的態度，以及其他種種，例如跟她才分別十天就難掩的那股相見歡，隨時願意跟她交談，尊重她的意見等，也許都證明了珍寧斯太太說他鍾情她說得沒錯。倘使艾琳諾不是打一開始就相信瑪麗安才是他真正的意中人，恐怕也會起疑心。就這種情況，她卻聽珍寧斯太太說說以外，自己從沒作如是想，也禁不住相信，兩者中還是自己較有眼力。珍寧斯太太想的只是上校的行為，她看的卻是上校的眼神。當上校焦慮地擔心起瑪麗安的頭暈喉嚨痛，擔心起重傷風的初步徵候，因為沒講出來，眼神於是完全逃過珍寧斯太太的注意，卻讓艾琳諾看出情人特有的敏感和自尋煩惱。

瑪麗安來克里夫蘭的第三、四天晚上，又出去愉快地散了兩回步，不只走過灌叢中乾燥的碎石子路，也走遍了整個園子，更在景致最荒涼、樹最老、草最長最潮濕的園子外緣特別流連。更冒失的是，竟還穿著濕鞋襪席地而坐，於是染上重感冒。開始的一兩天她還滿不在乎不肯承認，後來卻病情加劇，惹來眾人的關切和她自己的留意。治療方子從四方紛至沓來，照常都遭到婉謝。雖然她頭暈、發燒、咳嗽、喉嚨痛、四肢痠疼，但只要晚上睡一頓好覺就可以完全痊癒。她就寢時，還費了艾琳諾好大的勁，才說動她試試一兩帖最簡單的療方。

43

翌日早晨，瑪麗安尋常時間起床，誰來問安都答好多了。為了證明，就做起了她慣常做的事。卻整天都守在爐火旁打著哆嗦，手拿一本她無法讀的書，不然就是慵懶無力倚在沙發上，實在不像真有好轉。最後是越來越不舒服，就提早上床，讓上校對艾琳諾的鎮靜詫異不已。艾琳諾雖是違背妹妹意願，守在旁邊照顧了整天，晚上還強她吃該吃的藥，卻也跟瑪麗安一樣，堅信睡眠想必有效，不覺十分緊張。

瑪麗安卻發著燒輾轉反側了整晚，姊妹倆都期望落空了。瑪麗安堅持要起床，其後卻又自承無法坐起身，甘願又躺回去。這時，艾琳諾就準備好要聽珍寧斯太太的勸，派人去請帕爾默家的藥師。

藥師來了，診察過病人，雖然有說瑪麗安預計沒幾天就會康復，令艾琳諾精神為之一振，卻也宣稱病症有帶病原的跡象，並把「傳染」說出了嘴。帕爾默太太聽了一驚，擔心起寶寶安危。打一開始就把這病看得比艾琳諾還嚴重的珍寧斯太太一聽到哈里斯先生的診斷，臉色很沉，認為女兒該怕也該提防，催她得馬上就帶寶寶離開。帕爾默先生雖然覺得她倆的擔心很無稽，卻認為妻子的焦急和強索不休實在受不了。於是敲定，夏綠蒂是該離家。哈里斯先生來還沒一小時，她就帶著小男娃和保母同赴夫家在巴斯對面沒幾哩的近親處。先生應不過她的熱切懇求，也答應在一兩天後去陪她。她幾乎同樣急著要母親去。然而，珍寧斯太太卻本著讓艾琳諾真心喜歡上她的好心腸，宣布只要瑪麗安還病著，她就絕不離開，還說是她把瑪麗安從母親身邊帶走，就要代她母親悉心照料。艾琳諾發覺隨時隨地，珍寧斯太太都是最樂意最熱心的好幫手，一心要分擔辛勞，看護的經驗又比較老到，往往能幫上大忙。

可憐的瑪麗安給病折磨得無精打采，覺得渾身病痛，已不再指望明天就復元了。又想到自己倘使不生這場倒楣的病，明天就能如何如何，想得病情更是加劇。本來，她們是明天就要上路回家的，一路上由珍寧斯太太的僕人照顧，後天早上就給母親一個驚喜。她話很少，一開口必是惋惜這無法避免的耽擱；縱使艾琳諾說了不少振作的話，要她相信不會耽擱很久。當時，艾琳諾自己正是這麼相信沒錯。

翌日，病人的情況是有變等於沒變，好轉是絕對沒有，雖說沒痊癒，但也不見惡化。帕爾默先生一來是本著真仁義及好心腸，二來也不想表現出給妻子嚇走的模樣，一直不願走，總算才聽了上校的勸，履行隨妻而去的承諾。他正要上路，上校本人於是比男主人更加勉強地說自己也該走了。這時，珍寧斯太太卻一片好心，萬分合宜地出面干預。她認為上校的意中人正為妹妹寢食難安，這時教他走，會害兩人都了無一絲慰藉，因此就立刻告訴上校，自己需要他待在克里夫蘭，入晚艾琳諾在樓上照顧妹妹時，才有人陪自己玩雙人牌。珍寧斯太太留他留得殷勤至極，正符合上校的頭一項心願，他就連假意推託也並不很久。尤其，帕爾默先生又大力應和珍寧斯太太的懇求，自己離去留下上校，讓艾琳諾在一切緊急事故中還有個人可以照應指教，似乎讓他放心不少。

種種安排，瑪麗安當然都被蒙在鼓裡，渾然不知克里夫蘭的屋主為了她，到家才七天光景就又要離家。她沒見到帕爾默太太是既不訝異，也不關切，從不提起人家的名字。

帕爾默先生走了兩天，瑪麗安的病情是依然如故，變化很小。每天都來看診的哈里斯先生依然大膽稱她將很快復元，艾琳諾也是樂觀依舊。別人的預期卻一點都不歡悅，病發之初，珍寧斯太太就斷言瑪麗安是萬萬好不了，她預言的主要聆聽者上校，其精神狀態也反抗不了她的影響，藥師截然不同的診斷似乎使他倆的恐懼顯得很荒謬，上校本來也想憑此推論掃除疑慮，無奈他天天獨處的時間實在太久，正好滋生萬種憂思，打不消瑪麗安已時日無多的想法。

第三天早上，他倆的悲觀卻幾近煙消雲散，原來哈里斯先生來訪診，宣布病人已大有好轉。不只脈搏加強，種種病徵也比上次來時改進不少。艾琳諾樂天的希望全都受到肯定，真是興高采烈，很慶幸寫給母親的家信中一直堅持己見，不受珍寧斯太太左右，把延誤姊妹倆行程的病症說成小事一樁。她幾乎都把妹妹可以上路的時間想好了。

當天的終結卻遠不如起始來得吉祥。近晚時分，瑪麗安竟然病情加劇，變得比以往都更昏沉、更煩躁、更不舒服。依然樂觀的艾琳諾卻以為她只是為了換床單，曾經起身坐得太累而已。艾琳諾仔細照料她服用藥師開具的強心帖子，欣然看著她入睡，滿心以為睡眠會有最佳療效。瑪麗安雖不若姊姊希望的那麼安詳沉睡，卻也睡了好一陣子。艾琳諾一心要親自觀察效果，就決定整夜都坐著陪她。不知病情有變的珍寧斯太太則比尋常早上床。她那個也是主要看護的女僕則在管家房中養神，留下艾琳諾一個人陪妹妹。

瑪麗安睡得越來越不安穩。姊姊目不轉睛看著她輾轉反側，一連串的怨聲在嘴中囁嚅不絕，差一點就想把妹妹從這痛苦的睡眠中喚醒。這時，瑪麗安卻突然讓屋中不知什麼聲響驚醒，翻身爬起，恍惚迷亂地嚷道：

「媽來了嗎？」

「還沒有，」艾琳諾答著，掩飾住恐懼之情，扶妹妹躺回去：「不過，我想媽很快就要到了。你知道，巴頓來這裡有一大段路。」

瑪麗安還是以同樣焦急的口氣嚷道：「她萬萬不能繞道倫敦。如果走倫敦，我就再也見不到她了。」

艾琳諾驚覺，妹妹有些神志不清，一面出言撫慰，一面急切地替她把脈。脈搏比以前更微弱也更快了！她還是迷亂地叨念著媽，艾琳諾越來越惶恐，決定馬上再請哈里斯先生過來，並託一位信使到巴頓去請母親。心下才想定，馬上就起意要找上校，商量該怎麼請母親過來。於是拉鈴喚女僕過來替她守護妹妹，飛奔到客廳去。她知道，即使在更晚的時候，往往也可以在客廳中找到上校。

事不宜遲。艾琳諾馬上向上校擺明自己的憂慮和困難。上校既不敢也不信自己有能力替她解憂，只頹喪地無言聽她說下去。她的困難卻當即迎刃而解，上校自告奮勇要擔任接老太太過來的信使，爽快得好像求之不得，早在腦中都安排好似的。艾琳諾也不做什麼不易化解的推辭，只熱情卻簡短地謝過他，並趁他跑去催僕人出門請藥師及訂租驛馬的當兒，寫一封寥寥數語的信給母親。

此時此刻，能有上校這種朋友照應，母親又能有他作陪，艾琳諾真是太慶幸了！他的明智可以指點母親，他的伴隨必能平撫母親，他的友情也或許能安慰母親哪！母親臨時被找來的震撼如果有減輕餘地的話，那麼上校的陪伴左右，其言行態度及鼎力相助是一定可以減輕那種震撼的。

這時的上校不管有什麼感受，行事依然心思細密篤定，種種安排都做得乾淨俐落，並精確算出艾琳諾可以期待他返回的時辰，不耽誤一分一秒。驛馬甚至不到時候就牽來了，上校眼色肅然，只握握艾琳諾的手，說幾句聲音小得連她都聽不清的話，就翻身登車。此時大約十二點鐘光景，艾琳諾又回妹妹房裡，要守著她一整夜。這一夜，姊妹倆差不多是一般痛苦。一小時又一小時地過去，瑪麗安一直痛得睡不著，囈語不絕。艾琳諾憂心如焚，苦等不到哈里斯先生。她不憂則已，先前實在太過篤定，這一憂就是憂煩無度。她不願叫醒珍寧斯太太，便由女僕陪她熬夜，這女僕卻暗示了許多女主人向來的預感，害艾琳諾煩上加煩。

不時瑪麗安還是語無倫次，叨念著媽。只要她一提母親，艾琳諾就心痛一回，自責這麼多天來不該沒把這病當作一回事，苦盼著當下就能獲得援助，卻又幻想一切援助或許很快都將化作徒然，實在延誤過久了，還想像母親將會來晚一步，看不到寶貝女兒活著或省人事的最後一眼。

才想打發人再去請哈里斯先生，如果這位藥師不能來，就請別位，哈里斯先生卻在清晨五點姍姍來遲。不過，他的診斷卻為遲到多少做了些彌補，原來他雖然承認病情出現了大出意料的惡化，卻不認為有多大危險，並信心十足地說，換個療方一定可以紓解病情。艾琳諾多少也感染到幾分信心。藥師承諾三四個小時後將再來看看。他走時，病患及她憂心忡忡的看護都比他來時平靜多了。

珍寧斯太太在早上聽說昨晚的事，大為關切，頻頻責備不該沒叫她來幫忙。她更有理由地回復她先前的憂慮，毫不懷疑來日的後果，雖然拿話安慰艾琳諾，但卻相信瑪麗安正性命垂危，所以安慰中並不夾帶著希望。她確實十分心痛，像瑪麗安這麼年輕、這麼可愛的女孩，連沒關聯的人也會惋惜她匆匆凋損，綺年早逝，何況珍寧斯太太還有其他的理由該憐惜她。瑪麗安已經陪了她三個月，目前依然由她監護，眾所周知曾受過很大委屈，好久都落落寡歡的。最得她疼的姊姊艾琳諾，痛苦也都看在她眼裡。又想到那個做母親的，想到瑪麗安之於她就好比夏綠蒂之於自己，更要萬分真切地憐憫起那位老太太的悲苦。

哈里斯先生第二次來訪很準時。第一次來時懷抱的希望，這次來卻落了空。療方沒奏效，燒沒退，瑪麗安只是更安靜，卻沒更省人事，依然昏迷不醒。艾琳諾見他怕，當即也變得比他更怕，提議再多請個人來看診。藥師卻認為沒必要，他還有別的療方，是一種新藥，鐵定有效，說得就跟當初說上一種時一樣信心十足。臨走，還說了許多讓艾琳諾只聽進耳卻沒聽進心的鼓勵。她沒想到母親的時候都還可以平靜，但卻近乎絕望。如此持續到中午，一動不動地守在床邊，腦際浮現了一個又一個悲哀的人影以及難過的親友，聽了珍寧斯太太的談話更是情緒低落到極點。為這劇烈且危險的病情找原因時並不顧忌的她，把瑪麗安歷時數星期之久，因失戀而起的情緒不佳說成罪魁。艾琳諾聽她說得有理，心境更是悽慘。

中午時分，她感知妹妹的脈搏已經有些好轉，卻非常謹慎，很怕希望落空，連對珍寧斯太太也不敢說。她等下去，觀察下去，一而再再而三地檢查。終於，她激動得比先前的痛苦更難掩飾在平靜的外表下了，就大膽說給珍寧斯太太聽。珍寧斯太太把過脈，雖然不得不承認暫時是有好轉，卻勸她這年輕朋友別奢望會一直好轉下去。把每一句質疑的勸戒都細細推敲的艾琳諾，也告訴自己別抱太大希望，卻為時晚矣。希望既然已經浮現，艾琳諾勢必要承受其煎熬折騰了。她彎腰觀察妹妹，渾然不知自己是要觀察什麼。半小時過去，瑪麗安卻依然得享好轉徵候的護佑。而且還多出別的徵兆，確定她真是在好轉。艾琳諾在她的呼吸、皮膚、嘴唇上，都欣然看出好轉的徵候。瑪麗安的眼睛懨懨卻清醒地盯著姊姊瞧。直到四點鐘，哈里斯先生來到之前，艾琳諾一直承受著程度不相上下的焦慮和希望兩相攻心，一刻不得安寧。然後，哈里斯先生才恭喜她，確定妹妹的病情好轉得比他意料還快，讓她有了信心和安慰，並流下喜悅的淚水。

瑪麗安在各方面都好了不少。哈里斯先生宣稱，她已經完全脫離險境。珍寧斯太太也許是自忖多少言中了剛剛過去的危急病情，已經可以滿足，於是也熱誠地信任起哈里斯先生的診斷，先是以無飾的喜悅，繼則以毫不保留的歡天喜地，承認瑪麗安很可能會徹底康復。

艾琳諾卻沒法歡天喜地。她的喜悅是截然不同的一種，絲毫無眉開眼笑的傾向。想到瑪麗安將重獲生命，恢復健康，重回親友及疼她的母親身邊，心中就充溢著淋漓的安適之意，脹滿熾烈的感激之情。但她的喜悅卻不外露，沒言語也沒笑容，只是滿足在胸臆中，不說卻強烈。

整個下午她都待在妹妹的身旁沒走，撫平妹妹的一切恐懼，回答她懨懨提出的一切問題，她要什麼就給什麼，看著她所有的眼神和呼吸。當然，有些時候，又會想到舊病復發的可能性，重嘗焦慮的滋味。可是，她頻頻且仔細地檢查瑪麗安的徵候，卻都看見她正在持續復元。到了六點鐘，又看見妹妹安詳地沉沉睡去，怎麼看都睡得相當舒服，憂慮於是一掃而空。

上校該回來的時間快到了。她確信，在十點鐘，不然也不會晚多少，母親就可以如釋重負，脫離這一路行來必有的提心吊膽。還有那上校喲！也許正差不多一樣可憐哩！啊！他倆依然被蒙在鼓裡的這些分分秒秒，過得是多麼慢哪！

七點鐘，艾琳諾離開依然酣睡的瑪麗安，來客廳同珍寧斯太太一起用茶點。她早餐因為憂懼，晚餐（註）又因為心情突然逆轉，所以都吃不下。如今是心滿意足，這頓茶點就吃得特別下胃。珍寧斯太太本來想勸她，吃完就休息一下，在母親到來以前，暫由自己守護瑪麗安。艾琳諾卻不覺疲倦，也了無睡意。除非必要，她一刻也不想離開妹妹。珍寧斯太太於是陪她上樓到病房去，看見一切依然妥貼，即滿意地把艾琳諾留在裡頭照料妹妹，想她的心事。自己則回房寫信睡覺。

當晚很冷，風雨交加的。疾風繞著屋梁怒號，雨打在窗，艾琳諾卻完全不覺，心中一片喜悅。狂風陣陣，瑪麗安沉睡如故。路上那兩人儘管目前辛苦些，等待他們的卻是豐厚的獎賞。

時鐘敲了八下。如果是十下的話，艾琳諾必會確定當時真有聽見馬車駛至屋前。儘管上校他們是幾幾乎乎不可能這麼早到，她卻以為真有聽見沒錯，就走去隔壁的小更衣室，打開窗扉看看到底事實如何。當即發現，自己的耳朵並沒聽錯，果然就看見一輛馬車的灼灼燈火。就著搖曳不定的車燈，彷彿可以看出那輛車是四匹馬拉曳，可知她可憐的母親是緊張過度，也說明兩人為何如此神速。

艾琳諾生來就從沒像當時那樣難以平靜。想到母親在馬車停下來時的心裡滋味，她的疑慮、擔憂，搞不好還有絕望哩！還有自己必須說的話哪！想到這一切，心中能平靜才怪！如今只需快跑下去，因此把妹妹交給珍寧斯太太的女僕，匆匆飛奔下樓。

她跑過內廊，聽見門廳中一陣折騰聲響，就滿心以為他倆已經進門。她匆匆趕到客廳，一進門，卻只看到魏樂比。

譯註：書中人物早餐在十點鐘吃，晚餐則在下午四點鐘及傍晚之間吃，以後再吃茶點。奧斯汀很少提午餐。

44

艾琳諾一見到他就嚇退一步，依著本能要馬上轉身出門，手都抓住鎖了，魏樂比卻搶上來一把攔住，以命令多於懇求的口氣說道：

「我求您留下半個鐘頭，留個十分鐘。」

艾琳諾毅然答道：「不行，先生，我絕不留下。您萬萬不可能是來找我的。我猜僕人忘了告訴您，帕爾默先生並不在家。」

魏樂比激動地嚷道：「就算僕人告訴我，帕爾默先生及他全家都下地獄去好了，也趕不走我的。我是來找您的，就您一個人。」

「找我！」艾琳諾極其震驚，道：「好吧先生，那就快一點。如果可以，請別那麼激動。」

「您坐下，我就兩點都照辦。」

艾琳諾猶豫著，不知該如何是好。心中閃過上校可能會來撞見他的念頭。不過，她已經答應要聽下去，而且她對這人的好奇心並不少於她對上校該盡的道義。因此，思忖過片刻，覺得要謹慎就非快不可。想要快的話，還是順從他的意思為妙。於是悄悄走到桌邊坐下。魏樂比則坐到對面的椅子上。兩人無話了半分鐘。

艾琳諾不耐煩地說道：「先生請快一點，我沒時間。」

魏樂比似乎沒聽見，一副深思的模樣坐著。

片刻後，他突然開口道：「我聽僕人說，令妹已經脫離險境了。感謝老天爺！是真的嗎？千真萬確嗎？」

艾琳諾不說話。他又問一遍，問得更急了。

「看在老天分上請告訴我，到底脫離了險境沒有？」

「希望是有。」

他站起身來，走到客廳對面。

「如果我早在半小時前就已經知道的話，呃，但我既然來了，」回到座位上，強顏歡笑道：「但說這有什麼意義呢？也許是最後一次了，艾琳諾小姐，就讓我們再歡聚一次吧。我正在歡樂的興頭上。老實告訴我，」兩頰的紅暈更深了——「您當我是壞蛋呢，還是笨蛋？」

艾琳諾益加訝異地盯著他，心想這人八成是喝醉了，不然就搞不懂他怎麼會這副德性跑來這裡。有了這個印象，艾琳諾於是馬上起身道：

「我建議您現在就回岸然谷去。我沒空再奉陪下去。不管您找我是什麼事，明天想到了再解釋會比較好。」

魏樂比表情豐富地微微一笑，心平氣和地笑道：「我明白您的意思。沒錯，我是喝得很醉。在馬博羅喝了一品脫黑啤酒下冷牛肉，夠我醺醺然了。」

艾琳諾喊道：「在馬博羅！」不懂他葫蘆裡賣什麼藥，越聽越糊塗了。

「沒錯，我今早八點鐘從倫敦起程，除了在馬博羅吃了頓簡餐外，不然一路都沒下馬車。」

他在說話時，態度穩重，眼神靈敏，不管他是抱著什麼無法原諒的蠢念頭跑來的，反下不是為了喝醉酒就是。艾琳諾思量過片刻，說道：

「先生您應該感到，而我當然是有感到，呃，出過這麼多事以後，您這樣子跑來，硬要我理您，是該有個特殊藉口才對。您到底來幹嘛呢？」

他鄭重有力地說道：「我是來，如果可以，讓您比現在少恨我一點。我是來為過去做點解釋，表示歉意，掏心讓您相信，我雖然一直是傻瓜，卻不是什麼壞蛋，希望能多少取得瑪瑪——令妹的諒解。」

「這就是您的真正來意？」

他答道：「我發誓是。」熱情的口氣令艾琳諾回想起從前那個魏樂比，情不自禁就信了他的真誠。

「如果您來只是為了這個，那您可以滿意了。瑪麗安已經，老早老早就已經原諒您了。」

「真的嗎？」他語氣同樣急切地嚷道：「那麼她是早在還不應該的時候就原諒我了。但她會再原諒我一次的，而且理由會更充分。好了，現在要聽我說了嗎？」

艾琳諾點頭同意。

魏樂比讓艾琳諾等了片刻，也讓自己想了片刻後才開口道：「我不知道您本人是如何解釋我對令妹的行徑，也許已經把什麼邪惡動機算到我頭上來。恐怕，您是不太可能再瞧得起我了。不過我這席話還是值得您忍耐著聽一聽，您將會聽到來龍去脈的。我當初與您一家深交，一開始，只是想要把我不得不待在德文郡的日子打發得更快活點，要比往年更加快活，並沒有別的企圖和打算。令妹嬌媚的姿容和有趣的言行，非贏得我好感不可。幾乎打一開始，她對我就有一點——想想她的情，她的人，真不懂我當初怎會那麼麻木！我必須供認，她起先只是勾起我的虛榮而已。我不管她快不快樂，只想自己歡不歡暢，任憑我那一向放縱過度的情念擺布，千方百計討她歡心，但並沒打算要回報她的鍾情。」

艾琳諾聽到這裡，萬分鄙夷地怒目一瞪，打斷他道：

「您不必再耗時間講下去了，我也不想再耗時間聽。這種開頭不會有別種結尾的。別再連累我聽您說下去。」

魏樂比答道：「您非聽完不可。我一向沒有很多財產，卻一直花很多錢，也習慣跟收入大我一截的人來往。打我成年以後，搞不好連成年以前也是，我的負債就年年增加。雖然我年邁的堂親史密斯太太死後，我就可以紓困，但她什麼時候死很難講，搞不好還遙遙無期，我就一直打算娶一個有財產的女人，以再造前程。因此，我想都沒想過要愛上令妹。我卑鄙、自私、殘忍，別人——包括您在內——就算用再怎麼憤慨鄙夷的眼光加以譴責，都不為過。就這樣，我既想贏得芳心，又不想回報她。不過我卻要聲明，即使我當時心態自私又虛榮，卻渾然不知我到底造成多大的傷害，因為在當時，我並不知愛為何物。但我如今就知道了嗎？這很值得懷疑，如果我當真曾經愛過，怎麼會為虛榮和貪婪而犧牲感情呢？再說，我還會犧牲她的感情嗎？我卻偏偏幹下了這種事。我因為怕會窮那麼一些，怕那種只要有她的情意和陪伴就不會有絲毫可怕的窮，如今雖然已經為自己求得財富，卻失落了可化財富為幸福的一切。」

艾琳諾有點心軟了，說道：「這麼說來，您是相信自己曾愛過她嘍。」

「抗拒這種動人魅力，見到這種柔情蜜意而不為所動！天底下有哪個男人能辦到呢？沒錯，我發覺自己已經不知不覺打心底喜歡上她。我在生平最幸福的時辰，都是在我自覺意圖光明正大，心意無愧無疚時，陪著她度過的。不過，即使在當時，雖說我已經下定決心向她求婚，卻因為不願意在債務累累時文定終身，才會千不該萬不該地一天天延誤下去。我不想在這裡找藉口，也不想停下來讓您數落我的荒唐。已經欠她一份道義了，卻遲遲不給感情的承諾，真比荒唐還糟。結果證明我是個狡猾的笨蛋，小心翼翼，製造了一個把自己搞成無恥卑劣到永遠的良機。不過，我終於拿定主意，一有機會跟她獨處，就要表明我對她一成不變的殷勤就是愛情，坦然講出我那已經很努力在以行動展現的心意。就在這時候，就在有機會私下找她談的區區數小時之前，卻出了事，出了一件不幸，使我的決心和幸福都毀於一旦。有件事東窗事發了。」說到這裡，猶豫著垂下眼來：「史密斯太太不知是怎麼聽說，我想是哪個存心要害我失去繼承權的遠房親戚告狀，告發了一段私情，一段風流，呃，但我不必再自作解釋了，」臉色更紅，以探問的眼神看著艾琳諾，補充道：「您和那個人特別熟，可能早聽說了來龍去脈。」

「沒錯，」艾琳諾答道，也臉色轉紅，又硬起心腸不再憐憫他：「我全聽說了。我供認，您要怎麼申辯，為自己做的醜事開脫任何罪責，我都聽不進去。」

魏樂比喊道：「記住，您是聽誰說的。那個人有可能會公平嗎？我承認，她的身分和人格應該受到我的尊重。我不是說自己沒錯，但也不能讓您以為我是無從申辯；以為說她既是受害者，就該是無辜的；以為說『我』是浪蕩子，那『她』就是聖女。她那衝動的激情和膚淺的智力如果能，呃，但我不想辯護。她的情意是應該受到我更好的對待。我也常常深自悔恨，回憶她那曾經能夠暫時贏得我萬種回報的柔情蜜意。我但願，我由衷但願，從沒出過這種事。但是我傷害的，已經不僅是她了。我還傷害了一個對我用情（我可以這樣說嗎？）幾乎不少她一分，智力卻，啊！簡直就優越無比的人兒。」

「不過，您對那薄命女孩的冷漠——雖然要我談論這事很不愉快，但我還是一定要說——您的冷漠並不能當作狠心棄她不顧的藉口。別拿她的脆弱和天生不智，來辯護您十足昭彰的放蕩狠心。您應該已經知道，您正在德文郡追求新歡自娛，成天歡笑快樂的時候，那女孩卻陷入潦倒至極的絕境。」

他激動地答道：「可是我發誓，我真的不知道。我不記得自己忘了給她地址。而且，用普通常識也可以找到才對。」

「好吧，先生，那史密斯太太怎麼說呢？」

「她馬上譴責我的罪行，我的窘狀是可想而知。她行止一向純正，思想刻板，又不懂人情世故，種種都對我不利。那件事本身我無法不認帳，一切大事化小的工夫都是白費。我相信，她本來就已經在懷疑我平日的道德情操，尤有甚者，她也很不滿我這次造訪對她並不太關心，花太少時間陪她。總之，結果是一刀兩斷。本來還有一個辦法也許能救得了我。在她最道德的時候，什麼婦人之仁哪！竟然要我娶伊萊莎，那樣就可以原諒我。我辦不到。所以我正式失去了她的財產繼承權，給趕出家門。當夜——我翌日白天就得走——我整夜都在苦思將來要怎麼辦。內心很掙扎，結論卻下得太快。我愛瑪麗安，也相信她愛我，卻不足以克服我對貧窮的恐懼，也不足以壓過我視財富為必要的錯誤觀念。這種觀念我是天生就有，和出手闊綽的人結交多了就更形根深柢固。我有理由相信，只要我開口求婚，就一定娶得到我現在這個太太，並說服自己相信，已經沒有別種尋常的謹慎手段能行得通了。不過，在我離郡之前，卻還有個苦惱的場面在等著我。我已經約好當天要跟您全家共進晚餐。我必須為爽約做些解釋。但我是要用寫信的呢還是當面講，卻舉棋不定良久。去見瑪麗安吧，我覺得很恐懼，甚至疑心見到她是否會動搖我的決心。結果卻證明，我太低估自己的豁達了。我去了，見到她，見到了悲慘的她，也離開了悲慘的她——離開時，還希望再也別見到她。」

艾琳諾責備道：「您為什麼要來呢？寫封短信就夠了。幹嘛人要來呢？」

「為了驕傲，我必須去。我無法忍受以您家或附近其他人會起疑的方式離郡。我不要別人起疑我和史密斯太太間到底發生了什麼事。因此，我決定在去霍尼頓途中到小築一趟。見到令妹確實很可怕。更糟的是，我只見到她一個人，不知道您幾位去了哪裡。前一晚離開她時，才暗下決心，要做那正確的事。只要幾個小時，她就永遠屬於我了。我記得我從小築走回亞倫罕時，是何等快樂，何等快活，沾沾自喜，逢人便樂。但是，在我們最後一次友好的會面中，我來到她跟前的那股愧疚，幾乎連偽裝的能力也沒有了。我告訴她自己不得不馬上離郡，她是那樣悲傷那樣失望那樣深切地惋惜，啊，我永遠不會忘記。何況，她是那樣信賴我、信任我哪！啊，天哪！我真真是個沒心沒肺的混帳東西！」

兩人無言片刻，由艾琳諾先開口。

「您是告訴她您不久就會回來嗎？」

魏樂比不耐煩地答道：「我不知道我告訴了她什麼。我說的話，就過去而言無疑是嫌少，但就未來卻又嫌說太多了。我想不起來，就算想也沒用。然後就進來了令堂，那樣慈愛，那樣推心置腹的，害我益加痛苦。感謝天！還真會折磨我。我當時很慘。您不可能知道，回首當時的悲慘，對我是一種安慰。我好恨好恨，恨自己笨，笨得好混帳，所以我過去所吃的一切笨苦頭，如今想來我都要大慶大賀，喜氣洋洋。好吧，所以我就走了，離開了我所鍾愛的一切，去找那些我就算不討厭也頂多毫無感覺的人。去倫敦途中，我是乘駕自己的馬車，所以沒人陪我聊天，無聊得很，心中卻如此歡暢，展開無比嚮往的未來！回頭看巴頓，又見到如此令人寬慰的景色！哦！那是趟幸福之旅啊！」

魏樂比停下來。

艾琳諾雖然可憐他，卻越來越急著要他走，說道：「好吧先生，就這些？」

「何止！才不，難道您忘了倫敦那些事嗎？那封卑鄙的信——她有拿給您看嗎？」

「有的，我讀過您倆所有往來信件。」

「我接到第一封信（我一直待在倫敦，所以信馬上就接到了），心情套一句成語，是不可名狀。套句簡單的話。也許簡單到無動於衷的地步，是非常、非常痛苦。字字句句，套句那親愛的寫信人如果在這裡一定不准我用的陳腔濫調，都是利劍穿心。知道瑪麗安也在倫敦，用同樣的陳腔濫調，是青天霹靂。青天霹靂和利劍穿心！她要怎麼罵我的用語啊！她的品味，她的看法，我相信我是比自己的還要了解，也還要珍貴。」

「您不該這麼說。別忘了您已經結了婚。您只要說些良知上認為我需要聽的就好了。」

「瑪麗安在信中讓我確定，她依然跟往常一樣愛我，儘管我們分開了許多許多星期，她對我是依然堅貞，也依然深深信任我的癡情，勾起了我的一切憾恨。我說勾起，因為時間和倫敦，正事和狎遊，已經多少平息了我的憾恨，把我變成麻木不仁的壞蛋。我幻想自己對她已沒感覺，便自以為她對我一定也已經沒有感覺。我告訴自己，我倆過去的那段情只是無聊的小事一樁，還聳聳肩以確定無誤。為了堵住一切自責，消除一切顧忌，就不時暗忖道，聽說她嫁給好人家的話我會非常高興。這封信卻讓我更認清自己，感到她對我比天下所有女人都更珍貴。我太對不起她了。但我和格雷小姐之間的親事已經徹底敲定，不可能打退堂鼓了。我只能躲著您姊妹倆。我沒回信，想以此避開瑪麗安的進一步注意。有一度，甚至決心不去珍寧斯公館拜訪。最後，卻判斷還是擺出一副點頭之交的模樣最明智。有一天白天，我眼看您三位都確實出門了，便進去留下我的名片。」

「眼看我們出門！」

「正是。您會很驚訝，有多少回，我偷偷看著您倆，又有多少回，我差一點就跟您倆撞個正著。您馬車經過時，我為了怕您倆看見，不知曾進過幾家商鋪躲避。我既然是住在龐德街，幾乎天天都難免見到您其中一位。我防了又防，萬分不願讓您倆瞧見，我們才會那麼久沒碰到面。我也盡量避開爵士夫婦，以及雙方可能都認識的每一個人。不過，不知道他們已經來到倫敦的我，還是在爵士來倫敦的第一天，也就是我走訪珍寧斯公館的翌日，不巧撞見爵士。他邀請我晚間到他府上參加舞會。若不是他為了誘我赴會，告訴我說您及令妹都會去，我是絕對會放心上他府中去的。第二夜我又接到瑪麗安寫來的短信，還是那麼柔情、坦率、無飾、推心置腹，在在都襯托出我行為可惡透頂。我無法回信。提起筆來，卻一句也寫不出。我相信，當天我是時時刻刻都在想著她。如果您能夠同情我，就同情一下我當時的處境吧。滿腦子滿心都是瑪麗安，卻不得不對著別的女人扮演快樂的情郎！第三、四個星期真是糟透了。好吧，最後，我就不必說了，您倆還是硬讓我碰上，我那副醜態妙極啦！好不痛苦的晚會哪！一邊是美麗如天使般的瑪麗安，用那樣的語氣呼喚我！啊！天哪！一雙迷人的眼睛流露出千言萬語的掛慮盯著我的臉，問我要解釋！另一邊卻是醋煞星蘇菲亞，看樣子完全，呃，好吧，沒意義，反正都結束了。什麼晚會哪！一能開溜我就開溜了，但卻是在看見瑪麗安的美貌轉成蒼白如死之後。那就是我看見瑪麗安的最後一眼，她出現在我面前的最後模樣。好可怕的形象哪！但今天想到她真的快要死了，我聊以自慰的是，我想我確實知道給她送終的人看見的她，是什麼模樣。我一路行來，她就在我眼前，還是那副眼神和臉色，一直在我眼前。」

接下來，兩人沉思著無言半晌，由魏樂比先回過神，打破沉默道：

「好吧，我快說快走，令妹是真有好轉，脫離險境了嗎？」

「我們確定這一點。」

「還有可憐的令堂哪！對瑪麗安千疼萬寵的。」

「可是那封信，您本人的那封信。您有什麼好講的嗎？」

「對對，這要特別說說。您知道的，就在翌日早晨，令妹又寫信給我。您見到她寫了些什麼。我正在艾利森公館用早餐，那封信是連同別的幾封從我寓所轉過來的。不巧蘇菲亞卻比我早看見那封。大小、用紙、筆跡，在在都令她狐疑。她本來就略有所聞，聽說我在德文郡曾和某位小姐有一段情，前晚的情景正好圈出是哪位小姐，她的醋意就越凶了。所以，就擺出若由心愛的女人擺出會很可愛的那副促狹神氣，馬上拆信讀，她的恬不知恥是大有斬獲，果然讀到了令她難過的內容。她難過我倒可以忍受，但她的惱火，她的怨毒，卻無論如何都應該要哄高興。總而言之，您覺得內人的寫信文筆怎樣呢？細膩，溫存，道地的婦人味，不是嗎？」

「您太太！明明是您筆跡。」

「沒錯，但我的功勞僅止於卑躬屈節，抄下自己都沒臉署名的語句。原信全是她寫的，是她喜悅的念頭和文雅的措詞。但我又能怎樣呢？婚約已經訂了，一切都在籌備，婚期也差不多擇定。不過這些都是蠢話。什麼籌備！什麼婚期！老實講，我需要她的錢，像我當初那種狀況，為了不想和未婚妻決裂是什麼都做得出。話說回來，我回信的遣詞造句，又會對我在瑪麗安及其親友心目中的名聲怎樣呢？結果只有一種。反正我就是要宣布自己是個混球，是鞠個躬還是長嘯一聲宣布並不太重要。我告訴自己道，反正在那些人心目中，我名聲是臭定了，他們會跟我絕交到永遠，把我當成無恥之徒。這封信只會讓他們更覺得我齷齪而已。如此推想著，就憑著一股豁出去的不在乎，抄寫我妻子的語句，並和瑪麗安的最後聖物分開。她那三封信不巧都放在我皮夾裡，不然我就會死不認帳，然後珍藏一生。但我卻無奈地全交出來，連一記吻別也不行。還有那綹頭髮，我也是放在同一只皮夾隨時帶在身邊，也是讓那貴夫人笑裡藏刀地搜查出來。那綹親愛的髮絲，每一樣信物，都從我這裡給奪走了。」

艾琳諾道：「您大錯特錯了，您非常不應該。不應該以這種態度談起尊夫人或家妹。您已經做了選擇，沒人逼您。尊夫人至少有權要您的禮貌和尊重。她一定是愛您的，不然不會嫁給您。您待她不客氣，還鄙夷地議論她，並算不得對瑪麗安的補償，我也不以為這樣會有助您良知好過。」

魏樂比重重嘆口氣道：「別對我談我太太。她不值得您同情。結婚時，她就知道我並不喜歡她。就這樣，我們結了婚，到岸然谷來幸福一下，又回倫敦去歡樂一下。現在，您憐憫我了嗎？還是我白說了這許多？我有沒有，呃，一丁點也好，在您心目中消減了幾分罪過呢？我的心意並非總是錯的。我的解釋有沒有撇清我的絲毫罪過呢？」

「沒錯，是有撇清一些，呃，一小部分。總的來說，您已經證明，您的缺失並沒有我本來想的那麼大。您已經證明，您的心地並沒那麼壞，遠遠沒那麼壞。但我卻幾乎不知道，您一手造成的悲慘，呃，我幾乎不知道怎樣還能更糟。」

「令妹痊癒後，您可以把我講的學給她聽嗎？讓她對我的看法就好像您對我一般，也改善一些。您說她已經寬恕我了。讓我可以設想，她若更了解我的心和我目前的感情，就會再原諒我一次，這次卻會較自然，較合乎天性，較溫柔，也不必那樣崇高。告訴她我的悲慘和懺悔。告訴她我並沒變過心。如果您願意，請告訴她在此時此刻，我比一向都更愛她。」

「某種程度上可算是您答辯辭的這些話，只要有必要說的我都會跟她說。但您還沒向我解釋，您如今為什麼會來，也沒解釋您是怎麼聽說她生了病。」

「昨晚，我在倫敦居瑞巷劇院的門廳撞見米道敦爵士。他認出我，兩個月來頭一次對我說話。我婚後他就沒再理我，我是既不驚訝也不怨恨。不過如今，好心誠實又單純的他，對我滿腔憤怒，對令妹又關切備至，就抵抗不住誘惑，把他很可能以為會惱不到我，卻認為我應該煩惱透頂的這件事告訴我。因此，他就盡可能直截了當地說，瑪麗安·達士伍在克里夫蘭患了傷寒快死了，當天接到珍寧斯太太寫來的信，說正命在旦夕，帕爾默一家都給嚇跑了等等。我一聽大為震驚，沒法裝出無動於衷的模樣，連眼鈍的爵士也看得出來。他看我難過，也心軟下來，敵意大減，臨別還說想起曾答應要送我小獵犬的事，差點就要跟我握手。聽說令妹快死了，臨死可能還相信我是天底下的頭號惡棍，彌留之際可能還在蔑視我恨我，我心中是什麼滋味哪！我怎麼知道有什麼可怕的陰暗是不能算到我頭上來的呢？有那麼一個人，我確定，一定會把我形容成無惡不作的。我真是恐懼極了！很快就下定決心，今早八點就登上馬車。現在您全知道了。」

艾琳諾沒答話，暗暗想著，一個才貌俱佳、天性坦率誠實、多情善感的人，卻因為太早經濟獨立，而染上懶惰放蕩奢侈的習性，為心靈、名聲、幸福都造成無法彌補的傷害。世故人情教會他豪奢和虛榮。豪奢和虛榮則教會了他冷漠和自私。為尋求罪惡的勝利不惜損人利己的虛榮，卻把他捲入一段真情。毫奢或至少豪奢之子貧困，則逼他必須犧牲真情。每一種犯錯傾向，在導引他向著邪惡的同時，也導引他向著懲罰。他曾經罔顧道義，罔顧感受，罔顧一切更高尚的利害，而在外表上斬斷情絲。如今這份情已經得不到了，才要魂牽夢繫。他曾無所顧忌，害苦她妹妹而去另結的那門親事，如今卻可能成了他更加無可救藥的不幸泉源。如今沉思了幾分鐘，才教魏樂比打斷。他剛從至少是同樣痛苦的沉思中回過神，驀地起身準備要走，說道：

「待在這裡沒有用。我必須走了。」

「回倫敦去嗎？」

「不，回岸然谷去。我去那裡有事，過一兩天再回倫敦。再見。」

他伸出手來。艾琳諾不好拒絕伸手給他。他溫柔地握住了。

鬆手時，他卻將身子靠向爐架，彷彿忘了要走似的，說道：「您對我的看法真的好過從前了嗎？」艾琳諾向他確定沒錯，說她原諒了他，憐憫他，祝福他，甚至還對他的幸福表示關心，也提出溫柔的忠告，告訴他什麼是最可能達到幸福的言行。他的回答卻不太有希望。

他說：「說到幸福，我這輩子是一定要得過且過了。我是不可能得到家庭幸福的。不過，如果容我以為，您和您家人對我的命運和所作所為有點關心，也許就會，呃，可能我就會知所警惕，至少，會成為我生命的原動力。不用說，我是永遠失去瑪麗安了。萬一我有幸重獲自由——」

艾琳諾一句斥責打斷了他。

他答道：「好吧，再道聲再見。我要離開，去活在某件事的恐懼之中。」

「怎麼說呢？」

「就怕令妹嫁人。」

「您大錯特錯。您是不可能比現在更難得到她了。」

「可是會有別人得到她。如果那人偏偏就是我最無法忍受的那位，呃，我還是別再待下去，給您看見我對自己傷害最深的人，卻反而最不能原諒，就別想再享有您同情的善意了。再見，祝福您。」

說著，他幾乎是跑著出門的。

45

魏樂比走後好一陣，甚至馬車聲消失了良久，艾琳諾依然飽受思緒紛紛之苦，思緒雖然差異很大，想著卻總是悲從中來，都沒工夫想到妹妹了。

魏樂比，才半個小時前她還視為最卑鄙小人般痛恨的魏樂比，儘管千錯萬錯，卻多少讓艾琳諾對他的自作自受動了惻隱之心，於是想起這人與她家已是永遠無緣，一股惋惜悽惻之情不覺油然而生。她很快就暗自承認，她這心情稱許的是這人的意願，而非德性。她感到這人憑著一些按理並無關緊要的因素，更強化了對她的感染力，例如他那本身並不算美德的出色魅力，那坦率多情活潑的言行態度，那如今已不算無辜的對瑪麗安的一往情深。但是，艾琳諾的感受卻正是如此，老半天才開始削弱。

等她終於回到睡夢中的瑪麗安身邊，才發現她正要醒來，經過香甜的長長一覺，體力已回復到姊姊希望的程度。艾琳諾心事重重。過去、現在、未來——魏樂比來訪，瑪麗安無恙，母親即將到來，在在都令她情緒激動，了無倦態，只生怕在妹妹跟前流露出來。不過，好在並沒怕很久，原來魏樂比走後沒半個鐘頭就又聽到馬車聲，再次跑下樓去。她一心要盡早解除母親的擔驚受怕，立即奔進門廳，趕到大門，剛好迎接母親，並攙扶入內。

達士伍老太太快抵達時，提心吊膽得幾乎要認定瑪麗安已不在人世，如今連打聽病況，連問問艾琳諾的話都講不出口了。艾琳諾卻不等招呼詢問，馬上就報了喜訊。母親聽了，就如她一向的大激大動，馬上就從嚇壞了變成程度相當的樂壞了，由女兒及上校在左右攙著走進客廳，在廳中流著欣喜的眼淚，雖然還是講不出話，卻一再擁抱艾琳諾，不時並轉過身握握上校的手，眼神不只流露出感激之情，還深信上校必定也在分享那一刻的狂喜。上校的狂喜卻甚至比老太太還要無法言語。

老太太一鎮靜下來，第一個想做的就是探視瑪麗安。兩分鐘後，她就到了因為久別、不幸、病危而益形親愛的愛女身旁。艾琳諾見到兩人重逢的感受，心下也很歡喜，卻擔心會有礙瑪麗安多睡。不過，老太太在女兒性命垂危之際，也是可以沉住氣的，甚至可以謹慎。瑪麗安已經安下心來，知道母親就在身邊，也意識到自己是虛弱得無法說話，便爽然聽從身邊每一位看護的吩咐，不聲不響也不動。老太太執意要整夜都坐著陪她，艾琳諾則依從母親的請求，上床去睡。但是，整晚無眠加上數小時心急如焚之後，彷彿是必然的一覺酣甜，卻因為心緒擾攘不安，老沒睡成。魏樂比，現在她情願稱為「可憐的魏樂比」了，時時刻刻都在她的思緒中。她曾經說什麼也不願聽他的辯解，但還是聽了，如今一下子自責當初不該把他想成那麼壞，一下子卻又自覺有理。但是，想到已經答應要學給妹妹聽，卻總是很擔心。她擔心要怎麼說，擔心瑪麗安會有什麼反應，不知道妹妹聽過他解釋，是否跟別人還會幸福。一時之間，艾琳諾又希望魏樂比喪妻，想起上校卻又自責起來。上校吃盡苦頭，又那麼癡情，遠比情敵更該享有妹妹的報答。於是，艾琳諾又絲毫不想要魏樂比太太死了。

上校去巴頓接老太太時，老太太因為早已準備好應急，就減了不少驚慌。她對瑪麗安實在不放心，早已不打算再等消息，決定當天就起程來克里夫蘭。上校還沒到，她就已經快準備好要上路了，還因為不想把小女兒帶去有傳染病之嫌的地方，正在等隨時可能過來接瑪嘉麗去住的卡瑞夫婦。

瑪麗安天天都在好轉，老太太歡天喜地的眼色和情緒，證明她果然猶如自己再三宣稱的，是天底下最幸福的婦人。艾琳諾聽母親如此宣稱，又目睹她以行動證明，難免不時要納罕母親是否還記得愛德華這個人。老太太卻完全相信艾琳諾在來信中對自己失戀的淡淡敘述，正喜氣洋洋，一心只想著要喜上加喜。她開始感到，瑪麗安起死回生之前的險境，要怪自己判斷錯誤，慫恿女兒愛錯人。女兒痊癒了，卻為她帶來艾琳諾沒想到的另一種喜悅。母女間一有機會單獨對談，她就說給艾琳諾聽了。

「我倆終於落單了。你還不知道我有多高興。上校在愛著瑪麗安，他親口告訴我的。」

女兒心中又悲又喜，又驚又不驚，一聲不響地專心聽著。

「你從來就不像我，不然我就會很奇怪你居然還鎮靜得了。如果要我坐下來為咱家許個願，我最想要的就是上校能娶你們倆其中一位。我相信兩人中應該是瑪麗安嫁給他會更幸福些。」

艾琳諾確信，母親的論據不可能是曾無私考量過年齡、性格、感受，所以就有點想問她理由何在。不過，母親只要是想起她有興趣的事，就會神思馳騁到老遠，所以艾琳諾就不問了，笑一笑打發過去。

「昨天我們在路上，他對我全掏心了，掏得很意外，很偶然。你可以相信，我開口閉口都是瑪麗安。他也掩不住悲痛。我發現他的悲痛就跟我不相上下。他也許以為，目前的世道人心並不認為，純友誼該產生這麼深刻的共鳴，或者，他可能什麼都沒想，反正他就是情不自禁，把他對瑪麗安又真又柔又癡心的感情說給我聽了。他對瑪麗安是一見鍾情，然後就一直愛著她。」

在這裡，艾琳諾卻聽了出來，這並不是上校的用語，不是上校的表白，而是母親天生喜歡的加油添醋。母親那躍動的幻想力，總可以隨自己高興編東造西的。

「他對瑪麗安的感情大大超過了魏樂比的虛情假意，更熱烈、更真也更癡，怎麼說都可以，反正他情知瑪麗安已不幸地迷上了那個卑劣的年輕人，卻依然愛她如故哩！沒私心，也不抱任何希望哩！萬一看著她嫁別人呢？好高貴的情操哪！好坦率、好真摯啊！他這人是誰也不會騙的。」

艾琳諾道：「大家都很明白，上校是位正人君子。」

母親正色答道：「我知道，要不然，有過了前車之鑑，這樣的感情我是絕不會鼓勵，甚至也不會高興的。可是他這麼積極，這麼爽快友善地跑來接我，就足以證明他是個最可倚重的人。」

艾琳諾答道：「不過，他的名聲並不是建立在這區區一樁善行上頭。就算不論仁義好了，他對瑪麗安的感情也會教他做出這一樁的。珍寧斯太太和爵士夫婦都和他親熟滿久的，都很愛他、敬重他。我雖然最近才認識他，卻也滿了解他了。我對他是欣賞推崇備至。如果瑪麗安可以跟他締結良緣，我會跟你一樣爽快地當它是我們的最大福氣。你怎麼回答他呢？你讓他存著希望嗎？」

「啊！當時我對他、對自己都還不能談到希望。瑪麗安說不定就快死了。但他並沒問我要希望或鼓勵。他那段話是無意中找一個解憂的朋友掏心，是一段抑制不住的情感流瀉，並不是在向一個母親求情。起先我實在激動得說不出話來，可是過一會兒我就說，如果她活下去，猶如我相信她還會活下去，我最大的快樂就是撮合他倆。我倆抵達，聽到喜訊以後，我對他說得就更具體了，還盡我所能地鼓舞他。我告訴他，時間，只要一點點時間，就能改變一切。瑪麗安是不該把感情虛擲在魏樂比那種人身上的。他自己的才德一定會很快贏得瑪麗安的芳心。」

「不過，從上校的情緒看來，你還沒說得他跟你一樣樂天。」

「沒有。他認為瑪麗安已經用情太深，要積年累月才有可能改變。就算她忘卻舊情好了，上校也心虛得以為，他的年齡和性情跟瑪麗安差那麼多，是不可能討得她歡心的。年齡比瑪麗安大那麼一大截卻是正好，這樣他的名聲和想法才穩固。我還深深相信，他的性情正是可以為你妹妹帶來幸福的那種。他的氣質和言行舉止也都比魏樂比為佳。我並沒讓偏心蒙住眼睛。他當然是沒魏樂比英俊，可是，他的面容卻有點什麼，更討人歡心。如果你記得的話，魏樂比不時會閃爍點我不喜歡的眼色。」

艾琳諾卻偏想不起來有這回事。母親卻沒等她同意，就接下去說道：

「還有他的言談舉止，上校的言談舉止不只比魏樂比更討我喜歡，也是我知道會更吸引瑪麗安的那種。他的溫存，他對人的真心體貼，和那股男性的瀟灑樸實，比起魏樂比常有的造作或不看時間的活潑，更配得上瑪麗安的真性情。我非常確定，就算魏樂比到頭來又變得和藹良善，就跟他已經證明的完全相反好了，瑪麗安嫁給他也不會跟嫁給上校一樣幸福的。」

母親停下來，艾琳諾不能完全同意，卻沒說出異議，所以並沒惹母親生氣。

老太太補充道：「就算我繼續住巴頓好了，瑪麗安在德拉福要跟我來往也會很容易。但極有可能，聽說那是個大村子，附近一定會有什麼房舍或小築的，跟我們現在這棟一樣合適。」

可憐的艾琳諾喲！又多出一個要把她搞到德拉福去的新計畫哩！但她卻毅力堅強。

「還有上校的財產哪！你知道的，到我這把年紀，大家都管這碼子事。我雖然不知道，也不想知道他財產到底多少，但一定滿大的。」

說到這裡，進來了第三者，打斷母女的對談。艾琳諾於是走開，獨自好好思量，祝上校成功，同時卻又替魏樂比痛心。

46

瑪麗安的病雖然傷元氣，卻還沒久病到會復甦遲緩的地步。她年輕、體質好，又有母親在旁看護，所以康復得相當順利，母親才抵達四天，她就可以遷進帕爾默太太的更衣室，迫不及待地要感謝上校接母親過來，特地求人請上校來室中找她。

上校進門來，看見她形容憔悴，握住她馬上伸過來的蒼白玉手，上校是那麼激動，依艾琳諾推測，一定不光是為了他對瑪麗安的感情，也不光是明白別人知情。上校注視瑪麗安的憂鬱眼神和變化中的臉色，也讓艾琳諾看出，他也許是回想起許多舊恨。他已經承認過瑪麗安長得很像伊萊莎，如今眼前這迷茫的眼神、病懨懨的膚色、孱弱的臥姿，和她熱烈的感恩之辭，一定更神似伊萊莎了。

老太太留神眼前的景象並不亞於大女兒，腦中想的卻截然不同，看到的結果因此也大相逕庭，只在上校的言行中看見最單純、最明確的感情流露，也盡力哄自己相信，瑪麗安的舉動和言語已經浮現出感激以外的情意。

又過了一兩天，瑪麗安看起來是每半天就脫胎換一副比較強健的身骨，老太太在自己和艾琳諾的一致心願驅使下，說起了想回巴頓的事。兩位友人的行程都看她決定。達士伍家母女待在克里夫蘭時，珍寧斯太太是走不了。上校經大家一致要求也認識到，自己在屋中就算沒那麼不可或缺好了，卻也非住下來不可。應他和珍寧斯太太的一致要求，才說動老太太搭乘他的馬車回家，生病的女兒才能更舒適。而上校在老太太和珍寧斯太太的聯合邀請下，也欣然答應要在數周後前往小築造訪。原來，珍寧斯太太本著她積極的好心腸，自己友善好客不夠，也要幫別人友善好客。

離別的日子到了。瑪麗安向珍寧斯太太道別了許久，說得真摯感激，滿腔敬意和祝福，好像是暗認從前對人家太怠慢似的。然後，又友情殷殷地對上校告別，由他小心攙扶上車。上校彷彿急著要她佔住一半空間。老太太和艾琳諾也跟著上車，走後留下兩人落落寡歡，談論路上的母女。後來珍寧斯太太也被喚上自己的馬車，聽女僕閒話，慰藉一下失去兩位年輕女伴的落寞。緊接著，上校也孤零零一人回德拉福去。

母女等在路上走了兩天，兩天的旅途都沒讓瑪麗安禁受太累。凡是可以讓她好過的殷勤心意和呵護備至，兩位細心的旅伴都視為己任，都視她的肢體舒泰和情緒安詳為一種鼓舞。她的舒泰和安詳讓艾琳諾尤其心滿意足。這麼多星期來都看著妹妹一直受苦，心中的折磨既沒勇氣說出口，也沒毅力掩藏，現在顯然心靈鎮定，看得她這做姊姊的心中湧起無人能分享的喜悅，認定妹妹必是經過了認真思索，最後必會滿足歡樂起來。

臨近巴頓，駛入牧野樹木全都喚起奇特或痛楚回憶的景致，瑪麗安就陷入沉思默想，把頭別過去，不讓母姊看見，坐著正色凝視窗外。艾琳諾看她這樣，卻不訝異也不怪她。扶她下車時，發現她已經哭過，只覺得那是很自然的激動，只是心生憐憫，還很讚賞她這樣默默不擾人。她隨後的言行態度，都讓姊姊看出她正強打精神思索。一進入尋常用的那間起居室，瑪麗安就沉著堅定，環顧四周一眼，彷彿決心要習慣這物物都讓她回憶起魏樂比的景象。她話不多，卻每一句都是說來逗人開心的，雖然偶爾嘆口氣，卻總會以微笑彌補。晚餐後，她想試彈一下鋼琴，走到琴前，頭一冊映入眼簾的樂譜卻是魏樂比買給她的歌劇，裡面有幾首兩人最喜愛的男女對唱，封面還有魏樂比親筆為她寫的名字。不成，她搖搖頭，拿開琴譜，彈彈一分鐘的音階，就抱怨手指無力，又闔起琴蓋，闔起來時卻又堅稱，來日要好好練習。

翌日，討喜的跡象並沒減少。相反地，身心經過休息都益加康泰，神色言談都精力倍增，期待著瑪嘉麗返家的喜悅，談起到時候全家又齊聚一堂，同消遣，共歡樂，正是唯一值得祈求的幸福。

她說：「等天氣放晴，我恢復體力，我們要天天都出去走長長的路。要走到草丘外緣的農場，看小孩玩耍。還要走到爵士在巴頓岔口的種植林，和修院屬地。要常常走去小修院的斷垣殘壁，把地基盡量探索到聽說入地最深之處。我知道我們會快樂的，會快樂地度過夏天。我立志要在六點以前就起床，晚飯前不是彈琴就是閱讀。我已經訂好計畫，決心要認真讀書。家裡的藏書我已經太熟了，再讀只能消遣而已。但園府中有不少值得一讀的書。我知道，還可以從上校借得許多新近出版的書籍。一天閱讀六小時，一年工夫就能獲取大量我如今自覺缺少的知識了。」

艾琳諾佩服她把計畫訂得如此崇高，不過，眼看同一種熱切的奇思異想過去曾害她慵懶無力和自私埋怨得過了分，如今她又把這正經嚴以律己的計畫弄得有點偏激，不由得莞爾起來。可是，想起還沒履行對魏樂比的承諾，笑容就轉成嘆息，擔心一告訴瑪麗安，會害她又心神不寧，至少會暫時斷送她那忙碌安靜的美好前景。因此還是希望把可怕的時刻往後挪，決心等妹妹完全康復再說。

瑪麗安在家裡待了兩三天，天氣一直不夠好到讓她這病人敢貿然外出。最後卻還是出現了一個和煦宜人的白天，女兒有意，母親也有信心，瑪麗安於是由艾琳諾攙著，獲准只要不太累，想在屋前的小徑走多久就走多久。

姊妹倆出發了。瑪麗安自從病倒後就沒再散過步，身子還很虛，必須慢慢走。剛走過屋角，可以把山崗，也就是屋後那座大崗一覽無遺了，瑪麗安就停步舉目看崗，平靜地說：

「那兒，就在那兒，」指著山崗：「就在拔高的山丘上，我摔倒了，第一次見到魏樂比。」

說到名字，聲音放小下來，但隨即又重提聲調，補充道：

「我很高興發現，我見到這個地方一點也不痛苦。姊，我們還能談論這事嗎？」吞吞吐吐道：「還是不應該談談呢？希望我現在是可以談了，照理也該談談。」

艾琳諾柔聲請她有話直說。

「說到遺憾，」瑪麗安說道：「關於他，我都已經遺憾完了。我不想跟你談我以往對他的看法，只想談談現在。如今，只要有一點我可以滿意，呃，只要我可以想說，他並不是一直都在逢場作戲，不是一直都在騙我。最重要的卻是，如果我可以相信，他絕對沒我有時胡想的那麼壞，只因為那苦命姑娘的故事——」

她頓住了。艾琳諾如獲至寶，欣然應道：

「只要相信這一點，你就以為可以安心了嗎？」

「沒錯。這事跟我安不安心，有兩層牽扯。我曾那樣對他，懷疑他居心不良不僅可怕，而且，把我自己搞成什麼樣的女人呢？像我這樣的處境，除了最羞恥的用情不慎，還有什麼會害我——」

姊姊問道：「那麼，你要怎麼解釋他那行為呢？」

「我會猜，哦！我多麼想猜他，只是善變，非常非常善變而已。」

艾琳諾沒再多說，暗自推敲是馬上就講比較好，還是等她身體更壯實些。兩人又無言彳亍了幾分鐘。

瑪麗安總算才嘆道：「我希望，他的暗自思量並不會比我更不愉快，這種希望並不算過分。他回想起來，也夠他痛苦了。」

「你是拿你的行為與他相比嗎？」

「不對，我是與正當行為相比，與你相比。」

「我倆處境並不相似。」

「我倆的處境卻比行為相似。姊，請別用好心為理智上所反對的事情申辯。這場病讓我思考，我得到閒暇和平靜，認真思考起來。我還沒痊癒到可以說話之前，老早就已完全能夠思索了。細想過去，發現自從去年秋天結識了他，我就一直寬以律己，嚴以待人。我發現，我是為了自己的情感才自作自受，又毅力太差，差一點就送了命。我知道，我這病完全是自作孽，明明知道不對，卻還是不注意自己身體。我如果死了就是自取。我是到脫險後才知道有多危險的。但是，由於這些思考給我帶來的情感，我不禁對自己的康復感到奇怪，呃，我一心想活下來，想要有時間向上帝、向你們大家贖罪，這份渴望居然沒馬上害我死掉真是奇怪。萬一我死了，那會害我的看護兼朋友兼姊姊的你多麼悲痛呀！你在前些日子已經看遍我惱人的自私，已經摸透了我的千情萬緒！我在你的回憶中將成了什麼樣哩！還有媽！你怎安慰得了她哩！我簡直說不出多麼痛恨自己。回顧自己過去，我總要看到一些我疏忽的責任，一些我太縱容的缺失。我似乎傷害了所有人。珍寧斯太太好心好意，一貫的好心好意，我卻以不領情的輕蔑回報。我對爵士夫婦、帕爾默夫婦、史提爾家姊妹，甚至對普通點頭之友，都一直是又傲慢又不公平，硬著心無視他們的優點，他們的關心反讓我惱火。我對哥哥嫂嫂，沒錯，我連對他倆，儘管他們不值得尊重，卻也沒受到我應有的對待。但我最對不起的，卻是你，甚於對大家、對媽不起。我，只有我，才了解你的心事和悲痛。然而，了解對我又怎樣呢？並沒勾起我絲毫讓我倆都能受益的同情心。你的榜樣就在我眼前，但有什麼用呢？我更體貼你及你的安適了嗎？我有仿效你的涵養，減輕你的負擔，承擔那些你一直在獨自應付，對大家奉承、對個人感恩之類的工作嗎？沒有。在得知你不幸後，我並沒比在相信你如意時更減少迴避為職責和友愛盡一分心力。我簡直不承認除我之外還有誰會悲傷，一心只惋惜著那個遺棄我、對不起我的人，卻連累我自稱無比鍾愛的你為我悲痛。」

她那滔滔的自責在此停頓。艾琳諾雖然是老實得不想恭維她，卻急著要安慰人，當即把這番坦白和悔悟所應接受的讚揚和鼓勵給了她。瑪麗安握緊姊姊的手，答道：

「你真好，時間將是我的證明。我已經訂好計畫，如果能堅決執行，我就會控制好情感，變化氣質，再不會煩惱別人，也不會苦到自己。現在，我將只為家人活著。你和媽及瑪嘉麗今後就是我的一切，你們三人將分享我全部的愛。我絕不會再生出絲毫離開你們、離開家的念頭。就算真與外人交往，也只是為了展現說，我的態度已經謙恭起來，心靈已經改過自新，可以把禮貌和生命中的一些小義務行使得又溫文，又有涵養。至於魏樂比，要是說我很快或遲早會忘掉他，都是無稽之談。任何環境和看法的變化都無法讓我忘掉他。不過我會控制，會用宗教、理智和不停的忙碌，來加以按捺。」

她頓了頓，又低聲補充道：「假如我能了解他，一切都好辦了。」

艾琳諾已斟酌好一陣子，匆匆冒險把話說出口是恰當不恰當，卻還是像起先一樣猶豫不決。她聽妹妹這麼說，心想既然左思右想都是徒然，乾脆就下個決心了斷一切，於是就很快講起真相。

一如她的希望，她說得很有技巧，讓焦心的聽者做好心理準備。她簡單忠實地說出魏樂比自辯的扼要依據，如實傳達了悔意，只把他如今的愛情宣示說得委婉些。瑪麗安不吭聲，瑟瑟發抖，兩眼盯著地上，嘴唇比病後變得更加蒼白。上千個問題湧上心頭，卻一個也不敢提出，她心急如焚，聽得一字不漏，卻不知不覺地握緊姊姊的手，臉上沾滿了淚水。

艾琳諾怕她勞累，領著她走回家。雖然她沒明著問，但是艾琳諾卻很容易猜到她一定對什麼感興趣，因此在還沒走到家門以前，就一直談著魏樂比以及他倆間的對談。他的言談神態只要說出來不礙事的，艾琳諾都說得很仔細。一進屋，瑪麗安就感激地吻她一下，含著眼淚說出清晰的三個字：「告訴媽。」便離開姊姊，款款走上樓去。她這時想獨自清靜是合情合理的，艾琳諾就不打擾。她焦心地推演瑪麗安聽完的結果，並決計萬一她不再重提，自己就要重提，然後才走進客廳，去實現瑪麗安的臨別交代。

47

老太太聽到舊寵的辯詞，心裡不無感觸。她非常高興，算在魏樂比頭上的罪過已洗刷掉一部分。她惋惜他，並祝他幸福。但是，過去的感情卻無法挽回了。什麼也恢復不了當初對他的完全信任，及尚未辜負瑪麗安時的無瑕人格。什麼也抹殺不了瑪麗安因為他而受苦的事實，消除不了他對伊莱莎犯下的罪過。因此，什麼也不會回復老太太從前對他的欣賞，什麼也損不了上校的利益。

假若老太太能像女兒那樣，親耳聽到魏樂比的故事，親眼目睹他的難過，受他的神情舉止左右，可能她的憐憫就會更深。但是，艾琳諾卻沒能力也沒意願，想靠詳加解釋激得他人也產生自己當初油然而生的那種感情。考慮再三的她已經有了平靜的理智，對魏樂比的功過有了清醒的認識。因此，她只想說真相本身，透露那些真正攸關他人格的事實，不想溫柔地添枝加葉，以免惹人想入非非。

晚上大家聚在一起，瑪麗安主動說起了魏樂比，卻顯然並非毫不費力，原來她先坐著忐忑不安地沉思半晌，而且一開口就臉紅起來，聲音也哆哆嗦嗦的。

她說：「我想向你倆保證，一如你倆希望，我全都明白了。」

老太太本想馬上打斷她，好言安撫兩句，艾琳諾卻很想聽一下妹妹的一己之見，就急著以手勢止住母親說話。瑪麗安慢吞吞說下去道：

「姊今天白天告訴我的話，對我是極大的安慰。我已經聽到我正想聽的了。」聲音哽住片刻，恢復鎮靜後，卻更加心平氣和地接著說：「我是完全滿意了。我不希望有什麼變化。知道了我遲早總會知道的這一切，跟他在一起是絕不可能幸福了。我絕不會信任他、尊重他，什麼也無法把這件事從我的情感中剔除。」

「我知道我知道，」母親嚷道：「和行為放蕩的人在一起哪能幸福哩！他傷害過我們最親愛的朋友、也是天底下最好的人，跟他在一起會幸福嗎？不行，我的瑪麗安跟這種人是別想幸福的！瑪麗安的良心，她敏感的良心，會感受到丈夫應該感受到的所有情感。」

瑪麗安嘆口氣，重複了一句：「我不希望有什麼變化。」

艾琳諾道：「你的看法正和有理智、有見識的人完全一樣。我敢說你和我一樣，不只從這一件，還從許多別的事中悟出一些道理，然後相信你若是嫁給他，肯定會陷入重重的困難和挫折，他那不定的感情卻不會給你多少支持。你若嫁給他一定會一直鬧窮。連他自己都承認很會花錢，整個行為也表明，他簡直不知自制為何物。就憑著那麼一點點收入，他的需求量那麼大，你又缺乏經驗，一定會引起不少痛苦。這些痛苦你絕不會因為事先全不知情也沒想到，而少痛苦幾分。我知道，你一旦認清處境，你的自尊和誠實就會教你厲行節制。也許，如果你只是自己節衣縮食，你還可以盡量節省，但再說吧，一個人就算節省到極限，又怎能阻得了婚前就已開始的傾家蕩產呢？再說，假如你想減少他的物質享受，不管多麼合情合理，難道你就不擔心，非但勸不動他那種自私的人同意，搞不好還會消滅他對你的用情，後悔不該結這門陷他於如此困境的親事嗎？」

瑪麗安嘴唇顫抖一下，學了「自私」兩個字，語氣彷彿在問「你真認為他自私嗎」似的。

艾琳諾答道：「他整個行為自始至終都建立在自私上頭。他先是自私地玩弄你的感情，後來，他也愛上你了，卻又自私地遲遲不肯表白，最後又自私地離開巴頓。他自己的享樂，自己的安適，是他的最高圭臬。」

「確實如此，他從沒把我的幸福放在心上。」

艾琳諾接下去說：「現在，他懊悔自己的所作所為。為什麼要懊悔呢？因為事情不合他的心意，沒給他幸福。他現在不負債了，不再吃那類的苦頭，只是覺得娶到了性情不及你嫻淑的女人。但這難道是意味他娶你就會幸福嗎？娶你會有別的麻煩。他會為金錢問題苦惱。這個問題目前只是因為不存在他才無所謂。他本想娶一個性情無可指謫的妻子，但那樣他卻會一直拮据下去，窮下去。他也許很快就會學到，無負債的莊產加上好收入的無窮享受，即使對家庭幸福來說，也比妻子的脾氣重要多多。」

瑪麗安道：「我毫不懷疑，也了無遺憾，除了遺憾自己太傻。」

老太太道：「該說媽太不慎，是我該負責任。」

瑪麗安不讓母親說下去。艾琳諾很滿意兩人都自認有錯，便不想再追究過去，怕妹妹喪志，於是，就講回第一個話題，馬上接下去道：

「我想，整個故事中可以公平地產生一個結論。魏樂比的一切麻煩都要怪他造的第一個孽，也就是他對伊萊莎．威廉斯做的那件事。這件罪行是他一切小罪及如今一切不幸的根源。」

瑪麗安贊同得深有感觸。母親聽後就憑著兼具友情與企圖的熱情，數說起上校的種種委屈及美德。瑪麗安看樣子卻不像有聽見多少。

一如艾琳諾意料，隨後兩、三天，瑪麗安的體力並不像過去那樣繼續康復下去。但她的決心並未動搖，仍然顯得很高興、很平靜，姊姊盡可放心相信，她的健康隨著時間總會好起來的。

瑪嘉麗回來，全家又團圓了，在小築中重新安定下來。如果說她們讀書彈琴畫畫不像初來巴頓時那麼用功，至少卻計畫將來要全力以赴。

艾琳諾越來越急著想聽到愛德華的音訊。自從離開倫敦，她就沒再聽說過他，不知道他有什麼新打算，也不知道他現在的確切地址。為了瑪麗安的病，她與哥哥通了幾回信。約翰的頭封信裡，有這麼一句話：「我們對不幸的愛德華一無所知，也不敢在這種忌諱上發問，不過斷定他還在牛津。」這是他來信中有關愛德華的全部消息，他以後的幾封信裡，甚至連愛德華的名字都沒提到。不過艾琳諾並非注定要對愛德華的所作所為無知很久。

一天，家裡的男僕奉命跑了一趟艾塞特辦點事。伺候進餐時，女主人問他出差有沒碰到什麼，他隨口答說：

「我想您知道，費拉斯先生結婚了。」

瑪麗安猛地一驚，眼睛盯著面色蒼白起來的艾琳諾，自己便坐到椅子上嚎啕起來。老太太答著僕人的詢問，目光也直覺朝同一方向望去，驚覺艾琳諾的臉色十分痛苦，隨即又見到瑪麗安那副狀態，看得她是同樣悲痛，一時不知該先照顧哪個女兒才好。

男僕只看見瑪麗安小姐有恙，還知道去喚來一位女僕。女僕由老太太協助，把小姐扶進另一房間。此時，瑪麗安已經大為好轉，母親把她交給瑪嘉麗和女僕照料，自己回到艾琳諾面前。艾琳諾雖然心還很亂，卻已經恢復理智，也能說話了，正要問起男僕消息是哪來的。老太太立即把這事攬過去，於是艾琳諾便無需勉力發問，就知道了端倪。

「是誰告訴你費拉斯先生結婚了呢？」

「我今天白天在艾塞特親眼見到費拉斯先生，還有他太太，就是從前的史提爾小姐。他們的馬車停在新倫敦客棧門前，我也正好到那裡，替巴頓園的薩莉給她當郵差的弟弟送封信。我走過馬車，碰巧抬頭望了望，當即發現是史提爾家的二小姐。我向她行了個脫帽禮，她認識我，把我叫住了，問起了太太您和幾位小姐，特別是瑪麗安小姐，吩咐我代她和費拉斯先生致上問候，衷心的問候和敬意。還說非常抱歉沒工夫來拜訪您。他們還急著往前走，因為還要趕一程路，不過回來卻一定要過來拜訪。」

「可是，她告訴你她結婚了嗎？」

「是的，她笑嘻嘻地說，她離開此地的期間曾換過姓。她素來是位和藹可親、心直口快的小姐，待人又客氣。於是，我冒昧祝她新婚愉快。」

「費拉斯先生和她一道在馬車裡嗎？」

「沒錯，我看見他仰靠在裡面，但是沒抬頭，他一向不是位健談的紳士。」

艾琳諾心裡不難說明他為什麼不向前探身，老太太可能也找到了同一個解釋。

「車裡沒別人嗎？」

「沒有，就他們倆。」

「知道他們從哪兒來嗎？」

「直接從倫敦來的，是露西小姐，呃，費拉斯太太告訴我的。」

「他們還要往西走？」

「對，但不會待很久。他倆很快就會回來，那時候肯定會到這裡來。」

老太太看看女兒。艾琳諾卻心裡有數，知道他倆不會來。這消息讓她看透了露西，也深信愛德華絕不會再來接近她們。她輕聲對母親說，他倆大概要去普里茅斯附近的普拉特家。

男僕的消息似乎說完了。艾琳諾卻看來還想多聽點。

「你走開以前有看見他們出發嗎？」

「沒有，馬匹剛剛牽出來，我怕誤事，不能多留。」

「費拉斯太太看來好嗎？」

「很好，她說她好極了。在我看來，她一向是個非常漂亮的小姐，呃，好像滿稱心如意的。」

老太太想不起別的問題了，男僕和桌巾現在也都不需要了，便很快叫他拿走。瑪麗安早就打發人來說過不想吃飯。老太太和艾琳諾都同樣沒有胃口。瑪嘉麗或許會覺得，兩個姊姊最近常常心神不寧，總是有那麼多不想吃飯的理由，她自己倒真夠幸運，從來沒有迫不得已不吃晚飯。

等甜點和酒擺上桌，只剩下老太太和艾琳諾兩人。她們同處了很久，都在沉思默想。老太太不敢說話，也不敢貿然安慰女兒。她現在發現，她過去信賴艾琳諾的自我表白是錯誤的。於是公正地推論道，因為她當時已經在為瑪麗安難過，艾琳諾不想連累她更難過，才故意輕描淡寫了一切。她發現，她本來很了解艾琳諾的感情，卻受了艾琳諾小心體貼的誤導，以為實際感情比她原先想像以及現在所證實的淡薄很多。她擔心，照這樣說來她對艾琳諾有失公道，有失關懷，才不，簡直是有失仁慈。瑪麗安的痛苦因為更公開，看得更清楚，母親便深情傾注，卻忘了艾琳諾可能一樣難過，而且自討苦吃的成分絕對是比較少，毅力則更大。

48

艾琳諾如今發現，不幸的事不管心裡如何認定會發生，但期待和確定畢竟還是不同。她發現，愛德華還未婚的時候，她總是不由自主，抱著一線希望，希望能出現個什麼他不用娶露西的情況。也許是他自己的決心，或親友的居中調解，或露西能遇到什麼良機奇緣，皆大歡喜。但是他現在結婚了，艾琳諾自責不該心存僥倖，害自己聽到消息時痛苦倍增。

他居然這麼快就結了婚，沒照艾琳諾的想像，先取得神職資格，也就是沒等獲得俸位，艾琳諾起初有點吃驚，卻很快領悟到，深謀遠慮的露西，一心只想快把人弄到手，擔心夜長夢多，就什麼都不管了。他們結了婚，在倫敦結了婚，現在正急著趕去她舅舅家。愛德華來到離巴頓不過四哩的地方，見到她母親的男僕，還聽到露西的話，作何感想呢？

她想，他們很快就會在德拉福安居下來——德拉福，好多事結合起來挑動她的興趣，那個她既想了解又想迴避的地方。她轉瞬間看見他倆住在牧師公館裡，露西持家起來是活躍機靈，把崇尚體面和克勤克儉融為一體，生怕別人看出她在節衣縮食。她一心唯利是圖，極力巴結上校、珍寧斯太太以及每一個闊親友。艾琳諾不能想像愛德華會怎麼樣，也不知道該希望他怎麼樣，幸福還是不幸福，她都不會高興，索性就不幻想他的樣子了。

艾琳諾滿心以為，倫敦的哪位親友會寫信來通知，說出多一點細節。一天天過去，卻是沒信也沒音訊。她說不上應該怪誰，卻覺得不在跟前的親友不是粗心就是手懶，統統有錯。

「你什麼時候要給上校寫信呢？」她一心急著想找個法子，突然問母親這樣一個問題。

「我上星期給他寫了封信，但不是想再收到回信，而是想見到他。我認真敦促他快來咱家，說不定今明天就會到。」

這是個頭緒，她有盼頭了。上校一定能帶消息來。

剛剛想定，就有個騎在馬背上的男人身影把她的目光引向窗外。那人在庭院門外停住，是位紳士，是布蘭登上校。現在她可以聽到更多消息了。她期待著，顫抖起來。咦，人卻不是上校，既沒他的風度，身高也不像他。如果可能，她要說這一定是愛德華。再看一眼，人剛剛下馬。不會錯了，就是愛德華。她離開窗口，坐了下來。「他特地從普拉特家趕來看我們。我一定一定要鎮靜，一定一定要控制自己。」

轉瞬間，她察覺別人也都有意識到這一錯誤，母親和瑪麗安臉色都變了，都在望著她，相互耳語了幾句。她真恨不得能說得出話來讓人明白，她希望大家待來客不要冷落怠慢，可是她無法說話，只好聽任大家看著辦。

大家一聲不響，都默默等客人出現。聽到他走在小石鋪道上的腳步聲，一轉眼就走進過道，再一轉眼就來到面前。

他進門的神色不太高興，面對艾琳諾也是如此，他的臉色因為侷促不安而發白，看樣子很擔心會受到冷遇，也知道自己不配受到禮遇。可是，老太太素性熱情，想一切聽從女兒的，於是就自信是遵照女兒的心願，強顏歡笑地迎上前去，把手伸給他，恭喜他。

愛德華臉色一紅，結結巴巴答了一句聽不清楚的話。艾琳諾也隨母親動過嘴皮，但願自己也和他握手，卻為時過晚，只好一臉開誠相見的神情，重新坐下，談起了天氣。

瑪麗安盡量退到隱蔽處，不讓人看見她在傷心。瑪嘉麗對情況有所了解又不全了解，認為該義不容辭地保持尊嚴，因此就找個離來客盡可能遠的位子坐下，一直沉默不語。

艾琳諾停止了歡慶這乾燥季節，就出現非常糟糕的冷場，後來由老太太打破，自覺有必要表示，但願他離家時，費拉斯太太一切都好。愛德華慌忙說對。

再次冷場。

艾琳諾雖然怕聽自己的說話聲，但還是決心硬著頭皮說道：

「費拉斯太太在長鎮莊嗎？」

「長鎮莊！」他神情驚訝地答道：「不，家母是在倫敦。」

「我想問的，」艾琳諾說著，從桌上拿起一項針線活來：「是愛德華．費拉斯太太。」

她不敢抬眼，母親和瑪麗安卻一起轉眼看著愛德華。他臉一紅，似乎有些茫然，眼色疑惑著，猶豫了一陣才說道：

「也許您是指，呃，舍弟，呃，您是指，呃，勞勃．費拉斯太太。」

瑪麗安和母親都跟著說道：「勞勃．費拉斯太太！」語氣極為震驚。艾琳諾雖然說不出話來，眼神卻同樣焦急驚奇地凝視著他。他從座位上起身，走到窗前，顯然不知如何是好，拾起一把放在那兒的剪刀亂剪起來，不僅把剪刀鞘剪成碎片，也剪壞了剪刀。同時，又慌慌說道：

「也許各位還不知道，呃，可能還沒聽說，舍弟最近娶了，呃，露西．史提爾小姐。」

在場的人除了艾琳諾，都驚訝莫名地低聲跟著說一遍他的話。艾琳諾坐著低頭做針線活，卻激動得簡直不知身在何處。

他說：「沒錯，是上星期結婚的，現在人在道里士。」

艾琳諾再也坐不住了，幾乎是用跑的奪門而出，一關上門，便迸流出欣喜的淚水，流得她起先還以為，永遠也別想止住。愛德華本來都沒看她一眼，見她匆匆跑走，也許看見，甚至還聽見了她的激動，隨即陷入沉思，任憑老太太說什麼問什麼，怎麼柔聲搭談，都不能回過神來。

最後，他一言不發地出門，朝村裡走去，留下的人見他處境變得如此奇妙又突然，都驚奇困惑不已——除了自己瞎猜，都沒法消滅的那種困惑不已。

49

愛德華重獲自由，在母女看來雖然不可思議，他卻真無約一身輕了沒錯。他將利用自由做什麼，大家卻都輕易料到了。他沒有徵得母親同意，享用亂訂婚的福祉既已享用了四年之久，那門親事如今告吹，馬上另訂一門就是再合理不過。

其實他到巴頓的來意很簡單，就是來向艾琳諾求婚。想想他在這種問題上也不算沒有經驗，這次居然還要惴惴不安，要鼓勵又要出門透氣，還真有點奇怪。

不過，他走了多久才走出決心，多久後又等到付諸行動的良機，怎麼個求婚法又怎麼個獲得首肯法，這些都毋庸贅述。反正，在四點鐘，大約在他到來的三小時之後，大家一道坐下吃飯，他已經擄獲了意中人，也徵得女方母親的同意。無論是在情郎欣喜若狂的宣稱中，還是憑客觀的理論和現實，他都是天底下最幸福的男人。他的情況的確是歡喜得有點超乎尋常。他樂陶陶又神采奕奕，為的並不只是兩心互許的尋常快樂。他已經無責無咎地擺脫痛苦多年的纏身之約及他早已不愛的女人，尤有甚者，還一步登天，把他一開始心儀就差不多已認為絕望的另一個女人，一口氣擄獲，他不是化疑心或忐忑心，而是化痛心為喜樂心。他把這種變化坦然表白得如此歡暢真摯，滔滔不絕又心滿意足的，令這些朋友都大開眼界。

他如今對艾琳諾掏心了，種種缺點和錯誤都供認無諱，並以二十四歲的哲學性尊貴口吻，敘說自己對露西的那份年少初戀情。

他說：「都怪我的蠢和懶，怪我不懂人情世故，怪我無所事事。我十八歲從普拉特先生處結業，家母若是給我點事情幹幹，我想，不對，是我確定，就不會出這種事了。我離開長鎮莊，雖然自以為對他的外甥女是神魂顛倒，但假如有些事情、有些目標可以讓我忙一忙，和她疏遠幾個月，特別是在那種情形，我一定會多跟外界打打交道，應該就會很快拋下那份異想天開的眷戀。可是我回到家裡，卻都沒事情幹，既沒給我選職業，也不讓我自己選，完全無所事事。隨後那年，我甚至連個大學生在名義上要忙的事都沒份，遲至十九歲才去牛津入學。因此，除了幻想在戀愛以外，壓根是無業可務。加上家母又沒讓我在家中過得完全舒服，我與舍弟也不友好，合不來，又討厭結交新朋友，自然就常往長鎮莊跑，那裡總讓我覺得很自在，很賓至如歸。就這樣，我十八、十九歲絕大部分的時間都在那裡消磨。露西看來非常嫻淑親切，人也漂亮，至少我當時覺得她很漂亮。我很少認識別的女人，無從比較，看不見她的缺陷。所以整個看來，雖然我訂的是很蠢的婚，如今也證明果然是愚蠢到家，我卻希望這在當時，並不算不近人情、不可寬恕的蠢事。」

母女等在區區數小時間的心境變化是如此劇烈，喜氣是如此洋洋，大家勢必要享用到一夜失眠的愉悅了。老太太高興得有點不太好過，不知道該怎麼喜愛愛德華，又該怎麼讚揚艾琳諾才好；不知道該怎麼才能不刺到愛德華的敏感，卻又對他重獲自由慶幸個夠。該怎麼讓他倆有空對談無礙，自己又能如願瞧著他倆，伴著他倆。

瑪麗安的快樂只能靠淚水來說。她難免要比較，要遺憾。她的喜悅雖然就像姊妹之情一樣真摯，卻不是可以振奮人或可以語言表達的那種。

至於艾琳諾，她的心情又該怎麼形容呢？從她得知露西他嫁，愛德華已經自由的那一刻起，一直到她迅速生起的種種希望都讓愛德華實現的另一刻，期間她什麼感受都有，獨缺平靜一項，但是這段時刻過後，一切的懷疑和焦慮統統消除，比較自身今昔，見他光榮脫離過去的婚約，並馬上利用他這解脫向她求婚，表露出她所一直料想的，那種溫存、堅貞的愛情。喜悅壓得她喘不過氣來，都支持不住了。人性儘管見形勢好轉都很容易習慣，她卻需要幾小時才能情緒平靜。

現在，愛德華在小築至少要住一星期。因為不管他有多少別的理由該陪她們，他與艾琳諾歡聚的時間不能少於一個星期，否則也不夠他倆為過去、現在和未來說出一半心中要說的話。一對理性動物若花區區數小時做交談不絕的苦工，一定會說出多於雙方共同關心的話題，但情侶卻不一樣。在情侶之間，話題得重複個至少二十遍才算有說完，交談也才算有在進行。

露西他嫁，也就是大家理所當然的無限謎團，當然是這對情侶最早要談論的事。憑艾琳諾對男女新人的認識，他倆會成雙從每個角度看，都是她平生聽到最不尋常、最不可解的事。怎麼會湊到一起，勞勃又是看上人家哪一點，居然會娶艾琳諾曾親耳聽他評為其貌不揚的姑娘，而且，還是那個已經和他哥哥訂過婚，並因此連累他哥哥被逐出家門的姑娘，艾琳諾真百思不得其解。就心願來說，是樁大好事。就想像而言，甚至有點可笑。但是，就理智和判斷而論，卻完全是個謎。

愛德華只能做聊備一格的解釋，猜道：也許先是不期而遇，一方的阿諛奉承對另一方的虛榮心大起作用，逐漸才生出以後種種情節。艾琳諾想起勞勃曾在達士伍公館告訴她，若有他及時出面調解，哥哥的事情可能就會如何如何。她學給愛德華聽。

愛德華馬上品評道：「勞勃這人就是那樣，」當即接下去說：「也許，他倆剛認識時，他可能有在想這念頭。露西起初也許只想求他幫幫我的忙。其他打算可能是後來才有的。」

兩人到底進行了多久，他卻也像艾琳諾一樣不明就裡。自從離開倫敦，他就情願一直待在牛津，所有關於露西的消息都是來自她本人，一直到最後，她來信的頻率和情意都沒稍減。因此，他絲毫沒起疑過，也沒對後來種種有過心理準備。最後，露西來了一封信，他才猛然明白已經脫離苦海，當時又驚又怕又喜，他相信，還真害他發了半天呆。他把信交給艾琳諾：

敬啟者：

吾自知早已失歡於閣下，乃自認有資格芳心另許，亦不疑今日他嫁必將如舊日濁見，若委身閣下一般幸福美滿也。吾誠不屑嫁給在愛別人的男人哉。在此謹祝閣下有幸擇得良偶。吾如今與閣下已結為近親，彼此自當友愛，若不成，錯必不在吾也。謹在此保證，吾誠無心詛咒閣下也，並相信閣下寬宏大肚，必不來拆台哉。吾已全心愛上令弟，吾倆正愛得死去活來，如今剛離開教堂大門，正要奔赴令弟十分想往的道里士去也，將在彼小住數周。承蒙不棄，特此草成數行相擾。專此，敬祝

大安

摯友兼不肖賢弟媳露西．費拉斯　敬上

又即，大札已全部付之一炬，一有機會定將奉還貴寶像。請將愚函燒掉。簽有吾玉髮之戒指則盡可保留。

艾琳諾看完信，不予置評地遞回去。

愛德華道：「我不想問你對文筆的看法。要在以前，我無論如何也不敢讓你看她的信。做弟媳已經夠糟了，做妻子還了得！她寫的信看得我好臉紅哪！我想必可以這樣說，自從一開始訂那蠢婚以來，這還是她寄給我，內容可以彌補文筆缺陷的唯一一封信。」

無話半晌，艾琳諾說道：「不管前因後果，反正他倆已經結了婚就是。你媽自己招來了萬分恰當的懲罰。她對你不滿，便賞了勞勃經濟獨立，正好賦與他自己擇偶的權力。她其實是用了每年一千鎊的收入，去賄賂一個兒子做另一個因為想做所以繼承權遭她褫奪的那件事。我想，勞勃娶露西對她的打擊應該不會小於你娶露西。」

「打擊只會更大。勞勃一向最得她疼。但是打擊更大的同樣原因也會讓她更快原諒勞勃。」

他們母子間現在關係如何，愛德華是不得而知，他一直沒和家裡任何人聯繫過。他收到露西的信不到一天就離開了牛津，心裡只有一個目標，要趕最近的路到巴頓去，都沒空打算和那條路無關緊要的行事計畫。他與艾琳諾的命運還沒敲定以前，他什麼事也不能做。他追求這命運是追求得十萬火急，可想而知，他雖然吃過上校的醋，雖然自估才德非常謙遜，談起自己的疑慮也很有禮貌，但整個來說，他卻不認為會受到很殘忍的待遇。說他真有認為卻是他的義務，也說得滿動聽的。至於他一年後又會怎麼說，就留給世間夫妻去想像了。

露西讓男僕捎來的口信是想騙一騙，要她們大大恨愛德華一番，這點艾琳諾是看得一清二楚。愛德華本人如今也看清露西本性，可以相信得毫不遲疑，她是邪惡乖戾得什麼卑鄙事都做得出。他雖然早在認識艾琳諾之前就睜亮眼睛，從露西的見解中看出了無知和狹隘，卻一直都體諒她只是缺乏教育而已。

還沒收到最後一封信以前，便一直以為她和藹善良，對自己一往情深。只因為這樣信著，他才沒退婚，儘管，在母親還沒發現並大發雷霆以前，他對這門親事就已經在懊惱悔恨不住了。

他說：「母親和我斷絕關係，我孤立無援的時候，不管真實感受如何，我都以為有義務讓她選擇，是否要繼續跟我訂婚。這種情況似乎沒有什麼可以打動誰的貪心和虛榮，她又誠懇熱切萬分，堅持與我同甘共苦，怎想除了無私的愛情以外，還會有別的動機呢？至今我還是無法理解，委身於自己一點都不愛，財產總共也才兩千鎊的人，到底是出自什麼動機，對她又有什麼異想天開的好處。她當時並無法預見布蘭登上校會送我牧師俸位。」

「她是無法預見，卻也許在想，說不定會出現什麼對你有利的情況。你家人也許遲早會心軟。無論如何，繼續訂婚對她並無損害。她已經證明，這既不束縛她的意向，也不束縛她的行動。這門親事當然很體面，她在親友前可能會更風光。就算情況不能好轉好了，嫁你也總比獨身好。」

愛德華當然馬上認識到，露西的行為是再自然不過，動機也是再昭彰不過了。

艾琳諾嚴厲斥責愛德華，一如所有女士總要斥責芳心暗喜的輕率言行，說他在諾蘭和她們共處那麼久，一定有感到辜負婚約。

她說：「你的行為絕對是很不該。且不說我怎麼相信吧，親人也都產生了錯覺，去期待照你當時的處境是絕對不可能的事。」

他只好推說自己太無知，誤信了婚約的力量。

「我真夠單純，以為既然許了別人，和你在一起就不會有危險。只要想到婚約，我的情感就能跟道義一樣安全神聖。我覺得我很欣賞你，卻總對自己說，那只是友情而已。直到我開始拿你和露西比，才知道我是栽進去了。我想，從那之後，我不該繼續賴在薩西克斯郡不走，用來哄自己的理由卻只是，反正只有我自己危險，並不會害到其他人。」

艾琳諾微笑著搖搖頭。

愛德華聽說布蘭登上校即將光臨小築，非常高興。他不僅想再多多認識上校，也想乘機讓他相信，自己再也不怨他拿德拉福牧師俸位相贈了。他說：「當時我謝得很不禮貌，他如今一定以為我一直沒寬恕他要送我那俸位。」

現在，他驚訝了起來，居然還未去過德拉福。他從前對這事太不感興趣，所以是全拜艾琳諾之賜，才能對房子、花園、教會屬地、教區範圍、農林狀況以及教會稅率有所了解。艾琳諾從上校那兒聽來許多，聽得非常仔細，所以瞭若指掌。

在這之後，就只剩下一個問題尚未解決，一個困難尚未克服。他倆因兩情相悅而結合，真朋友也都樂觀其成。他倆相知甚深，彷彿篤定會幸福，唯缺生活費一項。愛德華有兩千鎊，艾琳諾一千鎊，再加上德拉福的牧師俸，就是他倆坐擁的全部資產。因為達士伍老太太不可能拿出什麼來，兩人也還沒愛到居然會以為，一年三百五十鎊就會生活安康的地步。

愛德華對母親可能改變態度並非完全不抱希望。他倆的其餘收入，他正是指望由母親來給。可是，艾琳諾卻不敢這麼想。愛德華還是不能娶摩頓小姐，在費拉斯太太當初的恭維用語中，愛德華娶她，也只是跟娶露西相比較輕的一害而已。所以她擔心，勞勃的冒犯，只會肥到芬妮。

愛德華到後約四天，上校也來了，正好徹底遂了老太太的心意，也讓她在搬來巴頓以後，第一次享受到客人超過家中容量的光榮。愛德華享有先來的特權，上校只好每晚都去園府的老住處投宿。第二天再回來，早得正好打斷小兩口在早餐前的第一次私房話。

上校住在德拉福的那三個星期，至少在每晚，他除了盤算三十五歲與十七歲之不相協以外，可做之事很少。因此他來巴頓的心境，是需要瑪麗安的一切好轉跡象及友好歡迎，以及她母親的一切激勵用語，才能歡樂的那種。在這樣的朋友之間，又受到這樣的厚待，他果然復原了生氣。他還沒聽說露西嫁人。對情況一無所知的他，來訪的頭幾個小時就全用來聽新聞和嘖嘖稱奇了。老太太向他解釋了來龍去脈，他發現給費拉斯先生幫的那個忙現在更有理由慶幸了，因為到頭來獲利的是艾琳諾。

不用說，兩位紳士交往越深，彼此就越發有好感，因為沒有別的可能。他們在道義、理智、性情、思考方式上都很相似，就算沒有其他誘因，也夠他倆交成朋友。他們又愛上一對親姊妹，一對相親相愛的姊妹，這就使得他倆勢所難免，非得馬上就互敬互愛起來。不然，就得等時間和判斷力發揮功效了。

倫敦的來信若在幾天之前，一定會害艾琳諾全身血脈僨張，如今收到信讀起來，卻喜悅多過激動。珍寧斯太太寫信來說這段異聞，氣那名水性楊花的丫頭氣出許多義憤之辭，為可憐的愛德華先生大抒同情。她確信，愛德華太愛那小賤人，現在待在牛津據說心快碎了。她接著寫道：「我認為天底下從來沒有過這麼鬼鬼祟祟的勾當。露西僅僅兩天前還來我這裡坐兩三個鐘頭。誰也沒起過疑心，連安妮，啊，好可憐！第二天就哭哭啼啼跑來了，怕費拉斯太太怕得嚇死了，也不曉得要怎麼回普里茅斯。看樣子，露西去結婚前把錢全借走了，想必是擺闊用，讓可憐的安妮身邊不剩半毛錢。所以我很高興送她五枚金幣，當作去艾塞特的路費。她打算跟伯吉斯太太住幾個星期，希望像我說的那樣，能再次碰到博士。應該說，露西不帶姊姊一起乘馬車走，是再缺德不過了（註）。可憐的愛德華哪！我沒法忘掉他，你一定要請他去巴頓，瑪麗安小姐一定要安慰安慰他。」

約翰的口氣比較嚴肅。他丈母娘是最不幸的女人，可憐的芬妮感情受創很大。母女倆受到如此打擊還能倖存於世，真叫他又驚又喜。勞勃罪無可赦，露西卻罪加一等。以後不可再向費拉斯太太提起他倆了。即使她有朝一日原諒兒子，也不會承認他妻子為兒媳，更不會允許這女的出現在面前。兩人暗中圖謀不軌，罪過是理所當然要大大加重，因為只要別人起疑，就會採取適當措施阻止婚事。他呼籲艾琳諾同他一起惋惜，為何露西不和愛德華完婚，卻反而進一步擴大了費拉斯家的不幸。約翰接著寫道：

「費拉斯太太迄今還未提起愛德華的名字，我們倒不訝異。我們大為驚訝的卻是一直沒收到他的片紙隻字。也許他怕惹人生氣才保持緘默。因此我想往牛津寫封信，暗示他一下，就說他姊姊和我都認為，寫一紙中肯的求情書，或許寄給芬妮，再轉給母親，是誰也不會見怪的。因為我們都知道費拉斯太太心地溫柔，萬分希望跟子女關係良好。」

這段話對愛德華的前途和行動有些重要。他讀後就決定要和解看看，雖然不想全照姊夫姊姊的方式。

「什麼一紙中肯的求情書！」愛德華學著說道：「他們是要我乞求母親寬恕勞勃對她忘恩，對我負義嗎？我才不求情。我對所作所為既不愧疚也不懺悔。我只變得非常快樂，他們卻不會有興趣。我不知道有什麼情要我求起來是中肯的。」

「你當然可以求她寬恕，」艾琳諾說：「因為你冒犯了她。我倒認為，你現在不妨大膽一些，對那次訂婚惹母親生氣表示於心不安。」

愛德華同意可以照辦。

「她寬恕之後，你或許再謙恭一點，也承認第二次訂婚。在她看來，這次幾乎與第一次一樣輕率。」

對此，愛德華沒什麼好反對的，卻還是不肯寫一紙中肯的求情書。他聲稱，要做這種丟臉的讓步，他寧可親口去說，也不願寫信表示。因此為了不難為他，就決定道，不給芬妮寫信，而是跑一趟倫敦，當面求她幫忙。「如果他們當真願意撮合，」瑪麗安帶著重新顯現的坦率性格說道：「我會認為，連哥哥嫂嫂也不是一無是處。」

上校只待了三、四天，兩位先生便一道離開巴頓。他們馬上就去德拉福，以便讓愛德華親自了解一下他未來的寓所，並幫助他教區的贊助人兼朋友決定需要做什麼修葺。在那裡待上兩夜之後，愛德華再起程去倫敦。

譯註：禮俗，新娘在新婚之旅應該帶個女伴同行。

50

費拉斯太太中肯地推託一陣，其激動及堅定程度是恰恰能杜絕那個她似乎很怕的口實，也是太仁慈那個口實，然後才把愛德華叫到面前，宣布他又成了她兒子。

最近，她家內真是非常動盪。她多年來一直有兩個兒子。但是幾周前，愛德華的罪過與貶謫剝奪了她一個。接著勞勃也同樣遭貶，剝奪了另一個，讓她兩周來沒剩半個。現在，經由愛德華的幡然悔悟，她又有一個了。

愛德華儘管再次得到生存權，在透露新訂的婚之前，並不感到自己可以平安繼續存活下去。他擔心公開這件事，就會突然改變他身分，像前次那樣迅速地斷送他。因此就惶恐小心地透露真情，聽的人卻是意外平靜。起先，費拉斯太太盡量以理相勸，不要娶艾琳諾，說摩頓小姐更有地位也更有錢。為了增強說服力，還說人家是貴族之女，有三萬鎊財產，艾琳諾卻只是個無名紳士的女兒，財產不到三千。當她發現，他雖然承認她說的千真萬確，但絕不想俯首聽命，就根據以往的經驗斷定，還是順從他最明智。於是，為了維護尊嚴，防止有人懷疑她心腸太好，她先彆扭地拖延一陣，終於下達兒子可娶艾琳諾的准許令。

如何增加他倆收入，是她下一步的考慮。不過有一點很明確，雖然愛德華現在是她獨子，卻絕不是她長子。既然勞勃不可避免要年收入一千鎊，她也就不反對愛德華為頂多二百五十鎊的收入去當牧師。她也不對現在和將來做任何許諾，除了她也曾給過芬妮的一萬鎊。

不過，這倒和他倆的欲望相當，也超出了他倆的期望。裝腔作勢找藉口的費拉斯太太自己，反像是唯一對沒給更多感到驚訝的人。

取得了足以滿足生活需要的收入，只要一等愛德華得到俸位，便一切俱備，只等新房子了。上校渴望好好招待艾琳諾，牧師公館正在大加修繕。艾琳諾一直在等著完工，誰料為了工人莫名其妙的拖拖拉拉，照常要千失望、萬延誤的，便照常打破了要等一切就緒才結婚的明確決定，趁早秋在巴頓教堂舉行了婚禮。

小兩口婚後的第一個月是和上校一起在園府度過的。從這裡，他倆可以監督牧師公館的進度，隨意在工地監工。可以選擇糊牆紙，規畫灌木叢，設計一條門前小徑。珍寧斯太太的預言雖然亂點鴛鴦譜，基本上卻兌現了。她可以趕在米迦勒節前到牧師公館拜訪愛德華夫婦，正如她所確信，發覺艾琳諾和她丈夫是世界上最幸福的一對佳偶。實際上他們也沒別的奢望，只盼著上校和瑪麗安能配成夫妻，以及奶牛能吃到更好的牧草。

剛定居下來，幾乎所有的親友都趕來拜訪。費拉斯太太跑來檢視她當初幾乎有點恥於首肯的幸福。連達士伍夫婦也不惜破費，從薩西克斯郡遠道來道喜。

一天白天，兄妹一道在德拉福園府大門前散步，約翰說道：「我不想說失望，那樣說就嫌過分了。你當然是天底下最幸運的小姐。不過我供認，稱上校做妹夫會讓我高興備至。他在這裡的財產、莊園、住宅，都是那樣體面，那樣優秀哪！還有他的樹林！德拉福坡林上的那種樹木，我在多塞郡其他地方還沒見過呢。雖然瑪麗安不太像能吸引他，不過我想你們最好讓他倆經常和你們待在一起。上校常常待在家裡，誰也說不上會出現什麼情況。兩個人如果常在一起，不太見其他人，呃，你們總有辦法把瑪麗安打扮漂亮，等等。總而言之，你們不妨給她個機會。你一定懂我的意思。」

費拉斯太太雖然來看望他們了，而且總是裝出有情有義，但是他們從未遭受過她真寵真疼的侮辱。那碼子東西，是歸勞勃的愚蠢和他妻子的狡詐所有。沒出幾個月，他們就贏得了費拉斯太太的真寵真疼。露西那曾陷勞勃於困境的自私精明，後來又為其脫困立下汗馬功勞。她那唯唯諾諾、大獻殷勤和百般奉承的本領一旦得到最小的施展機會，費拉斯太太便寬容了勞勃的選擇，寵他如初了。

露西在整件事中的行為及事後的榮華，可算是一則絕佳的勵志範例，只要見利勇為，努力不懈，不管表面上阻力多大，都必會功德圓滿，除了時間和良心，不必犧牲別的。勞勃最初跑去結識她，在私底下去巴特雷公寓造訪時，目的本是只有哥哥說的那一種，想勸她放棄婚約。既然，他需要克服的，也只是兩個人的感情而已，就想當然耳，以為談一兩次就能解決。不料這一點，也只有這一點，他卻失策了。因為雖說露西很快就給他希望，覺得他辯才無礙，遲早總會說服她，卻總是需要再見一面，再談一次，才能心服口服。兩人臨別，她心裡總是存有幾分疑慮，只有和他再談半個小時才能消釋。她就用這個辦法拘他來跟前，其餘就依序進展。漸漸兩人不再談論愛德華，而改談勞勃一人。這正是勞勃最健談的話題，不久露西顯現出來的興趣，也跟他旗鼓相當起來。總之，雙方都迅速發現，他已經完全取代了哥哥，他為征服露西自豪，為騙過哥哥自豪，為不經母親首肯就祕密結婚更是非常自豪。緊接下來的事大家都知道了。兩人在道里士幸福快樂地度過幾個月，因為她需要侮慢許多親戚舊交，勞勃則設計了幾幢超級豪華小築，兩人隨後回到城裡，在露西的唆使下，便以求饒這種簡單的手段取得費拉斯太太的饒恕。理所當然，一開始得到寬恕的只是勞勃。露西對他母親本來就不負有義務，因而也談不到背義，幾個星期中都沒得到寬恕。但是她繼續低三下四，一再傳遞對勞勃的罪過引咎自責的訊息，並感激自己受到苛待，最後終於受到費拉斯太太倨傲的注意，令露西對這恩典感動得差點崩潰，不久，便迅速取得最受寵、最有影響的地位。露西對費拉斯太太來說，變得像勞勃和芬妮一樣不可或缺。儘管愛德華因為一度想娶她而從不能得到真誠的諒解，儘管財產出身都略勝一籌的艾琳諾只能做個礙眼人物，露西卻總是被視為、被公認為愛媳。夫妻倆在倫敦定居下來，受到了費拉斯太太的慷慨資助，也與達士伍夫婦保持再好不過的關係。如果不提芬妮與露西之間持續不斷，她倆的丈夫當然也有插一腳的嫉妒和仇視，也不提勞勃與露西之間頻仍的家庭糾紛，大家相處得再和睦不過了。

愛德華究竟為什麼失去了長子繼承權，許多人也許會疑惑不解。而勞勃憑什麼繼承了長子身分，大家可能會更加疑惑不解。這種安排就算是沒有好原因，卻造成了好結果。原來勞勃的生活及談吐派頭，從來就沒為收入額度，顯露過哥哥太少或自己太多的絲毫悔意。再看愛德華總是爽然履行職責，越來越鍾愛自己的妻室，又興高采烈的，似乎也相當滿意自己的命運，絲毫不想和弟弟對調。

母親、妹妹在艾琳諾出嫁以後，盡量少與她分離，卻又不完全荒廢小築，大半時間都和她住。老太太頻頻往德拉福跑，不只是為了快樂也是有所企圖。她想撮合瑪麗安和上校的願望，雖然比約翰磊落得多，卻也夠熱切了。現在，這已成為她夢寐以求的目標，儘管十分珍惜有女兒在側，卻更願意把樂趣永遠讓給尊貴的朋友。況且，親眼見到瑪麗安嫁進園府，也是愛德華夫妻倆的願望。他們都感到了上校的悲傷和自己的責任，一致認為瑪麗安將彌補一切。

瑪麗安在這樣的共謀之下，又是如此了解上校的美德，上校早為大家有目共睹的深情，最後也終於讓她猛然發覺了，她能怎麼辦呢？

瑪麗安．達士伍生就一個特殊的命運。她天生注定要發現自己看法有誤，並且必須用行動否定自己最鍾愛的格言。她天生注定要克服遲至十七歲才心生的情愫，而且懷著崇高的敬意和真摯的友情，自願以終身另許他人！而這人由於過去的一段情，受過的痛苦並不比她少，兩年前還被瑪麗安認為老得不能結婚，至今仍穿著法蘭絨背心保護身體。

不過，事情就是如此。瑪麗安沒有像她一度天真期望的那樣，為不可抗拒的感情犧牲奉獻，也沒像她頭腦冷靜下來後的決定，一輩子守在母親身邊，以閉門讀書為唯一樂趣。到了十九歲，她發現自己屈從於新情感，擔負起新義務，安頓在新家裡，做了妻子、家庭主婦、一整個村莊的女主人。

布蘭登上校如今，就像至親好友認為他應該的那樣幸福。瑪麗安為他過去的一切創傷帶來了安慰。他有了她關心，有了她作伴，心靈又活力重現，情緒又歡快起來。明眼的親友也都欣然相信，瑪麗安從給他的幸福的當中找到了自己的幸福。瑪麗安的愛是絕不會半心半意的，終於，她的整顆心就像一度獻給魏樂比那樣，完全獻給了丈夫。

魏樂比聽說她結婚，難免悲痛一下。不久，史密斯太太將他的懲罰推向頂點，自願寬恕了他，並以他娶到正派女人為寬恕的理由。於是魏樂比相信，當初假若能對得起瑪麗安，自己就會又幸福，又有錢。他後悔自作自受，後悔得很誠懇，無可懷疑。也無可懷疑的是，有很長一段時間，他想起布蘭登上校就嫉羨，想起瑪麗安就懊悔。但是可別以為他就永遠頹唐下去，說他走避塵囂，養成陰鬱消沉的習慣，最後心碎而死。沒那種事。他頑強地活，常常還活得很快樂。妻子並非總是脾氣壞，家裡也並非總是不舒適！他養馬養狗，參與各種各樣的遊獵活動，給他不少家居之樂。

他雖然無禮，失去瑪麗安後居然還苟活於世，卻一直關心著瑪麗安，對她的每件事都深感興趣，暗中視她為完美女性的典範。以後的歲月裡，不少的美麗少女會只因比不上布蘭登太太而被他嗤之以鼻。

老太太慎重得仍然住在小築，沒搬到德拉福去。爵士和珍寧斯太太很幸運，瑪麗安出嫁之後，瑪嘉麗也長成很適合跳舞的年齡，猜說她有個心上人也不很失禮了。

巴頓與德拉福之間自然要為一家人的深厚情誼而聯繫不墜。艾琳諾和瑪麗安雖說是姊妹倆，而且近在咫尺，卻從不失和，也不會為兩人丈夫間的關係製造冷場，在她倆的諸多美德和幸福之中，請別把這點看成是最小。

時間表

十八年前：伊萊莎嫁給布蘭登上校的哥哥。

十六年前：伊萊莎離婚，生下私生女，也叫伊萊莎。

十四年前：布蘭登上校返英，尋找初戀情人。

十三年前：上校找到伊萊莎，她不久病死。

十一年前：達士伍老先生的姊姊過世，女主角一家搬去諾蘭。

九年前：愛德華去露西的舅舅家（普拉特先生）念書。

五年前：布蘭登上校的哥哥過世。

四年前：愛德華與露西訂婚，去牛津念書。

兩年半前：小伊莉莎離開學校。

一年半前：達士伍老先生過世。

半年前：女主角的爸爸過世。兄嫂一家搬來諾蘭。

同年二月份：小伊莉莎失蹤。

三四個月前：愛德華與艾琳諾開始交往。

小說開始的九月初：女主角一家從諾蘭搬到巴頓，結識米道敦夫婦、珍寧斯太太、布蘭登上校。

九月中旬：瑪麗安遇到魏樂比。

九月其餘日子：魏樂比天天來小築。

十月：爵士規畫戶內戶外許多聚會。

十月上旬或中旬：布蘭登上校突然離開。愛德華去露西的舅舅家。

十月下旬：史密斯太太得知魏樂比睡大小伊萊莎的肚子。魏樂比突然辭別。

十月底：布蘭登上校與魏樂比決鬥。愛德華來到巴頓。

十一月初：愛德華離開巴頓。

十一月上旬：帕爾默夫婦來到巴頓，兩天後離開。

十一月中旬：露西與安妮來到巴頓。露西向艾琳諾宣示主權。

十二月下旬：珍寧斯太太邀請女主角倆同赴倫敦。

一月第一週：珍寧斯太太與姊妹倆出發去倫敦，三天後抵達。瑪麗安馬上去信魏樂比。

一月中旬：魏樂比在珍寧斯公館留下名片。米道敦夫婦來到倫敦。

兩天後：米道敦公館舞會。

翌日：瑪麗安再度去信魏樂比。艾琳諾去信給母親。

一月中下旬：姊妹倆在晚宴撞到魏樂比。

翌日：瑪麗安三度去信魏樂比，接到回信。珍寧斯太太聽聞魏樂比已經訂婚。

再翌日：艾琳諾接到母親回信。布蘭登上校跟艾琳諾說出他的過往。

二月初：魏樂比結婚。露西與安妮來到倫敦。約翰與芬妮也來到倫敦。兩天後約翰與艾琳諾在格雷珠寶行巧遇。

二月上旬中旬：愛德華來珍寧斯公館兩次，都沒見到艾琳諾。約翰與芬妮邀米道敦夫婦來晚餐。

二月中旬：露西與安妮住到米道敦公館。艾琳諾在兄嫂家晚宴見到愛德華的母親。

翌日：露西來珍寧斯公館找艾琳諾，撞到愛德華來訪。

二月中下旬：帕爾默太太生小孩，珍寧斯太太去照顧女兒。艾琳諾與瑪麗安白天改去米道敦府。艾琳諾在音樂會與勞勃談話。芬妮邀露西與安妮過去住達士伍公館。

三月第一週：珍寧斯太太、艾琳諾、瑪麗安都回到珍寧斯公館。

某個星期三：愛德華與露西的婚約東窗事發，露西與安妮被逐出達士伍公館。

星期日：愛德華與露西談。艾琳諾在肯辛頓花園見到安妮。

星期一：艾琳諾接到露西來信。

三月中旬：艾琳諾與瑪麗安計劃回巴頓。布蘭登上校來找艾琳諾，要她轉告愛德華，說他有牧師俸位可給愛德華。

翌日：珍寧斯太太去找露西。

三月中旬：艾琳諾去找約翰。

四月初：艾琳諾、瑪麗安、珍寧斯太太、帕爾默太太一起離開倫敦。

第三天：一行抵達帕爾默家的克里夫蘭大宅。

第四天：帕爾默先生與布蘭登上校也抵達。

第七天：瑪麗安病倒。

第九天：藥師說會感染。帕爾默太太趕緊帶寶寶離開。

第十天：帕爾默先生也離開。

第十三天：瑪麗安彷彿好轉，又病情惡化。布蘭登上校出發去接達士伍老太太。米道敦爵士從珍寧斯太太來信得知瑪麗安病情，跟魏樂比講。

第十四天：瑪麗安好轉。魏樂比趕來，向艾琳諾坦白。布蘭登上校把老太太帶來女兒病床塌。

四月下旬：姊妹與媽媽一起回到巴頓。艾琳諾把魏樂比的話跟妹妹講。

五月初：艾琳諾聽到露西結婚的消息。

五月上旬：愛德華趕來巴頓向艾琳諾求婚。

五月中下旬：布蘭登上校來到巴頓。愛德華先隨上校去德拉福，兩天後再去倫敦，取得母親對婚事的允許。

早秋，應是八月：艾琳諾嫁給愛德華。

九月下旬：艾琳諾與愛德華搬進牧師公館。

幾個月後：費拉斯太太原諒了勞勃與露西。

翌年秋：瑪麗安嫁給布蘭登上校。

LINK 21

理性與感性

Sense and Sensibility

作　　者	珍・奧斯汀（Jane Austen）
譯　　者	顏擇雅
總 編 輯	初安民
責任編輯	陳健瑜
美術編輯	黃昶憲
校　　對	顏擇雅　呂佳真　陳健瑜
發 行 人	張書銘
出　　版	INK印刻文學生活雜誌出版有限公司 新北市中和區建一路249號8樓 電話：02-22281626 傳真：02-22281598 e-mail:ink.book@msa.hinet.net
網　　址	舒讀網 http://www.sudu.cc
法律顧問	巨鼎博達法律事務所 施竣中律師
總 代 理	成陽出版股份有限公司 電話：03-2717085（代表號） 傳真：03-3556521
郵政劃撥	19000691　成陽出版股份有限公司
印　　刷	海王印刷事業股份有限公司
港澳總經銷	泛華發行代理有限公司
地　　址	香港新界將軍澳工業邨駿昌街7號2樓
電　　話	(852) 2798 2220
傳　　真	(852) 2796 5471
網　　址	www.gccd.com.hk
出版日期	2017年 4 月　初版
ISBN	978-986-387-154-5

定價　　300元

國家圖書館出版品預行編目資料

理性與感性／珍.奧斯汀著；顏擇雅譯.
-- 初版. -- 新北市：INK印刻文學, 2017.04
面；　公分. -- (Link ; 21) 譯自：Sense and sensibility
ISBN 978-986-387-154-5(平裝)

873.57　　　　106002134